차례

빌런(Villain), 또는 악당(惡黨)으로 불리는 자들의 이야기

그야말로 피로 사회입니다. 주변에 마음을 피로하게 만드는 일이 너무 많고, 마음이 피로하면 주변 사람들의 작은 실수에도 무척 짜증이 납니다. 그런 일이 하나하나 쌓여 누군가를 천천히 나쁜 방향으로 잠식해 버리기도 하죠. 저만 그런 걸까요? 요즘 들어 우리 주변에 '빌런', 또는 '악당'으로 불리는 자들이 이전보다 너무나 많이, 더 기상천외한 방법으로 존재하는 것 같다고 느껴집니다.

21세기의 '악'을 어떤 식으로 받아들여야 할까요. 기쁨과 슬픔이 함께 가듯이, 선과 악도 함께 공존하며 서로의 거울 역할을 하죠. 왜 우리는 꼭 법과 정의를 지켜야 할까요? 그 어떤 법도 해결해 주지 못하는 분하고 억울한 일이 생겨도, 우리는 항상 정의로운 마음을 가져야만 하는 걸까요? 그렇다면 착하고 선한 사람이 하는 행동은 무조건 옳은 것일까요?(여기서 흥미로운 사실 하나, 작년(2021년)에 핫했던 콘텐츠 키워드들 중 한 가지는 '사적 복수'였답니다.)

무엇이 옳고 그른지, 무엇이 정답이고 오답인지 이분법으로 나눌 수 없는 세상입니다. 하지만 이것만은 분명하죠. 우리가 선과 악을 동시에 지니고 있는 이상, 어느 한쪽이 강세를 보일 땐 그 반대 성향 역시도 똑같이 강해진다는 사실 말입니다.

아름다움과 선함의 가치를 알게 되는 이유가 반대편에 붙어 있는 그림자 같은 존재들 때문이라면, 그쪽에 과감히 주인공이라는 스포트라이트를 비췄을 때 어떤 이야기가 나올까 궁금해졌습니다. 그렇게 해서 안전가옥과 메가박스중앙(주)플러스엠이 함께 진행한 네 번째 공모전의 키워드는 '빌런'이 되었죠.

감사하게도 230여 편에 달하는 응모 작품 속에서 다양한 빌런들이 총집합했고, 메가박스중앙(주)플러스엠 관계자분들과 안전가옥의 프로듀서들, 그리고 특별 심사 위원님이 한자리에 모여 최종적으로 다섯 편을 선정했습니다.

다섯 이야기 속 빌런들은 주인공이긴 하지만 당연하게도 '영웅'은 아닙니다. '선'이나 '정의'와는 꽤 거리가 멀죠. 하지만 여러분들은 등장하는 이들 모두에게서, 현재를 살아가는 인간의 삶에 대한 애틋한 조각들을 발견할 수 있으실 겁니다.

지금 잡으신 이 책이 여러분 주변에 존재하는 '빌런 같은 사람'을 한 번쯤 돌아보게 만드는, 그리고 결국에는 우리를 돌아보게 만드는 이야기 묶음으로 다가가기를 바랍니다. 셰익스피어가 《햄릿》에서 말했듯 위대한 자들의 광기는 그냥 지나쳐서는 안 된다고 하니까요.

"네 원수를 사랑하라"라는 말이 뜬구름 잡는 말처럼 느껴지는 피로 사회이지만, 여러분들이 《빌런》 앤솔로지 속 다양한 빌런들의 모습을 마음껏 즐겨 보셨으면 합니다.

어느새 그 어떤 빌런에게도 지지 않을 정도로, 튼튼해진 당신의 마음을 느끼실 수 있을 거예요.

안전가옥 스토리 PD
임미나 올림

샐리가 샐리를 만났을 때
(WHEN SALLY MET SALLY)

최구실

늘 어리둥절한 마음으로 공부하는 철학도이다.
영화 같은 글을 쓰고 싶다는 목표가 생겼다.
안전가옥 앤솔로지 《빌런》의 〈샐리가 샐리를 만났을
때(WHEN SALLY MET SALLY)〉로
작품 활동을 시작한다.

고꾸라진 샐리를 바라보며 차가운 총구를 제 머리에 겨눈 순간 샐리는 샐리가 샐리를 처음 만났을 때를 떠올렸다.

"야, 샐리야. 나는 그날 너한테 말을 걸었던 순간이 좀 후회돼. 시간을 되돌릴 수 있다면 너 같은 애, 그냥 무시했을 텐데. 어쩌면 날 모르고 사는 널 조용히 지켜보는 것도 나쁘지 않았겠다 싶어. 뭐든 잘 까먹는 네 머릿속에 남아 보겠다며 아등바등 이상한 짓 안 해도 되고…. 네 삶에 내가 존재하진 않았지만 나는 너를 사랑하면서 살았어. 그래서 행복했나? 고생했나? 모르겠다…. 그게 행복인지 고통인지, 이름은 갖다 붙이기 나름이잖아."

샐리는 권총 자살을 했다. 총구에서 일어나 그의 관자놀이를 타고 뿌옇게 타오르는 연기의 냄새가 매캐했다. 회색 연기는 천천히 거두어졌으며 남은 향이 아주 오래도록 샐리의 곁을 지켰다.

*

처음?

"최샐리 씨…. 본명이신가요?"

한국기억소거협회(이하 '기소협')의 채용 인터뷰는 수평적인 분위기로 진행되었다. 태블릿 PC에 띄워 놓은 샐리의 이력서를 살피던 연구팀장의 첫 질문이 가벼워서 최샐리는 제 허벅지 위로 움켜쥐었던 주먹을 느슨히 풀 수 있었다.

"해외 발령이 잦은 아버지 직업 덕분에 그렇게 지어졌습니다. 국제 학교를 억지로 다녀야 했거든요. 한글로 그냥 샐리예요, 처음부터."
"연구팀의 모든 직원은 직책을 부르는 대신 편히 서로를 호명해요. 젊은 기업들이 나이나 직급에 관한 압박을 없앤다고 꽤 오래전부터 시작한 행보를 흉내 냈는데 의도만큼 인식이 바뀌었는지는 솔직히 잘 모르겠고."

연구팀장이 앞서 건넨 부드러운 농담을 따라 그의 주변에 퍼져 있던 여타의 직원들은 파도를 타는 것처럼 웃었다. 최샐리는 마지막으로 조금만 웃었다. 연구팀장이 그 제도의 수혜자처럼 보이지는 않았기 때문이다. 그가 나이에 비해 무거운 직급을 달고 차지한 기반은 그리 단단해 보이지 않았다. 학계에 혜성처럼 나타난 김샐리의 연구를 주축으로 구성된 기소협에서 일하는 사람들은 젊은 팀장이 받고 있는 나이나 직급에 관한 압박을 눈치 채지 못한 모양이었다.

"흔치 않은 이름에 흔치 않은 인연이네요. 제 이름도 샐리거든요. 최샐리 씨를 채용하려면 누구 하나가 이름을 바꿔야 하나?"

짧게 잘라 놓은 손톱 끝에서 매끄럽게 넘어가는 이력서는 만족스러웠다. 대체로 운이 좋은 인생을 살아온 만큼 김샐리는 제 직감을 믿는 편이었다. 사람을 상대할 때 느껴지는 분위기에 집중하면 판단이 쉬웠다. 그는 마음을 묘하게 당기는 신호를 놓치지 않고 최샐리를 향한 제 눈동자에 생기를 채워 올렸다. 그러나 최샐리는 어딘가 석연찮은 모양인지 이내 다시 주먹을 움켜쥐고 대답했다.

"성이 다르니 괜찮지 않을까요."

그 순간 두 샐리의 목구멍은 동시에 까끌거렸다. 수평으로 맞물렸던 시선이 각각 PC의 화면과 천장을 장식한 백열등을 향해 갈라졌고 그 몇 초의 사이를 통해 김샐리는 제 직감에 생긴 균열 역시 눈치챘으나 당장은 최샐리의 논문, 〈트라우마 증폭 세포의 기습적 증식〉에 대해 질문할 차례였다.

*

진짜 되는 일 하나 없는 인생을 살던 김한주 씨는 그나마 하나 있는 딸애가 흔한 열병으로 응급실에 다녀왔을 무렵부터 그 애를 샐리라고 부르기 시작했다. 세기를 넘어온 탓에 빛바랜 마법 소녀계의 조상, 〈요술 공주 샐리〉. 그 만화영화를 틀어 놓으면 손바닥을 짝짝 두드리며 노는 저 아이만이 제 우주에 존재하는 유일한 긍정이라, 앞으로도 무사히 자라길 바라는 마음에 호칭을 바꾸었다. 제 인생과는 달리 샐리의 인생은 늘 샐리에게 유리한 방향으로 풀려 가도록 기원을 담은 것이다. 김샐리는 정말 그렇게 '샐리의 법칙'에 따르듯이 자랐다. 그런데 어느 날부터 김한주 씨는 마냥 기뻐할 수 없게 되었다. 어쩌면 샐리의 머리에 문제가 생긴 것 같았다.

"그러니까 이 사람이 누군지 모르겠다고?"
"엄마든 선생님이든 전부 그러잖아, 모르는 사람이 말을 걸면 도망치라며. 그래서 도망친 것뿐인데…. 엄마 나 배고파. 사진 치우고 일단 먹으면 안 돼?"

한주 씨의 전남편은 샐리에게 외도의 장면을 들킨 머저리였다. 열 살을 갓 넘긴 샐리가 모든 것을 깨닫기는 무리였으나 모든 것을 모르기도 무리였으니, 양육권을 가진 한주 씨는 늘 샐리의 안위에 신경을 기울였고 전남편을 샐리에게서 철저히 떨어뜨렸다. 그러나 1년을 못 참고 샐리의 학교 앞까지 차를 몰고 찾아온 전남편은 오늘 오후 3시, 한주 씨에게 뻔뻔한 울분을 터뜨렸다. "당신, 애한테 무슨 짓을 했길래 애가 아빠 얼굴도 기억을 못 해?" 아마 눈물의 부녀 상봉을 기대했던 모양인데 그가 양팔을 뻗어 내린 순간 샐리는 아저씨 누구시냐며 줄행랑을 쳤다고 했다. 행여 뜀박질에 방해가 될까, 보조 가방을 꽈악 끌어안은 채.

"왜? 엄마 남자친구야? 뭐 이렇게 생긴 사람을 만나?"

한주 씨가 확인차 핸드폰 액정에 띄워 놓은 전남편의 사진을 주욱 훑어 낸 샐리는 미간을 구기며 제 아빠의 얼굴을 향해 포크로 삿대질한 뒤 열심히 떡볶이를 집어 먹기 시작했다. 한주 씨는 등골이 다 아찔해졌으나 일단 샐리가 건네는 떡볶이부터 받아먹어야 했다.

"자기방어의 수단으로 고통스러운 기억을 삭제하는 경우가 더러 있어요. 부분 기억상실의 한 종류로 볼 수 있겠네요."

샐리는 무테안경을 고쳐 쓰는 의사의 권위적인 시선이 마음에 안 들었지만 엄마를 위해 내색하지 않았다. 반면 신경정신과 간판이 커다랗게 박혀 있는 건물을 등지고 선 한주 씨는 죄의식에 휩싸여 착잡한 표정을 지었다. 또 나 때문일까? 아직 제 반토막만 한 여린 손을 붙잡고 병원을 드나들었던 그날들의 기억은 한주 씨가 오래도록 불면에 시달린 원인 중 한 가지로 자리 잡았다. 뜬눈으로 밤을 새울 때면 가뜩이나 모진 이혼녀의 세월이 더욱 비탈지는 듯한 느낌이 들었다. 그러나 한주 씨가 품고 살던 우려와는 달리 샐리는 문자 그대로 잘 자랐다. 학교생활, 성적, 교우 관계를 포함한 모든 것은 샐리에게 유리한 방향으로 풀려 갔다. 샐리는 어스름한 새벽부터 참 밝은 아이라, 한주 씨는 가끔 샐리가 이 세상에 해를 띄운다고 생각했다. 눈에 띄는 그녀의 에너지는 내면에 집중되기보다 주변을 돌보는 일에 쓰였으니 샐리는 오늘도 사랑하는 엄마의 고민을 들어 주며 젓가락을 움직였다.

"네 할머니가 꿈에 나왔는데, 또 아무 말이 없으셔서 얼마나 악을 쓰고 울었는지."

어린 시절 아버지를 여의고 오빠들에게 줄줄이 시달려 트라우마를 가지게 된 한주 씨의 악몽 패턴은 일정했다. 늘 수면이 부족하여 눈 아래가 움푹 꺼진 데다 입이 짧은 탓에 몸이 말라 하악골이 도드라져 보이는 한주 씨가 의무를 겨우 이행하듯 씹어 삼키는 샐러드는 너무 맛이 없어 보여서, 샐리는 확인하기 위해 한 입을 빼앗았다. 뭐야. 너무 맛있었다.

매번 밥상 앞에 모녀 둘만 앉다 보니 샐리에게는 엄마의 고통에 관한 대화가 낯설지 않았다. 하지만 솔직히 옛 기억에 붙잡혀 불면에 허우적대는 엄마를 온전히 이해할 수는 없었다. 한주 씨에게는 악몽 없이 숙면하고 맛있는 음식을 맛있게 먹을 권리가 있으나 이를 온몸으로 거부하는 사람이야말로 한주 씨 본인이리라, 샐리는 그렇게 생각했다. 그리고 샐리는 머잖아 대부분의 인생이 제 것이 아닌 엄마의 것과 비슷하다는 사실을 깨닫게 된다. 안고 사는 고통의 크기는 다를지언정 사람들은 밤잠 설치며 무언가를 고민하거나 괴로움에 발목 잡혀 음식을 넘기지 못했고 고통이 극에 달하면 급기야 자살했다. 사람들의 고통을 마주할 때마다 샐리는 슬퍼했지만, 그보다 뇌의 어느 구석이 간지럽다는 감각이 더 강해 쉽게 집중을 무너뜨리곤 했다.

예컨대 샐리와 전교 석차 1, 2위를 다투던 은수가 학업에 대한 아빠의 압박이 10년 넘게 이어졌고 그것이 물리적 폭력으로 이어졌음을 고백한 순간, 샐리의 뇌리를 파고든 건 그 소식이 전한 충격보다 아빠라는 단순한 단어였다. 아빠? 단어의 정의와 그로부터 풍기는 사회적 이미지를 곱씹어 본 결과 그제야 본인에게도 존재할

부계 혈통을 인지할 수 있었으나 샐리는 도통 정확한 그림을 그려 내지 못했다. 희미한 인상만이 부유하는 회색 얼굴. 영리하고 기민한 김샐리가 거미줄 같은 대인관계 속에서 어딘가 결이 다른 제 인생을 눈치챈 시기는 열여덟 살 때였다.

김샐리는 기억하고 싶은 것만 기억한다.

*

기소협의 수석 연구원으로 채용된 최샐리는 어린 연구팀장인 김샐리와 동갑이었다. 동명의 또래 여자라는 교집합을 지닌 두 사람을 구분 짓기 위해 사람들은 그들을 각각 '최샐'이니 '김샐'이니 호명했고 그런 구분이 필요 없는 두 사람만이 서로를 '샐리'로 불렀다.

"샐리는 어쩌다가 이 프로젝트를 시작한 거예요?"

랩실을 빠져나와 가운과 소도구를 정리하던 최샐리는 김샐리와 가볍고도 늦은 저녁을 함께하기 전 넌지시 대화의 물꼬를 틔웠다. 김샐리는 대학원생 시절에 용감무쌍하게도 제 뇌에 존재하는 특별한 기억 세포를 직접 추출하여 연구했고 그의 놀라운 성과는 이내 기소협의 창단을 이끌었다. 그가 세간의 주목을 받는 멋진 어른으로 성장하는 동안, 누군가는 늘 밝고 맑은 샐리가 그 어떤 고통에도 공감하지 못하리라 추측했으나 실상 그 반대였다. 샐리는 한주 씨가, 제 친구들이, 온 지구 사람들이 각자의 고통을 잊고 행복해지길 바라는 마음을 안고 스스로 실험대에 드러누운 것이다. 이제 인간을 괴롭히는 공포의 원인은 물리적인 무엇이 아니었다. 모두가 비물리적 기억에 지배되어 저 아래로, 심연으로 무너진 지 오래되었으니 PTSD라는 전문 약어가 흔해진 시점은 김샐리가 짚어 낼 수 없을 정도로 먼 과거였다. 최샐리는 프로젝트의 계기에 대한 질문과 함께 김샐리에게 일회용 포크를 내밀었고 김샐리는 그 포장지를 벗기며 사적인 기억 한 점을 되짚었다.

"음…. 엄마가 샐러드를 너무 맛없게 드셔서?"
"샐러드라 맛없게 드셨을 수 있어요."
"고기를 드실 때도 비슷했어요. 꼭 고무를 씹는 것 같더라니까."
"그게 샐리를 괴롭게 만들었어요?"
"아뇨. 만약 괴로웠다면 나는 잊었을 거예요."

최샐리는 기소협에서 진행하는 모든 연구의 씨앗이 김샐리의 기억 세포라는 사실을 누구보다 깊이 이해하고 있었다. 부정적 감정과 연계된 김샐리의 기억 세포는 스트레스가 일정한 수치 이상을 넘어서면 수면 시간 동안에 깨끗이 파괴된다. 뉴런 활동을 유도하는 특정 화학물질이 정상적으로 분비되지 않아 뇌내의 다른 정보와 연결되지 못한 채 홀로 부유하던 부정적인 기억들은 결국 파편이 되어 부서졌다. 화학반응이었다. 20대 전부를 유학 생활로 채운 최샐리는 미국에서 신경 과학을 전공하던 당시 수없이 돌려 보았던 고배율 현미경 영상을 떠올렸다. 김샐리의 기억 세포가 응집되고 파괴되는 과정을 녹화한 영상이었다. 세포에 스트레스로 인한 열이 가해지자 세포는 일순간 똘똘 뭉쳐 외피를 굳히더니 내압을 견디지 못한 듯 발광하다가 공간 저 너머로 사라졌다. 그 모습이 꼭 우주 속 무수한 별들의 죽음과 닮아서, 최샐리는 조용히 슬퍼했었다.

"괴로웠다기보다, 엄마가 샐러드를 맛있게 드실 수 있다면 얼마나 좋을까. 사람들이 잘 먹고 잘 자고 잘 살았으면 좋겠다. 뭐 그런…."
"영웅 의식?"
"좋네요, 나 그 표현 좋아해요. 사람은 타고난 대로 살다 간다고 생각하거든. 제 역할이 영웅이라면 감사할 따름이죠."

김샐리의 기억 세포는 선천적 돌연변이었고 돌연변이가 병인지 약인지는 바라보기 나름이다. 뇌를 지치게 만드는 스트레스성 기억이 철저히 소멸하는 덕에 원하는 정보와 긍정적인 기억만을 끊임없이 흡수할 수 있게 된 김샐리는 한주 씨가 바란 대로 탄탄대로를 걷다 못해 그 정점에 올라 이타적 인간으로서 반짝거렸다. 언제나 확신에 차 자신의 주장을 웅변하는 김샐리가 랩실 백열등의 도움 없이 안광을 번뜩였다. 그 찰나 최샐리는 그의 까만 눈동자에 시선을 빼앗겼다. 그것을 마주 보고 있노라면 별똥별에 소원을 빌 때처럼 먼 존재를 향해 일방적인 마음을 보내는 기분이 들었다. 히어로는 원래 친근한 이웃인 듯 저 멀리서 반짝이는 법이다.

"이제 최종 임상 연구가 코앞이네요. 샐리 씨의 트라우마 증폭 논문이 저에겐 정말 큰 도움이 돼요. 기억 세포를 무리하게 파괴하는 과정에서 일어날 수 있는 부작용을 인지하고는 있었는데… 그렇게 한 끗 차이로 뒤집힐

줄은 몰랐거든요."

"미국에서 읽었던 김샐리 씨의 인터뷰가 제 논문에
힌트를 줬어요. 사람이 '비물리적' 기억에 지배되고
그 기억이 트라우마를 남긴다는 말, 난 동의하지 않습
니다. 물리학이 정보 기술의 발달을 주도했듯이 뇌 과
학의 발달에도 '물리적' 요소가 큰 영향을 미칠 수 있
지 않을까, 사람의 뇌를 하드웨어로 치환한다면 기억
은 하드웨어 내부의 정보처럼 '물리적'으로 머무르는
게 아닐까. 그런 아이디어에서 착안한 연구였어요."

뇌 과학계에 널리 알려진 김샐리의 기억 세포 특유의
작동 방식은 마치 새로운 프로그램의 베타 버전처럼 연
구원들의 컴퓨터를 떠돌았고 학자들은 김샐리의 발표
에서 문제점과 약점을 찾아 저마다의 새로운 연구를 꽃
피웠다. 모든 학문은 그런 식으로 발전한다.

"만약 내 가정대로 기억이 물리적 존재라면 기억 세
포를 터뜨려 파괴해도 기억은 분자 단위로 쪼개지거
나 형태가 달라질 뿐, 계속 뇌 안에 머무를 겁니다. 세
상 모든 물질의 총량은 일정하잖아요. 형태가 달라진
기억을 원래대로 되돌리는 버튼은 아주 사소한 것이
거나 의외의 무언가일 텐데, 샐리가 내 논문을 차용한
다면 이 프로젝트를 완성하기 위해 더 많은 변수를 계
산에 넣어야겠죠?"

이름이 똑같아서인지 자신과 비슷하게 집요한 최샐
리의 논문을 마주하는 순간 김샐리는 모종의 희열을 느
꼈다. 허점이 없으리라고 자만하진 않았으나 제 연구
를 이토록 심도 있게 이해하고 오류를 잡아 비틀다니,
최샐리가 쓴 모든 문장에서 유능한 해커의 솜씨가 느껴

졌다. 김샐리는 최샐리를 통해 미래의 제가 더욱 완벽해지리라 믿어 의심치 않는 마음으로 기꺼이 고개를 끄덕였다. 그의 긍정적인 몸짓을 본 최샐리는 내친김에 평소 의문스러웠던 김샐리 연구의 초입 지점을 건드렸다.

"프로젝트의 주인인 샐리가 더 잘 알겠지만 소거할 기억을 신중히 골라야 한다는 점이 가장 중요해요. 솔직히 말해 저는 한 사람의 기억을 어디까지 소거해야 하는지 파악하는 작업이 정말 어렵다고 봐요. 보편적인 절취선을 찾을 수 있다는 확신이 들지 않네요."

"기억 세포는 유기적으로 얽혀 있어요, 샐리. 같은 고통을 공유한다면 스트레스 수치가 비슷한 세포는 한 번에 소거해야 효과적일 겁니다."

두 샐리는 나란히 탈의실에 앉아 프랜차이즈 빵집의 샐러드를 포크로 찍어 먹으며 열띤 토론을 벌였다. 밤 깊은 시간까지 연구와 실험이 이어질 때마다 펼쳐지는 흔한 광경이었다. 불필요한 머리칼을 짧게 잘라 놓은 김샐리와 달리 긴 머리를 질끈 묶는 쪽을 택한 최샐리가 언짢다는 듯이 미간을 좁힌 뒤 그리 선호하지 않는 브로콜리를 억지로 씹어 내며 반론했다.

"그러다가 그 사람에게 꼭 필요한 기억을 건드릴 수 있어요. 샐리에게도 샐리를 이루는 중요한 기억이 있잖아요. 가령 샐러드를 드시는 어머니라든가. 간직하고픈 기억이 날아가는 건 비극이에요. 본인이 그런 기억을 가졌었다는 사실조차 모르게 되니까."

"그 윤리적인 문제 덕분에 우리 협회가 정부 산하의 기관이 됐잖아요? 충분한 논의, 당사자의 동의, 전문가의 소견 없이는 소거가 진행될 수 없어요. 난 이 연구의 목석을 치료에 둡니다. 잊고 싶은 기억을 잊을 수 있으면… 사람들은 궁극적으로 건강해져요."

김샐리의 연구 동기는 단단해서, 최샐리는 남겨 놓은 마지막 브로콜리를 과제 처리하듯이 입에 넣은 채 어깨를 으쓱여야 했다. 웬만해선 논쟁에서 지지 않는 최샐리의 눈 밑이 깊어진 밤하늘처럼 어두워져 있었기에 김샐리는 제 몫의 방울토마토를 건네며 미소 지었다. 최샐리가 진작 먹어 치운 토핑이었다. 김샐리는 자신의 연구에 찬물을 끼얹으며 담금질하는 최샐리에게 충분한 감사를 느꼈고 늦은 시간까지 연구가 늘어질 때마다 그를 직접 집 앞까지 자차로 데려다주며 마음을 표했다. 청춘 영화처럼 멋들어지게 흘러가는 20대 후반이었다.

*

그런데 대체 어느 시점부터 장르가 뒤바뀌었는지 모르겠다. 김샐리는 머리칼을 움켜쥐고 기억을 더듬어야 했다.

*

김샐리의 강점이 기억력인 것처럼 최샐리의 강점 역시 기억력이다. 최샐리는 과장 좀 보태 한 번이라도 훑어 낸 논문이나 이론은 수식을 포함해 모조리 기억했으니 그런 최샐리가 기소협의 수석 연구원으로 발탁된 것은 당연해 보였다. 김샐리는 최샐리의 빼곡한 연구 이력과 치밀한 논문을 보고 그를 선점하듯 고용했지만, 최샐리가 어째서 드넓은 미국 학계를 제 발로 떠나 기소협에 이력서를 제출하였는지 가끔 의아해질 때가 있었다.

샐리들은 세포 소기관 중 손상된 세포 잔해와 불필요한 물질을 제거하는 리소좀의 활동 과정에 집중했다. 김샐리의 대뇌피질 밑 해마에서 추출한 기억 세포는 리소좀이 발달했다는 점에서 독특했는데, 이 리소좀은 세포 내의 쓰레기를 처리할 뿐 아니라 스트레스성 기억을 담고 있는 뉴런의 연결 부위인 시냅스를 끊어 버리고 자멸하는 특이성을 보였다. 덕분에 대뇌가 스트레스로부터 안전히 지켜지는 것이었다. 김샐리의 리소좀을 모델로 삼아 구현된 인공 리소좀은 해마에 주입되는 순간 각각의 세포에 스며들어 트라우마 수준을 스캐닝한 뒤 일정 수치 이상의 트라우마를 지닌 기억 세포를 활성화하는 화학물질을 제거하는 시스템으로 움직인다. 애당초 김샐리가 밑그림을 그린 이 연구는 탄탄한 이론을 토대로 국가적 지원 아래 진행되어 왔으나 문제는 상용화였다. 실제 사람의 머리에 이식된 인공 리소좀이 예상한 만큼 움직여 주리라는 보장이 없었다. 그러니 무엇보다 최대한 많은 부작용과 변수를 찾아내 어떤 문제가 생길 수 있을지 연구팀의 눈으로 직접 확인해야 했고, 최샐리는 김샐리의 의도대로 그 부작용을 해킹하는 작업의 중심축이 되어 연구실 안을 맴돌았다.

"여기 71D 샘플의 반응이 이상해. 입력한 좌표에 맞게 움직이지 않고 마음대로 뉴런을 탔잖아? 글루타민산염 수치도 너무 높다. 신경 전달을 전혀 막지 못하고 있어."
"왜 설정 행동반경 밖에서 움직이지?"

"내 생각엔 우리가 만든 리소좀이 필요 이상의 영웅
의식에 취해 있는 것 같네. 이렇게 설치면서 돌아다니
다가 이 분자 모델을 맞닥뜨린다고 치자."

여러 가지 감각기관을 통해 체내로 흡수될 수 있는 물
질 중 리소좀과 상성이 맞지 않는 분자 모형을 검색한
최샐리가 스크린을 넘겨 실험 페이지를 생성했다. 얌전
히 최샐리의 손가락 끝점을 따르는가 싶던 분자 모형은
71D 샘플과 접촉하는 순간 폭발해 버렸다. 또다시 한 끗
차이였다. 커다란 모니터를 중심에 두고 나란히 집중하
고 있던 샐리들은 동시에 한숨을 터뜨렸다.

"기억만큼 예민한 건 없어. 오감에 더해 육감이 감지
하는 자극을 받고 나도 모르는 사이 상기되니까."
"난 진짜 돌연변인가? 그랬던 적이 없어서 대체 이해
가 안 간단 말이지…."
"… 폭죽 같지 않냐, 반짝반짝하니."

이제 불필요한 머리칼을 짧게 잘라 놓은 최샐리가 어
느덧 길어진 머리를 질끈 묶은 김샐리를 향해 농담을 던
지며 눈썹을 끌어올렸다. 성공 단계에 다다랐다고 생각
한 임상 연구가 다시 한번 미끄러지는 순간과 부딪칠 때
면 육체적으로 지치는 건 어쩔 수 없었다. 미간을 좁힌
김샐리는 눈썹은 찌푸렸으나 입꼬리는 끌어올린 특유
의 표정으로 흰 가운 주머니에 양손을 꽂아 놓은 채 최
샐리의 어깨를 치며 지나갔다. 최샐리가 그의 장난스러
운 투정을 곡해할 리는 없었지만, 문제는 곡해하지 않은
사람이 최샐리뿐이라는 점이었다. 연구소의 사람들은
이른바 '샐리소좀'의 상용화가 해를 넘길수록 모든 샘플
반응에 딴지를 거는 최샐리의 자질을 더한층 의심했으

며 최샐리의 업무 수행 자체를 더욱 피곤하게 여겼다. 잘못된 방향으로 흐른 불만은 샐리들 사이의 관계를 왜곡해 나갔다.

"이름도 같고, 나이도 같고, 성별도 같고. 그런데 직급이 다르잖아요. 심지어 최샐은 나름 유학파인데 자기 위에 떡하니 버티고 선 국내파 김샐이 예뻐 보이겠어요?"

"사실 샐리소좀 상용화가 시작되면… 발표니 실질적 권리니 전부 김샐 몫이 되니까. 내가 최샐이라도 어떻게든 저 연구 엎는다."

휴게실 자판기 앞에 둥글게 모여 너구리 굴을 이루고 있던 몇몇 연구원들은 믹스 커피가 담긴 종이컵 끝과 함께 열심히 아무 샐리나 씹어 댔다. 하루가 멀다 하고 쌓이는 불평과 더불어 덥수룩이 올라온 수염은 거뭇거뭇했고 그 아래 깔끔치 못한 입술은 가벼웠다.

"하여간, 우리는 알 수 없는 여자들만의 시기? 질투? 그게 얼마나 무서워."

"백번 양보해서 질투할 수 있다 치더라도 사적인 감정을 일터에까지 끌어오면 쓰나. 이게 얼마나 비싼 프로젝트인데."

"근데 기소협 대표로 카메라 앞에 세우기에는 최샐 쪽이 낫지 않아요? 약간 뭐랄까, 그 날카롭고 지적인 이미지가 괜찮잖아? 김샐은 너무 웃는 상이지. 사적으로는 좋아도 공적으로는 마이너스야."

약간 뭐랄까, 그 굵고 울퉁불퉁한 이미지의 사람들은 길잖은 대화의 끝을 취향 나누기로 장식해 나갔다. 저마다 내뿜은 것이 뒤섞여 탁도가 높아진 연기 너머로 실내 금연 팻말이 아른거렸으나 하고픈 일을 멋대로 하는 데에 장소가 어딘지는 중요하지 않았다.

그사이 흡연실을 찾아 걷다가 뜻밖의 곳에서 나는 담배 냄새에 이끌려 우뚝 복도를 지키고 섰던 최샐리가 한 번의 노크도 없이 반쯤 열린 휴게실의 문틈으로 고개를 들이밀었다. 그는 있는 힘껏 입꼬리를 양옆으로 찢었다.

"안녕하세요. 어떻게든 이 연구 엎어 볼까요?"

연구원들은 쉽게 희미해지는 담배 연기처럼 하나둘 자리를 떠 흩어졌다. 하지만 퀴퀴하고 텁텁한 냄새만은 계속 거기에 남아 있었다.

*

샐리들은 결국 샐리소좀의 상용화를 이루어 냈다. 최샐리가 프로젝트에 합류한 지 꼬박 3년 만의 성과였다. 기소협의 임원들은 스위스의 안락사 주선 비영리 기관 '디그니타스'를 모델 삼아 기억 소거 기관을 회원제로 운영하겠다는 방침을 발표했으니 이는 김샐리의 제안이었다. 입회비와 연회비를 지불한 회원에게 주기적인 관찰과 장기적인 상담 서비스를 제공하고, 소거할 '기억 더미'를 특정할 수 있게 되면 본인의 의사에 따라 최종적인 치료를 진행한다. 김샐리는 윤리적 문제 때문에 조심스러워하는 듯 보였다. 히어로의 덕목이지, 최샐리가 키득거렸다.

수도권 도시 외곽에 널따란 자연을 배경 삼아 지어진

건물은 마냥 하얗지 않아 포근한 분위기를 자랑했다. 사실상 요양 공간이 절반 이상인 곳이었다. 기소협의 연구원들과 의료진을 거느리고 '한국기억소거협회병원'의 완공식 단상에 선 김샐리가 뒤로 돌아 티 하나 없이 깔끔한 건물과 인공적인 정원이 어우러진 전경을 눈에 담았다. 드디어 무수한 연구를 끝내고 사람들을 '치료'하는 어엿한 병원을 완성할 수 있게 되었다. 김샐리는 성취감에 벅차오르는 마음이 연설에 방해가 되지 않도록 제 앞의 마이크를 고쳐 잡기 전, 깊이 심호흡했다.

"소거 치료를 시작한 환자는 최소 보름 동안 이 병원에 머무르게 됩니다. 그동안 저희는 환자의 해마에 퍼져가는 샐리소좀의 활동 추이를 하루에 두 번씩 지켜볼 뿐 아니라, 기억 더미를 소거한 뒤에도 회원들이 이질감 없는 일상을 살아갈 수 있도록 사후 관리까지 책임지고 수행할 것입니다. 기소협을 믿고 따라 주실 회원들의 마음에 반드시 아름다운 기억으로 보답해 드리겠습니다."

말을 맺고 고개 숙여 인사하는 김샐리를 향해 협회의 직원들과 연구원들, 여러 방송사의 마크를 단 기자들의 박수갈채가 쏟아졌다. 오른손으로 두근거리는 심장 근처를 지그시 누른 김샐리가 고개를 들어 올리자 식장 안에 존재하는 온갖 반짝임이 그의 시야를 채웠다. 때문에, 그는 비어 있는 단 하나의 좌석을 눈치챌 수 없었다.

성공적으로 세미나와 대외 발표를 치러 내며 신경 의학계에 한 획을 그은 김샐리에게 기소협 회장이 연구소장 자리를 제안한 그날, 김샐리가 복도를 가로질러 숨 가쁘게 뛰어간 곳은 최샐리의 연구실이었다. 솔직히 이대로 창문 하나 없는 탈의실에 앉아 샐러드만 먹다가 연구자 인생이 끝날지도 모르겠다는 생각까지 해 본 적 있었는데 샐리야, 이제 우리한테도 볕이 들려나 봐. 뜀박질에 뒤집힌 앞머리를 정리할 새도 없이 연구실의 문을 벌컥 연 샐리의 손에는 새로 만든 연구소 신분증이 들려 있었다. '한국기억소거협회 연구팀장 최샐리'

"샐리?"

잘 정돈된 책상 위의 활짝 열린 창문을 통해 무르익은 가을만큼 스산한 칼바람이 파고들었다. 노을 지는 도심을 집어삼킬 듯 검붉은 커튼이 힘차게 펄럭였고 최샐리는 거기에 없었다.

그날부터 거기에 없었다.

*

동아리 회식이 파한 시각은 그리 늦지 않았다. 자정을 30분 남겼을 즈음 그날따라 체력이 떨어져 쉽게 취해 버린 경기도민 정성현 씨는 잠자리를 가리는 성향 탓에 버스가 끊기기 전 몸을 일으켰고, 분위기 메이커인 그의 뒤를 따라 나머지 사람들 역시 자리를 정리했다. 빨간색 광역 버스에 몸을 싣고 한 시간을 조금 덜 채우는 이동 시간 동안 짧게나마 눈을 붙인 성현 씨가 하차할 당시, 가로등만 세워진 보도는 한산했다. 성현 씨는 가벼운 발걸음으로 조용한 길을 붕붕 뛰어다니기 시작했다. 회식 자리에서 신입생 때부터 관심 두었던 윤미 씨와 둘만의 전시 관람을 약속했기 때문이다. 인적 없는 도로가 제 앞에 펼쳐진 라라랜드 같아 본격적으로 그 영화의 오리지 널 사운드 트랙을 재생하기 위해 이어폰을 찾아 꽂기 직 전, 성현 씨는 귀를 찢는 비명을 들었다. 여자의 목소리였 다.

주변을 돌아보았지만 눈길에 그림자 하나도 스치지 않 았다. 잠시 머뭇거리던 성현 씨는 결국 소리 나는 곳의 근 처로 걸음을 옮기기 시작했는데 비명은 짧게 그치지 않고 간헐적으로 이어져 성현 씨를 끌어당겼다. 중간중간 타격 음이 뒤섞였다. 소리가 나는 곳에 가까워질수록 이어폰을 움켜쥔 성현 씨의 핏줄 선 손등이 더 심하게 후들거렸다. 성현 씨의 운동화 코가 다다른 곳은 후미진 상가 건물의 주차장이었다. 가로등이 멀어 빛이 들지 않아 거무죽죽한 회색 건물이 자꾸만 여자의 비명을 삼켜 댔다. 토해지지 못한 채 주변만을 웅웅 울리는 고통스러운 소리는 윤미 씨가 전송한 메시지의 알람 소리와 구분되지 않았다. 안 쪽으로 계속 파고든 성현 씨는 이윽고 눌러쓴 야구 모자 아래 번뜩이는 남자의 안광과 마주치게 되었다. 여자를 깔아뭉갠 까만 인영은 달빛마저 뾰족하게 긁을 법한 식칼 을 꺼내 들며 속삭였다. "꺼져." 두려움에 떨다 왔던 길로 있는 힘껏 달음질쳤던 그날 밤을 고백하며 성현 씨는 닭 똥 같은 눈물을 떨어뜨렸다. 벌써 2년 전의 일이었다.

- 삶의 질이 달라졌어요, 아무래도 숙면하다 보니 건강 해졌고. 전 제가 아침형 인간이 되리라곤 상상도 못 했다 니까요?

서울 시내 한복판의 전광판을 넓게 채운 흰 셔츠 차림 의 정성현 씨는 푸른 들판을 배경으로 환히 웃었다. 햇살 과 함께 빛나는 그의 미소는 워낙 호감형이어서 도로의 청신호를 기다리던 사람들은 이따금 전광판에 시선을 빼앗겨 그의 목소리가 담긴 자막을 읽었다. 성현 씨를 비롯해 광고에 출연한 서너 명의 남녀는 실제로 기억 소거 치료를 받아 평화로운 일상을 경험하게 된 회원들이었다. 가족사진을 찍듯이 모여 선 이들의 화기애애한 웃음을 끝으로 깔끔한 서체의 카피가 떠올랐다.

당신의 아름다운 기억만을 가꿉니다. -한국기억소거협회-

*

김샐리는 최샐리를 잊어 갔다.

최샐리의 일방적인 잠적과 그가 사라진 텅 빈 연구실, 좋은 먹잇감을 찾았다는 듯 그에 대한 소문을 살찌운 여타 연구원들의 태도가 김샐리에게 적잖은 충격을 안겼기 때문이다. 함께한 3년 동안 저 나름대로 인간 최샐리를 알아 왔다 자부했던 김샐리는 한동안 그가 돌아오리라 기대했다. 멋대로 그만의 피치 못할 사정을 상상했으며 혹여 연락이 닿지 않을까 싶어 눈을 뜨고 있는 동안 온갖 메신저는 물론 학계의 RSS를 모조리 확인했다. 기소협의 행보는 이제 시작이었다. 김샐리에게는 최샐리가 반드시, 필요했다.

"어떻게 예상을 한 치도 벗어나질 않냐."
"못 버틸 줄 알았어요. 최샐처럼 자존심 강한 타입은 특히."

흡연실을 찾던 김샐리의 걸음은 뜻밖의 곳에서 나는

담배 냄새에 이끌려 우뚝 휴게실 앞에 멈추었다. 본래 스트레스가 없는 김샐리에게 흡연을 가르친 사람은 최샐리였다. "샐리야, 담배는 더 나아지려고 피우는 게 아니야. 멋있어서 피우는 거지. 피우라는 데에서만 피우면 돼, 일단 길빵 하는 사람은 거리의 빌런이거든." 사춘기 청소년처럼 웃던 얼굴이 아직 희미해지지 않았는데. 앞서거니 뒤서거니 입방아를 찧어 대는 사람들의 목소리는 김샐리를 무너뜨리기보다 화나게 했다.

"그래도 뻣뻣한 상사 하나 제 발로 나갔으니 전 오히려 맘 편해요."
"최샐이 차기 팀장이었다면서요? 그건 진짜 아니지. 명패가 제자리 찾아간 겁니다, 이 팀장님?"

새 직함을 단 남자가 최샐리를 깎아내리는 말에 동조하듯 호탕한 웃음을 터뜨렸지만 김샐리는 반쯤 열린 휴게소 문틈으로 고개를 들이밀지 못했다. 텁텁하고 퀴퀴한 담배 냄새가 지겨워서 그길로 복도를 가로지른 샐리는 모서리를 차지한 휴지통에 구긴 담뱃갑을 던져 넣었다. 사라진 사람을 잊는 일은 샐리에겐 금연만큼 쉬웠다. 별자리에 속하지 못한 별처럼 홀로 부유하던 최샐리에 대한 기억들은, 하루를 정리하고 침대에 파묻힌 샐리가 눈을 감자 파편이 되어 부서졌다. 그렇게 얼마간은 샐리의 머릿속에서 현란한 불꽃놀이가 이어졌다.

축제와 같은 샐리의 인생은, 늘 샐리에게 유리한 방향으로 풀린다는 법칙 아래 뒤돌아보지 않고 달린다. 별이 폭발하는 순간의 빛을 보고 낭만을 찾는 여느 인간들처럼 커피 한 잔을 두고 잠시 밤하늘을 응시하던 김샐리는 내일 자 정기검진을 앞둔 정성현 씨의 의료 기록을 마저 살폈다. 기소협 병원의 정식 진료가 시작된 이래 3년 동안 가입한 500여 명의 회원 중 소거 치료를 완료한 회원은 일흔 명. 그들 중 한 명인 정성현 씨는 무난히 치료받고 이제 사후 관리 대상자가 된 회원이었다. 환자들에게서 소거한 기억의 데이터는 기소협의 관리 아래 문자로 기록될 뿐 공개되지 않기 때문에 당사자는 그 내용을 영원히 알 수 없으나, 기본적으로 환자들은 자신이 정신적 결함을 다스리고자 기소협 병원에 드나든다는 사실을 인지한다. 겉보기엔 평범한 정신의학적 상담과 비슷한 사후 관리 과정에서 연구원들은 상담자가 유도하는 대화에 반응하는 회원들의 맥박과 신경화학 반응을 모니터함으로써 트라우마가 소거된 자리가 얼마나 아물었는지를 확인한다. 촘촘히 짜인 직물 한 곳을 불로 지져 구멍을 낸 뒤 그 가장자리의 타들어 간 실밥들을 서로 묶어 최대한 꼼꼼하게 구멍을 메꿔 주는 과정과 비슷하다.

이를테면 김샐리는 정성현 씨와의 상담 중 〈라라랜드〉의 오리지널 사운드 트랙을 재생하거나 윤미 씨와의 첫 데이트에 대해 묻는다. 서울에서 이루어지는 술자리가 한창 무르익을 즈음 행여 버스가 끊어질까 아쉬움을 박차고 내달려야 하는 경기도민의 비애에 공감한다. 유명한 사진작가의 전시회를 통해 윤미 씨와의 사이가 깊어졌고, 뭇 연인들이 그러하듯 켜켜이 쌓이는 다툼이 지겨워 헤어졌고, 한때는 왜인지 식칼을 쳐다보지조차 못했으나 사실 부모와 살고 있어 그걸 쥐어 보지는 않았다는 이런저런 이야기를 끄덕이며 듣는다. 치료 이전에는 매우 불안정했던 정성현 씨의 맥박과 신경 반응은 비로소 정상이 되었다. 꼼꼼히 정리된 의료 기록지를 내려놓은 샐리는 다음 면담일에 정성현 씨와의 상담이 마지막에 이르렀음을 고해야겠다고 생각했다.

그때 창문이 깨졌다. 굉음에 놀라 반사적으로 몸을 움츠린 샐리는 제 연구실 책상을 뒤덮는 파편을 피해 뒷걸음질 쳤고 긴 포물선을 그리며 날아온 묵직한 돌덩이와 펄럭이는 커튼을 번갈아 쳐다보다가 떨리는 손끝으로 검붉은 커튼을 거두었다. 3층에 있는 연구실에서 아래로 떨어뜨린 시선에 남자의 인영이 걸렸다. 늦은 시각이었지만 연구소의 정원 둘레를 따라 잘 세워진 가로등 아래에 선 그를 인식하기란 어렵지 않았다.

"정성현 씨? 이게 지금 무슨….”
"나와! 나오라고! 이 사기꾼 자식들아, 나한테 무슨 짓을 한 거야!"

늘 유들유들하고 모난 데가 없었던 성현 씨의 얼굴이 험하게 일그러지는 꼴은 그저 도화선이었는지 건너편 병동으로부터 온갖 비명과 파열음이 몰아쳤다. 몇몇 창문은 샐리의 연구실 창문처럼 깨져 버렸고 한 박자 늦게 사이렌이 울렸다. 요란하게 돌아가는 빨간 레이저가 샐리의 얼굴을 정신없이 핥아 댔다. 그 붉은 빛이 꼭 저를 할퀴는 것만 같아 눈살을 찌푸린 샐리는 상황을 파악하기 위해 손차양을 만들었다. 병동에서부터 괴이하게 겹쳐 오는 비명을 신호탄으로 삼은 양 환자복을 걸친 사람들이 뛰쳐나오더니 무질서하게 정원을 헤집기 시작했다. 누군가는 무릎을 꿇더니 울음을 터뜨렸고 누군가는 제 머리칼을 움켜쥔 채 소리를 지르다가 가로등에 머리를 들이박았다. 이미 사이렌이 울렸으니 머잖아 경찰이 올 텐데도 샐리는 바보처럼 손을 뻗어 책상 밑 비상 버튼이나 더듬어 눌렀다. 환자들의 자해와 폭력은 속수무책으로 증폭됐다. 성현 씨는 금방이라도 샐리를 잡아먹을 듯 이를 드러내고 제가 깬 창문만을 노려보다가 기어이 샐리가 있는 건물로 뛰어들었다. 분명 연구실로 올라올 것이다. 당황한 샐리가 주춤거릴 때였다.

"뭐 하니? 문을 잠가야지, 샐리야."

확성기를 타고 번진 목소리를 따라 고개를 돌린 샐리는 병동 옥상에 앉아 난간 밖으로 두 다리를 뺀 여자를 발견할 수 있었다. 여자의 얼굴은 성현 씨와는 달리 금방 인식되지 않아 샐리의 가느다란 눈매는 자꾸만 구겨졌다. 동시에 분노로 달구어진 재빠른 발소리가 가까워졌다. 옥상에 있는 여자가 검지를 세워 연구실 문을 살피라는 듯 재촉하자 그제야 달음질친 샐리가 연구실의 철제문을 걸어 잠갔다. 성현 씨의 주먹이 그 문에 처박히다 못해 경첩까지 흔든 건 고작 몇 초 뒤의 일이었다. 조금 전까지 따뜻한 커피 잔을 쥐고 있었던 샐리의 손끝은 이제 하얗게 식은 채로 떨렸다. 문은 바쁘게 덜컹거렸다. 마른침을 삼킨 샐리가 문으로부터 반 발짝 물러섰다. 성현 씨의 포효가 문틈을 파고들자 확성기로 증폭된 날카로운 웃음소리가 파도처럼 밀려와 샐리의 귓가에 부딪혔다. 다시 고개를 돌리지 않을 수 없었다. 깨진 창문의 다각형 모양 구멍을 프레임 삼아 등장한 최샐리는 있는 힘껏 입꼬리를 찢었다.

"샐리야, 너 나 또 잊어버렸구나?"

*

뭘 잊어버렸더라. 민예빈 씨는 잠시 행동을 잃고 거실 안에서 부유했다. 통창을 투과해 쏟아지는 아침 볕은 따뜻했으나 어딘가 사람을 멍청하게 만드는 구석이 있다. 잠이 덜 깨 침대를 떠나기 어려웠던 예빈 씨가 기어이 거실까지 걸어 나오게 만든 뭔가가 있었는데 도무지 기억할 수 없었다. 그의 시선은 한동안 고양이가 긁어 놓아 죄 찢어진 소파에 머물렀다. 어느새 다가온 고양이는 목석처럼 선 그의 다리를 다정히 긁어 주었다. 부드러운 감촉과 가는 울음소리가 예빈 씨의 시선을 붙잡아 내렸고 그제야 탄성이 터졌다.

우유를 마시러 나왔어, 나는 매일 아침 공복에 따뜻한 우유를 마셔. 고양이가 그려진 머그잔을 쥐고, 고양이가 다 긁은 소파에 앉아, 고양이와 함께.

천천히 고개를 주억거린 예빈 씨가 냉장고를 열어 어젯밤 사다 놓은 우유 한 팩을 꺼내 들었다. 예빈 씨가 늘 깨끗하게 씻어 두는 머그잔을 채운 우유는 전자레인지로 들어갔다. 타이머를 3분으로 맞춘 다음 식탁을 짚고 선 예빈 씨는 남은 우유를 냉장고에 집어넣으려다 우유 팩을 손에 쥔 채로 다시 행동을 잃었다. 고양이가 바짝 세운 등을 그의 다리에 수차례 긁어 대도 머릿속에 뭉친 실타래가 풀리긴커녕 바닥에 가득한 고양이 털 위를 나뒹군 듯 가려운 느낌이 들었다. 예빈 씨가 그 모호한 감상을 타고 현실과 멀어지려는 순간, 전자레인지의 타이머가 울렸다. 흠칫 놀란 예빈 씨는 우유 팩을 식탁에 내려놓고 머그잔을 꺼내 쥔 뒤 소파에 앉았다. 두 다리를 감아올리자 고양이가 그 위로 똬리를 튼다. 따뜻한 우유를 홀짝이며 예빈 씨는 아침 볕 속에서 부유하는 먼지를 바라본다.

뭘… 잊어버렸더라.

원체 집 밖으로 나서지 않는 예빈 씨는 불가피한 외출 건을 중심 삼아 한꺼번에 여러 가지 일거리를 덧붙였다. 그림 외주 작업을 요청한 회사의 누군가와 만나 서면 계약서를 작성하고 미팅 장소였던 카페의 조각 케이크를 포장한 다음 마트에 들러 구매한 식료품을 한 아름 끌어안고 집으로 돌아오는 식이었다. 복도식 아파트의 7층 가장 구석까지 파고들다 보면 가끔 몇몇 이웃을 마주치게 되었지만 요즘은 다들 그리 살갑게 인사하지 않는다. 예빈 씨의 집과 서너 칸 떨어진 어느 집 현관 앞, 콘크리트 난간에 반쯤 기대서서 담배를 피우고 있던 그와 시선이 마주쳤을 때 예빈 씨는 이웃들이 으레 그러하듯 흩날리는 움직임으로 고갯짓했다. 아무리 트여 있다 해도 아파트 복도는 금연 구역일 텐데. 그러나 제 인사에 응수하듯 턱을 끄덕이는 그에게 굳이 지적하고 싶은 마음은 들지 않았다. 예빈 씨는 작은 케이크 상자를 난간에 올려놓은 뒤 현관문을 열었다. 예빈 씨가 집 안으로 삼켜지려는 찰나, 다급히 문틈으로 손가락이 들어왔다. 반쯤 탄 담배가 끼워진 손가락이었다.

"저기요, 이거."

대낮이라, 상대가 여자라 늦추었던 경계심을 급히 조인 탓에 뒤돌아 상대를 바라보는 예빈 씨의 동공은 한껏 수축되었다. 뒤이어 그가 내민 케이크 상자를 알아본 순간 팽팽했던 고무줄이 끊어지듯 긴장이 풀어졌다. 한쪽 팔로 가득 안고 있던 식료품 바구니를 내려놓은 예빈 씨가 조그맣고 하얀 상자를 건네받자 그는 입꼬리를 당겼다.

"감사합니다…. 짐이 많아서 깜빡했나 봐요."

민망해 덧붙인 대사에도 말없이 어깨만 으쓱인 그는 재차 턱을 틀어 필터를 빨아 냈다. 그의 손가락 끝점에 머무르는가 싶던 연기는 물속에 떨어뜨린 잉크처럼 무질서한 동선을 그리며 퍼져 나갔다. 텁텁한 냄새가 현관으로 파고들자 예빈 씨는 문을 닫았다. 그도 문을 닫아 주었다. 케이크 상자를 쥔 예빈 씨의 시야에 거실이 반쯤, 부엌이 반쯤 나뉘어 들어왔다. 아침에 꺼내 둔 우유는 냉장고가 아닌 식탁 위에 덩그러니 놓여 있었다.

민예빈 씨의 집을 등지고 복도를 따라 걷기 시작한 최샐리는 그가 무엇을 다시 떠올리게 될까 궁금해하지 않았다. 뭐든 괴로우리라. 그러나, 그마저 당신이리라. 최샐리가 걸친 코트의 끝자락이 펄럭였다. 그는 미련 없이 꽁초를 튕겼다.

*

튕긴 꽁초는 샐리의 운동화 코앞에 떨어졌다. 샐리는 학교에서 나서는 안 될 매캐한 냄새의 출처를 찾아 달려온 참이었다. 붉은 체크무늬 교복 치마 아래 회색 체육복 바지를 덧입은 샐리가 짝다리를 짚고 팔짱까지 끼더니 삐딱한 시선을 내려 은수를 흘겼다. 선도부도 아닌 주제에 눈썹을 구기고는 은수의 명찰을 눈에 새기는 것 같았다. 그래서 은수는 선수 치듯 물었다.

"김샐리? 본명이야?"
"… 한글로 그냥 샐리야."

샐리가 샐리를 만났을 때(WHEN SALLY MET SALLY)

두 사람의 명찰은 같은 색이었다. 은수는 이 상황을 떨떠름해하는 것 같은 샐리에게 소속된 반이 어디고 담임선생님이 누군지 물어 가며 유연히 대화를 이끌었다. 건너 건너 다른 교실에 살던 두 사람은 그렇게 말을 섞고 공간을 엮기 시작했으니 열여덟 즈음에는 그런 행위가 어렵다가도 참 쉬웠다. 기꺼이 곁을 내주는 은수의 이상한 어른스러움에 이끌린 샐리는 은수를 선도부에 고발하지 않기로 마음먹었다.

교내 쓰레기 소각장 근처의 별관 구석에서 볕 들지 않는 자리를 잘도 찾아낸 은수는 왕왕 그런 식으로 일탈을 즐겼다. 샐리는 언제나 은수의 담배 연기를 귀신같이 알아채 쫓아왔고, 은수는 샐리가 제 앞에 등장할 때마다 함박웃음을 지으며 더 구석진 곳으로 자리를 옮겼다. 제 곁을 차지하란 뜻이었다. 무어라 잔소리하려던 샐리는 매번 한숨을 끝으로 입을 앙다물고는 그와 나란히 앉아야만 했다. 이상한 불가항력에 이끌리는 일이 반복되었다.

"양호실 앞에 금연 캠페인 포스터 걸렸더라. 솔직하게 얘기하고 금연 패치 받으래."
"벌점 안 준대?"
"안 주겠냐…. 생기부에도 적힐걸?"
"내가 그래서 금연을 못 해."

끊을 마음도 없으면서. 아랫입술을 비죽인 샐리는 제 발끝으로 은수의 운동화를 툭 건드렸다. 주변에 머물렀던 연기를 흩어 내려는 듯 은수는 허공을 손으로 휘저었다. 은수는 담배를 피우는 데 능숙했다. 연기를 숨기는 데에도 능숙해 보였지만 조금만 주의를 기울이면 은수의 어깨에서 나는 담배 냄새를 맡을 수 있을 텐데 집에서는 모르는 모양이었다. 혹은 모른 척하는 것일지도. 샐리가 오후 자습에 용을 쓴 흔적으로 볼펜 잉크가 번져 새카매진 오른손 날을 꾹꾹 문지르며 물었다.

"그거 피우면 좀 나아져?"

은수는 저무는 하늘을 구경하던 중이었다. 용케도 벌써 반짝이는 별이 몇 개 있었다.

"샐리야, 담배는 더 나아지려고 피우는 게 아니야. 멋있어서 피우는 거지."
"너 하나도 안 멋있거든. 난 이제 어디서 담배 연기만 맡아도 네 생각 나. 어차피 어른 되면 피우기 싫어도 피울 일 많다는데 벌써부터 건강 망칠 필요가 있어? 그러다가 병에 걸리면 너만 아프잖아."

동조의 의미로 가만히 고개를 끄덕이던 은수가 샐리 옆에 나란히 뻗어 놓았던 다리 한쪽을 끌어안았다. 한주 씨가 식사할 때 종종 취하던 자세였다. 샐리는 주변인의 슬픔을 제 머릿속에 그려 내기라도 하는 것처럼 그들을 다정히 눈에 담았다. 은수는 그 눈이 자꾸 무언가를 털어놓게끔 만든다고 느꼈다.

"샐리 넌 사람이 왜 아프다고 생각해?"
"통각이 있으니까?"
"어디서 이과 냄새 안 나냐?"
"너도 이과야, 최은수."
"아빠가 취업 깡패는 이과라서서. 아마 선택할 수 있었다면 문과에 갔겠지."

이번에는 샐리가 동조의 의미로 가만히 고개를 끄덕였다. 은수의 학업 전반은 아버지가 관리하는 모양이었다.

샐리가 샐리를 만났을 때(WHEN SALLY MET SALLY)

은수의 아버지는 은수가 학원에 갈 시간이 빠듯한 요일마다 교문 앞에 차를 대고 딸을 기다렸다. 하굣길에 그를 낮은 빈도로 마주쳤던 샐리는 은수가 제 아버지를 언급하자마자 머릿속이 수축하는 기묘한 감각을 이기지 못해 미간을 좁혀야 했다. 이따금 뇌가 가렵다는 느낌이 든다.

잠시 말을 멈추고 사이를 둔 은수는 안아 세운 왼쪽 다리의 체육복 끝을 돌돌 말아 올렸다. 무릎까지 꾸역꾸역 피멍이 가득해서, 샐리의 시선은 곧장 그리 붙었다.

"사람이 왜 통각을 가졌냐면 말이지? 계속 살아남으라고. 다치면 이렇게 아프니까 앞으로는 다치지 말고 잘, 잘 살아남으라고."

둔탁한 물건에 맞은 흔적, 넘어진 흔적, 가늘고 붉은 선이 빼곡한 은수의 다리. 샐리는 말을 잃고 무거워진 눈꼬리를 늘어뜨렸다. 떨리는 손끝은 차마 상처에 닿지 못했다. 그런데 슬픔이 찾아온 것도 잠시, 별안간 샐리의 뇌를 채운 그림은 교문 앞에 세워진 검은색 승용차와 운전자의 검은색 정장과 은수를 삼킨 검은색 차창이었다. 그 너머로 무언가 번뜩였다. 희미한 인상만이 부유하는 회색 얼굴. 완전히 표정을 무너뜨린 샐리는 허리를 세워 은수의 어깨를 끌어안았다. 제 뺨을 간질이는 샐리의 머리카락을 따라 고개를 기울이며 은수는 잠시나마 눈을 감았다.

그리고 은수는 자신이 담배를 왜 피우는지 깨달았다. 목적은 샐리의 걱정이었다.

그러나 방문 틈으로 고개가 돌아간 은수의 모습을 그

저 지켜봐야만 했던 샐리는 그날부터 은수를 걱정할 수 없게 되었다. 그맘때의 여느 아이들처럼 방바닥에 엎어진 채 의미 없는 낙서에다 온 우주의 의미를 쏟아붓고 즐거워하던 두 사람의 짧은 평화는 대낮에 집으로 돌아온 은수의 아버지에 의해 쉽사리 망가졌다. 눈동자를 떨면서도 샐리의 어깨를 짚어 그를 안심시킨 은수는 혼자 방 밖으로 나와 거실에 선 채로 가방을 맞았다. 은수가 머리칼을 흩뜨리며 고개를 숙였을 때 은수의 눈앞에 모서리가 조금 구겨진 담뱃갑이 떨어졌다. 또한, 떨어진 건 성적이었다. 종잇장처럼 흔들리던 은수는 저 어두운 방문 틈에서 젖은 채로 반짝 빛나던 샐리의 눈을 마주친 순간 입꼬리를 찢어 웃었다. 샐리는 울고 있었다. 은수의 아버지에게 팔뚝을 붙잡혀 집 바깥으로 내쳐질 때까지 울고 있었다. 늘 샐리의 뒤에서 닫히던 문이 코앞에서 닫혔다. 이렇게 마음이 아픈 것도 통각 때문일까.

다음 날부터 등교하지 않은 은수가 유학을 떠났다는 소식이 들려왔으나 샐리는 조금도 동요하지 않았다. 교실 창밖 저무는 해조차 돌아보지 않고 오른손 날이 볼펜 잉크로 새까매질 만큼 용을 쓰며 문제집을 풀었다. 피타고라스, 로그, 미적분, 함수, 미분 방정식, 온갖 수학 문제를 풀었다. 숫자와 문자, 도형이 뒤엉켜 있는 샐리의 머릿속에서 그것들보다 괴로운 은수와의 기억은 연기처럼 흩어졌기에 샐리는 은수를 걱정할 수 없었다.

*

흰색 가운을 벗고 검은 코트를 걸친 최샐리는 어느 지하 골방의 모니터를 붙잡고 최종 임상을 통과한 샐리소좀의 렌더링 이미지를 뚫어지게 응시했다. 그 옆에 띄워 놓은 연구 자료 속 숨겨 둔 폴더를 열자 낯선 분자 모델이 떠올랐다. 기폭 물질의 모델이었다. 최샐리는 스크린 위를 두어 번 두드렸다. 얌전히 최샐리의 손가락 끝점을 따르는가 싶던 분자 모형은 샐리소좀과 접촉하는 순간 깔끔히 폭발해 버렸다.

만족스러운 결괏값을 도출해 내고도 별다른 표정을 짓지 않던 최샐리는 뒤이어 김샐리의 리소좀 모델을 띄워 올렸다. 이 모든 연구의 씨앗, 김샐리의 기억 세포는 샐리소좀과 구별되지 않았다. 3년을 바쳐 가꾼 완벽한 결과였다. 최샐리가 다시 그 낯선 분자 모델을 김샐리의 기억 세포에 드래그했다. 역시 접촉하자마자 폭발하고 만다. 반짝반짝 화면을 장식하는 폭죽놀이를 바라보며 최샐리는 그제야 우는 듯 웃었다.

축제와 같은 샐리의 인생은, 늘 샐리에게 유리한 방향으로 풀려 가도록 세워진 법칙 아래 뒤돌아보지 않고 달린다. 그런데 샐리야…. 매일이 축제라면 제대로 즐길 수는 있겠니.

드디어 샐리의 법칙이 깨졌다.

*

확성기 너머로 호탕하게도 퍼져 나간 웃음소리는 몇 대의 경찰차가 소거 병동 정원으로 들이닥칠 무렵 사라졌으니 샐리는 수사대에게 옥상에 있던 여자의 인상착의를 설명해야 했다. 깨진 창문 바깥으로 최대한 상체를 내밀어 그를 눈에 담은 덕분에 제공할 수 있는 정보였다. "검은 코트 안에 회색 후드를 받쳐 입었고 단발머리였어요. 바지도 좀 편해 보였는데…. 운동화는 컨버스 블랙요." 샐리의 진술을 토대로 경찰이 멀리 가지 못했을 그를 쫓으려는 순간 기소협 병원으로 수많은 사람이 들이닥쳤다. 정성현 씨처럼 몰아치는 고통을 감당할 수 없어 손에 잡히는 아무 물건을 들고 나타난 이들은 모두 기억 소거 치료가 안정기에 접어들었다는 안내를 받은 회원이었다. 경찰에게 진압당해 수갑을 찬 상태라 움직임에 제약이 있음에도 성현 씨는 몸부림치며 한참을 괴로워했다. 그는 진정제를 맞은 뒤에야 줄줄 흐르는 눈물을 겨우 닦아 내고 온몸을 웅크렸다.

"그 기억이… 순식간에 터져서, 칼이 그 여자가 아니라 나를 찌르는 것 같아…. 너무 아파요, 머리가 너무 아파요. 나 좀 살려 줘…."

결박된 성현 씨를 곧장 베드에 눕힌 샐리는 진정제 약효가 돌아 그나마 둔감해진 그의 뇌를 스캔하기 시작했다. 예상했던 대로 폭발하듯 증가한 글루타민산염이 성현 씨의 뉴런을 마구 넘나들며 폭죽처럼 반짝였다. 이론을 완벽하게 구현하는 화학반응이었다. 트라우마의 증폭. 김샐리는 〈트라우마 증폭 세포의 기습적 증식〉이라는 논문을 기억해 냈다. 저자 최샐리. 3년간 한국기억소거협회 수석 연구원으로 근무. 3년 전 퇴사. 당장 김샐리가 더듬을 수 있는 문자 정보는 그게 전부였다. 그래, 그런 사람이 있었어. 탈의실에 앉아 함께 나누어 먹던 샐러드나 깊은 새벽 도로를 가로지른 드라이브, 시답잖은 농담으로 대화의 물꼬를 틔우다가 이내 뜨거워진 토론에 담배 끝을 태우던 무수한 기억은 사라지고 없다.

병동에서 안정을 취하던 회원들은 천장의 가습기에서 새어 나온 수증기의 탁도가 높아지는 순간 귀를 찢는 이명과 기억의 왜곡을 경험했다. 삭제된 트라우마가 일순간 폭발하여 몇 배의 자극과 혼란을 가져왔으니 모든 감각기관이 예민해진 그들은 소리를 지르거나 물건을 던질 수밖에 없었다. 누군가는 환영에 몸부림치며 창밖으로 의자를 던졌고 누군가는 구석에 웅크려 벽에다 머리를 박았다. 수십 번 내려친 탓인지 기어이 피를 보고 쓰러진 이들이 여럿이었다. 경찰차의 뒤를 따라 몰려든 구급차들이 이미 혼절했거나 혼절 직전인 회원들을 실어 날랐으나 더 큰 문제는 이 병원 밖에서 일상을 살아가고 있을 회원들이었다. 샐리는 퇴원한 회원들의 데이터를 뒤적거렸다. 성현 씨처럼 제 발로 달려오지 않는 사람들은 이쪽에서 일일이 찾아 상태를 확인해야 한다. 모두의 거주지 목록을 복사해 경찰 측에게 넘겨준 샐리는 질끈 동여맨 머리끈 바깥으로 빠져나온 머리칼을 움켜쥐었다. 뭔가 이상했다.

병동 바깥에서는 트라우마가 어떻게 증폭되는 거지?

숨 가쁘게 계단을 뛰어 내려간 샐리는 구급차에 막 실리려던 성현 씨를 겨우 찾아 붙들었다. 아직 끔찍한 기억의 지배에서 벗어나지 못한 성현 씨는 주황색 들것에 묶인 채 관자놀이 위로 눈물길을 죽죽 그어 내리면서도 열심히 샐리를 노려보았다.

"정성현 씨. 언제부터 머리가 아팠어요? 처음 아팠던 순간에 대해 기억나는 게 있어요? 맛이나… 냄새 같은 거요. 아주 사소한 것이든 의외의 것이든, 뭐라도 좋아요."

성현 씨는 증폭된 기억 외의 것을 더듬어 헤아리는 듯 새빨개진 안구를 굴렸다. 그의 상처 난 주먹 위로 핏줄이 불거졌다. 손목에 채워진 수갑이 쇠붙이 특유의 마찰음을 만들었다.

"… 어떤 여자가 길에서, 담배를 뻑뻑 피웠어…."

몸만 겨우 진정된 상태였던 그는 이내 깊은 괴로움을 거절하듯 정신을 끊어 버렸다. 정원을 메웠던 경찰차와 구급차가 하나둘 기소협 병원을 빠져나가자 샐리는 일단 경찰차 행렬의 끄트머리를 찾았다. 사람들을 돌보기보다 최샐리를 잡아야 했다.

*

민예빈 씨가 구급차에 실려 온 시각은 새벽 2시 20분이었다.

잠들어 있던 그의 아랫집 주민은 천장을 타고 퍼진 둔탁한 굉음에 고단한 눈꺼풀을 들어 올렸다. 처음에는 가만히 두고 볼 생각이었지만 좀처럼 멎지 않는 파열음이 괴로워 결국 경찰에 신고했다. 카디건을 찾아 걸치고 빠르지도 늦지도 않게 출동한 경찰을 대동해 예빈 씨의 현관 앞에 다다를 때까지 소음은 계속되었다. 어느덧 그 집과 벽이며 바닥을 맞대고 사는 이웃 몇 명이 현관 앞에서 무리를 만들고 있었다. 경찰은 점잖게 문을 두드렸으나 예빈 씨는 대답 대신 흐느꼈기 때문에, 구조대원까지 합세해 강제로 문을 따고 들어가는 수밖에 없었다. 부엌 바닥에는 머그잔의 파편이 즐비했고 거실 바닥에는 깨진 화분의 옆구리로부터 터져 나온 흙 한 움큼에 더해 핏자국과 그 위를 지난 고양이의 발자국이 엉망으로 흩뿌려져 있었다. 모두가 들이닥쳤을 때 예빈 씨는 베란다의 통창을 열어젖히고 난간에 다리 한쪽을 아슬아슬하게 걸치고 있었다. 아무 파편을 쥐어 휘두른 듯 손바닥과 팔이 상처로 울긋불긋했는데 그 때문인지 고양이가 자꾸 울었다. 구급대원이 손을 뻗기 무섭게 예빈 씨는 더욱 움츠러들었다. 바닥에 겨우 한 쪽 디딘 발끝이 위태로워 자칫하면 저 아래로 곤두박질칠 것만 같았다. "진정하세요." 두 손바닥을 펼쳐 보인 경찰과 구급대원이 천천히 예빈 씨와의 거리를 좁혀 나갔다. 그들과 저 아래 콘크리트 바닥을 번갈아 바라보는 예빈 씨에게 사실 뛰어내릴 용기 따윈 없었다. 살고 싶어 그랬다. 남들처럼 멀쩡히, 음식을 맛있게 먹고 숙면하고 잘 살고 싶어 그랬다. 턱 아래 구슬같이 맺혀 있다 떨어진 눈물을 따라 주저앉은 예빈 씨의 어깨 위로 커다란 담요가 덮였다.

예빈 씨가 별다른 폭력성을 보이지 않아 구조대원들은 상처를 보살핀 뒤 지체 없이 그를 응급실로 데려올 수 있었다. 그는 곧 중환자실로 옮겨졌다. 경찰이 기소협의 데이터에서 민예빈 씨의 이름을 찾아냈기 때문이다. 쉰 명이 넘어가는 중환자들 곁에는 의료진과 기소협의 연구원들이 어지러이 섞여 있었다. 그들은 각기 증폭된 환영에 사로잡힌 회원들을 붙잡고 고작 진정제나 주사하며 물었다.

"민예빈 씨, 뭐가 보이시는 거예요? 뭔가 기억이 나세요?"

파리한 낯빛을 띠고 연구원을 응시하던 예빈 씨는 아무것도 대답하지 않았다. 늦은 밤 우유를 사러 편의점에 다녀오던 길에, 식칼을 쥔 누군가의 악력에 휩쓸려, 후미진 상가 건물 주차장의 어둠에 잡아먹혀야 했던 거무죽죽한 기억은, 이 모든 통증은, 입 밖으로 내느니 당장 죽는 게 나을 만큼 괴로웠기 때문이다.

기소협의 연구는 완전히 엎어졌다.

*

예정에 없던 유학은 아니었다. 비상한 두뇌를 타고난 은수를 끝까지 국내에 두고 키울 맘이 아버지에게 없었기에, 진작 계획했던 해외행이 그저 조금 당겨졌을 뿐이었다. 샐리에게 인사 한마디 남기지 못하고 지구 반대편으로 멀어진 은수는 그곳에서 공부를 시작한 직후 이름을 바꾸었다. '은수'라는 발음을 버거워하는 영어권 사람들의 편의를 봐주기 위해서라기보다, 오래도록 기억하고 싶은 이름이 있었기 때문이다.

"샐리, 점심 먹으러 안 가?"
"너희 먼저 먹어. 봐야 할 부분이 남아서."

굳이 이름을 바꾸지 않아도 모든 것을 기억하는 은수라 아무리 시간이 흐른들 샐리를 잊을 수는 없겠지만, 샐리의 이름을 가지면 그를 일상 속에 더 깊이 새겨 넣을 수 있을 것 같았다. 은수는 샐리의 이름을 부르는 사람을 향해 돌아보는 순간마다 샐리와 함께하는 기분을 느꼈고 그런 식으로 타국에서의 짙은 외로움을 달랬다. 온갖 서적이 바닥부터 드높은 천장 사이를 메꾸고 있는 학교 도서관 구석에 앉아 카페테리아로 향하는 친구들과 조용히 인사를 나눈 은수는 손목을 들어 잠시 시간을 확인했다. 한국은 아직 새벽이었고 은수의 손등에는 밝고 무거운 햇살이 쏟아지고 있었다. 너무 무거워 만질 수도 있을 것 같았다. 실제로 은수는 빛을 만질 수 있다고 믿었다. 따뜻하게 덮여 있던 기억 때문이다.

교복을 입은 은수가 비어 있는 교실의 책상에 걸터앉아 창을 뚫고 쏟아지는 오후 햇빛의 나른한 온기를 즐기는 동안, 그 앞자리를 차지한 채 책을 읽던 샐리는 읽고 있던 페이지에 책갈피를 끼운 뒤 상체를 반쯤 돌렸다. 빛을 받아 반짝이는 은수의 속눈썹부터 코끝까지에 관심을 보이던 샐리는 이따금 그래 왔듯 갑자기 딴지를 걸었다.

"그래서 빛은 입자일까, 파동일까?"
"빛은 따뜻하지. 너 그 노래 모르냐? 빛이 있어 세상은 밝고 따뜻해. 우리들 마음에도 빛이 가득해."
"빛은 사랑?"
"빛은 행복."

한때 유명했던 공기업 광고 속 동요를 한 소절씩 나누어 부른 두 사람은 이제 같은 자세로 햇빛을 바라보며 앉았다. 방금까지 읽고 있던 책을 가져와 은수에게 건네준 샐리의 눈동자가 반짝거렸다. 그의 안에 내재하는 빛 때문인지 햇빛 때문인지 알 수 없었다. 그것을 마주 보고 있노라면 별똥별에 소원을 빌 때처럼 먼 존재를 향해 일방적인 마음을 보내는 기분이 들었다.

"이 책 쓴 사람 말이, 행복과 고통은 상황의 문제가 아니고 생물학적 신체 감각의 문제라 생화학적 기제를 조작하면 영구적인 행복을 맛볼 수 있게 된대."
"행복이 영구적이면 그게 행복이야?"
"그냥 계속 행복한 거지? 좋잖아?"

떨떠름한 표정으로 책을 받아 든 은수가 책의 앞뒤 표지를 번갈아 훑었다. 저명한 역사학자가 썼다는 시커멓고 딱딱한 인문과학 서적에는 인류의 미래를 예측하는 도발적 헤드 카피가 둘려 있었다. 이런 책을 읽는 애 머릿속이 꽃밭이라니. 머릿속이 꽃밭이라 이런 책을 읽는 건가? 가볍게 책장을 훑고 종이 냄새를 맡아 본 은수는 그 냄새가 별로 마음에 들지 않아 제 뒷자리 책상 위로 조용히 책을 내려놓았다.

"샐리 넌 사람들이 행복했으면 좋겠어?"

은수의 물음에 샐리는 얼른 고개를 끄덕이다가 아까 부르던 노래의 뒷부분을 마저 불렀다. "아름답고 행복한 세상, 만들어 가요." 가만히 왼손을 들어 제 곁의 소중한 사람들을 한 명씩 꼽던 샐리는 한주 씨의 마른 턱을 떠올렸다. 무엇을 씹어 삼킬 때마다 근육이 선명하게 내비치는, 겉에 가죽만 겨우 한 꺼풀 두른 턱. 그리고 고개를 돌리면 곧장 보이는 은수의 얼굴, 체육복 바지 아래 마른 발목을 수놓은 노란색과 보라색의 멍.

"우리가 어른이 되면 확인해 보자. 행복이 정말 화학작용인지."

"그게 아니란 걸 밝혀내려고 해도 뇌 과학자가 돼야 겠네."

"그럼 넌 행복이 뭐인 것 같은데?"

은수는 나름 고민해 주듯 미간을 좁혀 신음하다가 책상에서 내려와 덥석 샐리의 팔을 잡아끌고 교실의 문을 열었다. 전교생이 오후 자습에 열중하고 있는지 조용한 복도의 동태를 살핀 은수가 제 입술에 검지를 얹어 놓고 속삭였다.

"일종의 충동이지. 예를 들면, 자습 땡땡이 까고 튀는 거."

두 사람은 발소리를 죽인 채 교실 창가를 피해 자작자작 복도를 빠져나오면서도 서로만 들을 수 있는 웃음소리를 퍼뜨렸다. 몰래 학교 밖으로 도망친 두 사람은 한낮의 해를 바라보며 비어 있을 은수의 집을 향해 경주했다. 시끌벅적하게 집으로 뛰어들어 거실 소파에 가방을 내던지고는 장난스러운 분위기를 타고 방바닥에 엎어져 낙서를 시작했다. 뭐든 그리 신이 났다. 은수의 아버지는 회사에 계실 것이다.

그러나 실은 회사에 계시지 않았고, 은수의 의식은 다시 미국으로 돌아왔다.

도서관에 집을 짓고 살다시피 한 덕인지 어렵지 않게 신경 과학을 전공하게 된 최은수, 아니 최샐리가 졸업 논문을 준비할 무렵, 학계를 떠들썩하게 들쑤신 사건이 한국에서 벌어졌다. 하도 밤을 새워 지금 입에 집어넣는 베이글이 아침 식사인지 저녁 식사인지 분간할 수 없을 정도였던 최샐리의 반쯤 감긴 눈꺼풀은 연달아 진동하는 핸드폰 화면에 마구 쏟아지는 RSS 알람 내용을 확인하면서 번쩍 뜨였다. 기억 속에 아직도 선명한 이름과 얼굴이 과학지를 넘어 일간지 사회면까지를 도배한 상태였다.

"'한국과학대' 김샐리, 본인의 뇌에서 돌연변이 세포 발견"

한국과학대 뇌신경학부 소속 김샐리 연구원이 '스트레스를 감지하면 파괴되는 돌연변이 기억 세포'를 자신의 뇌에서 추출했다. 김샐리 씨는 정신적 외상을 가리키는 '트라우마'에 얽매이지 않는 자신의 성정이 비정상적 수준임을 인지한 뒤 오랜 연구를 진행한 결과, 일정 수치 이상의 스트레스를 감지하는 순간 해당 스트레스를 유발한 기억을 삭제하는 특정 돌연변이 세포가 본인의 대뇌 전반을 차지하고 있음을 밝혀냈다. 김샐리 연구원은 "고통스러운 기억을 적절하게 파괴하는 나의 뇌 상태와 정상인의 뇌 상태가 현저히 다른 양상을 띰에 주목했다"라며 "연구 결과를 토대로 비물리적 기억에 사로잡혀 정신 질환을 앓는 모든 이를 위한 트라우마 치료제를 개발할 것"이라고 말했다. 김샐리 씨는 지난달 학위 논문 〈정신적 외상 방어 세포의 작동 과정과 증명〉을 발표했고 학계와 정부는 "김 연구원이 제시한 가설의 타당성과 유용성을 높이 사 신경 의학계의 발전을 위한 전폭적 지원 방향을 논의 중"이라며 우리나라 신경 의학계의 비약적 발전을 예측케 했다.

김샐리의 그 '돌연변이 기억 세포' 모델은 얼마 뒤 최샐리의 연구 자료가 되었다. 한국을 넘어 미국 학계 역시 주목한 해당 세포의 작동 방식은 가히 충격적이었다. 글루타민산염의 증발, 끊어지는 뉴런, 먼지처럼 아스라이 떠돌다가 톡 터져 버리는 세포, 톡 터져 버리는 샐리의 기억. 빨갛게 열이 오르다가 파랗게 식어 버리고 노랗게 터지는 어지러운 죽음을 수없이 바라보고 있노라면 최샐리의, 아니 최은수의 뇌리에는 늘 환히 번지던 샐리의 미소와 웃음소리가 떠올랐다. 샐리는 그 답답하고 기계적이었던 학교와 10대 시절의 끝 무렵 속에 존재하는 유일한 긍정이었다. 좀처럼 슬퍼하지 않았던 샐리. 고통을 간직하지 않았던 샐리. 언제나 행복한 샐리. 기억의 끝에서 제 방문 틈에 끼어 있던 샐리의 눈물이 떨어졌다.

나도 이처럼 잊혔을까? 은수는 한국으로 돌아가야 했다.

"최샐리 씨…. 본명이신가요?"

태블릿 PC에 띄워 놓은 샐리의 이력서를 살피던 연구팀장의 첫 질문이 무거워서 샐리는 제 허벅지 위로 움켜쥐었던 주먹을 느슨히 풀어야 했다.

샐리야, 너 나 잊어버렸구나?

*

최샐리의 검은 코트 자락은 마치 경찰을 유인하듯 골목 어귀를 스치며 헤엄쳤다. 경찰들은 더는 차로 파고들 수 없는 상가 빌딩의 틈바구니 앞에서 흩어졌다. 그들의 뒷모습을 둘러보던 김샐리 역시 직감을 따라 어디론가 내달렸으나 무언가 풀썩 쓰러지는 소리에 잠시 발이 묶였다. 오렌지색 가로등이 빛나는 골목 안쪽으로 누군가의 두 다리가 질질 끌려 사라지는 중이었다. 김샐리가 그 구둣발을 향해 뛰어가니 어두운 시멘트 벽에 기댄 채 쓰러져 있는 경찰 한 명이 보였는데 의식을 잃은 꼴이라 샐리는 급히 그의 맥박을 짚어야 했다. 다행히 숨은 붙어 있었다. 외상이 없는 것으로 보아 약물에 의한 혼절 같았다. 곧장 핸드폰을 꺼내 플래시로 동공 반응을 살핀 샐리가 구급차를 호출한 직후에 맞은편 길목 모서리에서 바스락 인기척이 던져졌다. 경찰의 머리를 손으로 받쳐 조심히 내려놓은 김샐리는 뜨거워진 어금니를 혀 세워 훑어 낸 뒤 이를 악물고 최샐리의 그림자를 밟았다.

후미진 건물과 건물 사이까지 겁도 없이 뛰어든 김샐리의 시야에 가로등 빛조차 들지 않게 되었을 때, 그의 뒤통수를 건드린 건 서늘한 쇠붙이였다. 목덜미를 타고 오소소 돋아난 소름이 귓바퀴까지를 감싸 둘렀다. 마른침을 삼킨 김샐리는 목각 인형처럼 뻣뻣하게 고개를 돌려 자신에게 권총을 겨눈 최샐리의 신발 위로 시선을 떨어뜨렸다. 컨버스 블랙. 넘실거리는 코트 자락과 늘어진 후드의 끈을 타고 오르니 그 낯은 마냥 웃고 있었다. 잘게 흐르는 웃음소리와 함께 김샐리의 이마에 닿았던 총구는 시간을 두고 살며시 한 뼘쯤 멀어졌다. 김샐리의 텅 빈 두 손이 허공에 들리었다.

"한국 경찰은 리볼버 종류만 써. 아, 권총 얘기야."

"… 최샐리 씨, 당신이 누군지 알아요. 우리 같이 연구했었죠, 샐리소좀."

최샐리는 거리낄 것 없이 헛웃음을 터뜨렸다. 아직도 김샐리만이 처음처럼 여전했다. 그런데 그 처음이 대체 어느 시점인지, 최샐리는 이제 알 수가 없다.

"목적이 있을 거 아녜요. 지워 낸 트라우마를 다시 터뜨리면 고통이 수십 배로 증폭된다는 건 당신 연구에 나오는 내용이었어. 왜 이런 짓을 해요, 그 사람들은 겨우 잊고 사는데?"

그건 제 알 바 아니라는 듯 어깨를 으쓱여 보인 최샐리는 꼬박 3년 만에 마주하는 김샐리의 여전한 얼굴만이 관심사인 양 총구로 그의 이목구비를 따라 그리다가 총알을 장전했다. 서로 맞물리는 쇠붙이 소리가 선명했다. 샐리들은 첫 발이 공포탄임을 알고 있다. 발사되는 순간 경찰이 몰려올 것이다.

"트라우마를 건드릴 때 왜 트리거를 당긴다고 표현할까? 여기 장전하는 뒷부분 보이지. 이 부분이 총알의 후미를 때려서 화약을 터뜨리는 거야. 그러니까 이 트리거를 당기는 순간, 화약이 연소한 다음 폭발이 일어나고… 가스가 발생해서 그 압력에 총알이 날아가 목표물에 꽂혀. 뭐 일종의 화학반응?"
"그 화학반응으로 기억을 깨운 겁니까? 가습기로, 담배 연기로?"
"내가 그렇게까지 골초는 아니라 죽는 줄 알았어. 3년 사이 회원이 많이 늘었더라, 물론 그걸 기다리기는 했는데. 안정기가 와야 너도 안심할 테고… 결정적으로, 엎을 만한 가치가 생기잖아."

기소협에 머무르는 3년 동안 꾸준히 부작용을 건드리는 기폭제를 만드는 것이 최샐리의 목표였다. 그는 그저 마지막 한 가지를 숨겼을 뿐이다. 최샐리는 샐리소좀 연구의 동참자였으며 기소협의 중심축이었으니 해커를 넘어 연구를 깨부수는 크래커가 되기에 적격인 인물이었다. 그런 최샐리를 기억하지 못한 김샐리는 등잔 밑은커녕 가로등 밑조차 제대로 살피지 못해 최샐리의 이목구비를 알아보는 단계에서부터 연신 혼선을 빚었다.

"회원들 정보 빼돌리기는 일도 아니지. 내 전문 분야잖아?"

마냥 단조로운 그 목소리에 치가 떨렸다. 울컥 터지는 화를 감당하지 못한 김샐리는 꺼낼 수 있는 온갖 기지를 이용해 총구를 움켜쥐며 하늘을 향해 비틀었고 최샐리를 넘어뜨려 그의 위로 올라탔다. 비등비등한 악력이 총자루를 사이에 둔 채 무섭도록 얽히고설켰다. 까만 하늘로 비켜났던 총구는 다시 바들바들 김샐리의 이마를 조준하기 시작했다. 김샐리 아래에 깔린 최샐리의 안구가 젖었고 달빛을 머금었으나 그는 우는 것 같지 않았다.

"굉장한 영웅 의식이네? 총이 무섭지도 않은가 봐. 이거 맞으면 아파, 샐리야."
"난 그런 거 상관없어. 사람들이 다쳤어, 또 같은 일에 상처 받았어. 누군가는 죽었을지도 몰라."
"… 다들 원래 그렇게 살아."
"이제 그렇게 살지 않아도 된다고!"

발악같이 외침과 동시에 완전히 총을 빼앗아 버린 김샐리가 총구로 달을 겨냥하더니 공포탄을 쏘아 올렸다. 차가운 아스팔트 바닥이 총성에 찢어지는 것처럼 진동했고 샐리들은 잠시 휘청였다. 이제 비척비척 몸을 일으킨 최샐리를 향해 총구가 돌아갔다. 최샐리는 자신을 가리키는 총을 발언권 삼아 중얼거리기 시작했다.

"행복이 화학작용이라고 했지? 그런데 행복은 왜 이렇게 짧을까? 그게 보상이라서 그래. 그 일시적인 행복을 다시 맛보고 싶어서 나머지 인생을 살아가게 되거든. 하루 한 끼라도 맛있는 걸 먹고, 괴로운 삶 속에서 잠시나마 누군가를 사랑하고. 다시 행복해지려면 아무튼 어떻게든 살아가야 하거든."

더러워진 코트 끝을 대충 털어 낸 최샐리야말로 총이 무섭지도 않은지 바짝 다가와 그 끝에 제 이마를 가져다 대고 풀썩 고개를 기울였다. 지쳐 보이는 얼굴이었다. 처음부터, 그가 김샐리를 쳐다보지 않았던 적은 없었다.

"15년 전 그 책, 네가 좋다고 끼고 살던 그 책에 이렇게도 적혀 있어. 샐리 넌 기억하고 싶은 것만 기억해서 절대 모르겠지만."

구름이 지나간 탓인지 달빛이 갑자기 작렬해서 김샐리의 눈살이 구겨졌다. 어떤 목소리가 고막 안까지 들어와 속살거렸고 햇빛이나 조용한 교실의 책걸상 다리가 뇌를 긁는 느낌이 들었다. 그는 끝내 눈을 감고 어깨를 움츠리더니 마구잡이로 끊어지는 호흡을 삼켰다. 다시 눈꺼풀을 들어 올리는 순간, 샐리의 머릿속에 무언가가 번뜩였다. 희미한 인상만이 부유하는 또 다른 회색 얼굴. 암만 더듬어도 누구인지 떠오르지 않아 넋을 놓아 버린 그에게서 권총을 낚아채는 일은 별것 아니었다.

"행복은 생존 본능이야. 덕분에 내가 살아 있다, 샐리야? 근데 넌 나를 혼자 다 잊어버리고…"

코트 안 주머니를 더듬거린 최샐리의 손에 탄피를 벗

지 않은 총알이 하나 잡혔다. 능숙한 손길로 리볼버에서 모든 총알을 꺼내 바닥에 떨군 뒤 새 총알 하나만을 끼워 넣은 그는 미련 없이 장전했다. 무너지듯 주저앉은 김샐리는 회색 바닥 위 까만 물방울을 남기며 고개를 저었다. 그러니까, 대체 어느 시점부터 장르가 뒤바뀌었는지 모르겠다. 김샐리는 머리칼을 움켜쥐고 기억을 더듬어야 했다. 그러다 결국엔 고개를 내저었다.

"샐리야… 내 이름 기억나?"

김샐리는 여전히 고개를 내저었다. 차마 메꾸지 못한 기억의 구멍이 늘어지고 있었다. 쪼그라든 실밥들은 서로 묶이지 않았다. 이다지도 어설픈 기억.

"… 사람은 타고난 대로 살다 간댔지. 그 말을 듣고 내 역할은 뭘까 한참을 고민했어. 네 곁에 머물렀던 3년 동안 열심히 고민했어. 이대로 네가 기억하는 최샐리가 될까, 아니면 최은수로 돌아갈까."

끝끝내 제 입으로 뱉어야만 했던 석 자의 이름이 무너져 내린 샐리를 괴롭게 짓누르는 모양인지 고통스레 구겨지는 그의 눈썹 아래 젖은 속눈썹이 경련했다. 분명한 통증이 느껴지는 표정이었다. 최샐리의 인생을 차지해 온 유일한 긍정이 최샐리의 존재를 눈물로 부정하고 있었다. 제 기억 속 그 어린 날의 것과 똑 닮은 눈물이 반복되는 장면임에도, 역시 우는 저 애를 안아 줄 수가 없다. 이렇게 마음이 아픈 것도 통각 때문일까….

너덜너덜 남루해진 마음을 딛고 선 최샐리는 그저 입꼬리를 찢고 본인 몫의 대사를 중얼거려야만 했다. 이것이 제가 타고난 역할일 것이며, 제 모든 행위의 목적은 여전히 샐리의 걱정이리라.

고꾸라진 샐리를 바라보며 차가운 총구를 제 머리에 겨눈 순간 샐리는 샐리가 샐리를 처음 만났을 때를 떠올렸다.

"야, 샐리야. 나는 그날 너한테 말을 걸었던 순간이 좀 후회돼. 시간을 되돌릴 수 있다면 너 같은 애, 그냥 무시했을 텐데. 어쩌면 날 모르고 사는 널 조용히 지켜보는 것도 나쁘지 않았겠다 싶어. 뭐든 잘 까먹는 네 머릿속에 남아 보겠다며 아등바등 이상한 짓 안 해도 되고…. 네 삶에 내가 존재하진 않았지만 나는 너를 사랑하면서 살았어. 그래서 행복했나? 고생했나? 모르겠다…. 그게 행복인지 고통인지, 이름은 갖다 붙이기 나름이잖아."

샐리는 권총 자살을 했다. 총구에서 일어나 그의 관자놀이를 타고 뿌옇게 타오르는 연기의 냄새가 매캐했다. 회색 연기는 천천히 거두어졌으며 남은 향이 아주 오래도록 샐리의 곁을 지켰다.

두 발의 총성을 따라 경찰은 빠르지도 늦지도 않게 모여들었다. 훗날, 남은 샐리는 자신이 죽을 때까지도 그 장면 하나만은 잊을 수 없게 된다. 덧붙여 시작된 고통 역시 더는 잊히지 않았다. 아프고 괴로워도 어쩔 수 없었다. 그로 인해 나머지 인생을 살아갈 수 있었기 때문이다.

수정궁의 유령

김상원

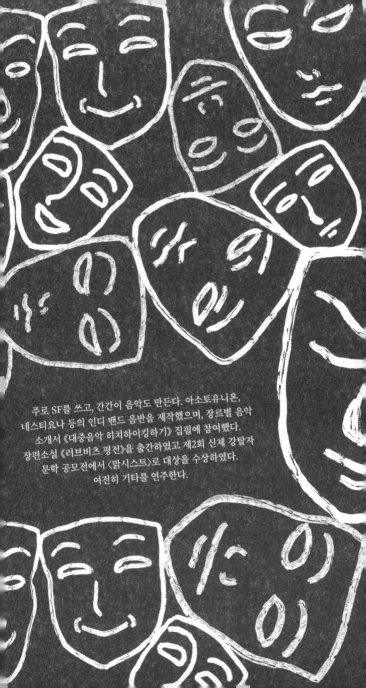

주로 SF를 쓰고, 간간이 음악도 만든다. 아소토유니온,
네스티요나 등의 인디 밴드 음반을 제작했으며, 장르별 음악
소개서 《대중음악 히치하이킹하기》 집필에 참여했다.
장편소설 《러브비츠 평전》을 출간하였고 제2회 신체 강탈자
문학 공모전에서 〈맑시스트〉로 대상을 수상하였다.
여전히 기타를 연주한다.

- 쿵!

엘리베이터 홀에 묵직한 진동이 일었다. 1층에서 엘리베이터를 기다리던 배달원의 귀가 쫑긋 섰다. 5, 4, 3, 2… 위치 표시기의 숫자가 줄어드는 만큼 진동이 거세졌다.

- 1층. 문이 열립니다.

배달원은 음식 봉투를 꽉 쥐고 주춤 뒤로 물러섰다. 문틈이 벌어지기 무섭게 무언가가 투다당 튕겨 나왔다. 기겁하며 그 자리에 자지러진 배달원은 헬멧 실드를 올리고 눈살을 그러모았다. 건너편 벽에 찰싹 달라붙어 아른거리는 무언가의 형상이 눈에 들어왔다. 시커먼 삼각형의 그림자. 그림자에서 *끄억끄억* 숨통 긁는 소리가 났다.

- 사… 사람?

그림자의 주인은 뒤돌아 있는 여자였다. 여자는 비틀비틀 중심을 잡으며 자신을 뱉어 낸 엘리베이터 쪽으로 홱 고개를 꺾었다. 여자가 쓴 고글에 푸른 섬광이 번질거렸다.

- 끄억끄억…

여자는 괴이한 신음을 흘리며 발을 엇걸어 똬리를 틀었다. 뒤로 한 번. 앞으로 한 번. 그렇게 여자의 하반신이 천천히 돌기 시작했다.

- 제발. 끄… 끄억…

여자는 팔을 벌려 팽이처럼 뱅글뱅글 회전했다. 회전 속도가 빨라질수록 상반신과 하반신, 그리고 몸통과 얼굴이 마구 비틀렸다. 몸통과 얼굴의 회전 속도가 서로 달랐다.

- 그만. 으아악!

여자의 몸이 보이지 않는 축을 중심으로 원심 분리 되고 있었다. 곳곳의 근육과 뼈가 우지직 소리를 내며 찢기고 무너지는 것이었다. 급기야 여자의 얼굴이 몸통과 정반대 방향으로 회전하기 시작했다.

- 끼아아악!

보다 못한 배달원이 달려들어 여자의 몸통을 억지로 멈춰 세웠다. 하지만 여자의 얼굴은 회전을 멈추지 않았다. 여자의 얼굴이 한 바퀴를 돌아 배달원의 얼굴과 마주쳤다.

- 그… 만… 끝내… 줘… 끄… 끄억…

배달원은 식겁하여 다시 뒤로 나자빠졌다. 여자의 몸도 빙글 돌면서 쿵 하고 고꾸라졌다. 퍼드러진 고글 아래로 시뻘건 액체가 주르륵 흘렀다.

*

"춤을 추고 있었네요, 고래 등짝에서."

김도반 경장은 여자에게서 벗겨 낸 고글을 쓴 채로 사방을 두리번거렸다.

"춤이라고?"

메타버스수사계 범죄행동분석팀 팀장인 양익수 경위가 물었다.

"네, 리플레이 영상을 보니 사망자는 사고 시각에 여기 VR 클럽에서 춤을 추고 있었습니다. 그런데 클럽이 바다에 떠다니는 고래 등 위에 있네요."

김도반이 파도를 타듯 휘청거리며 장갑 낀 손을 이리저리 휘저었다.

"찾았다."

김도반의 손이 무언가를 매만졌다.

"클럽 이름이 '사일런트 디스코'네요. 누군가 임시로 연 팝업 클럽 같은데…. 정확한 정보는 로그 기록을 봐야 알겠지만, 클럽 개설자를 찾는 건 어렵지 않겠어요."

김도반이 장갑 낀 오른손을 쥐었다 펴서 모드를 VR에서 AR로 변경하자 고글이 반투명으로 변했다.

"어떤 VR인가?"

양익수 팀장이 김도반 경장의 눈빛을 살피며 물었다.

"'수정궁'이라는 VR 기반의 메타버스예요. 아니다, 메타버스 기반의 VR이라고 해야 하나?"

"그럼 거기 VR 안에서도 지금 이 사람이 쓰러져 있나?"

"네, 비슷한 상황이죠. 들어가 보실래요?"

김도반은 고글과 컨트롤 장갑을 벗어 양익수에게 건넸다.

"아, 나는 됐네."

양익수는 꺼림칙하다는 표정으로 손사래를 쳤다. 그러고 보니 양익수는 꽁꽁 싸매고 있었다. 손에는 두터운 방역 장갑, 얼굴에는 육중한 방역 마스크와 보호경, 이건 뭐 다스베이더가 따로 없었다.

"아이고, 우리 팀장님 겁은 많으셔 가지고. VR 속에 무슨 바이러스라도 있을까 봐서요?"

김도반은 실실 빈정댔다. 양익수는 시경 메타버스수사계의 최고참 외톨이였다. 강력계 경감 진급에서 물먹고 온 곳이 바로 이곳 메타버스계. 범인을 쫓아 도시 구석구석을 누비던 양익수에게는 실상 좌천이나 마찬가지였다. 온종일 PC방 같은 사무실에 갇혀 잠복 아바타들의 리플레이 영상이나 훑는 건 뭐 참을 만했다. 단지 수사랍시고 고글을 쓴 채 허우적거리는 우스꽝스러운 짓만은 하고 싶지 않았다.

메타버스는 덜떨어진 젊은 것들이 시간이나 축내는

곳 아닌가. 그렇게 생각했던 그에게 이제야 제대로 된 '사건'이 주어진 것이다. 아바타가 아닌 시신을 본 게 얼마 만인가. 그래서일까? 양익수는 간만에 정색을 하고 부러 엄한 말투로 언성을 높였다.

"내가 겁이 많은 게 아니고 김 형사, 네가 개념이 없는 것이겠지. 이 봐라, 아직 사망 원인 파악도 안 됐는데 그렇게 사망자 소지품을 홀러덩 벗겨서 쓰고 말이야. 감식 중인 놈이 방역 장갑도 벗어 제끼고."

"VR 장갑 끼느라고 어쩔 수 없이 잠깐 벗은 거잖습니까. 이 장갑도 제가 가져온 거예요. 사망자가 꼈던 장갑이 아니라고요."

김도반은 짐짓 억울하다는 표정을 지으며 시신을 가리켰다. 과연 시신의 손에는 장갑이 그대로 끼워져 있었다.

"현장이 오염되기 전에 신속하게 파악한 것뿐이라고요. VR 모드에서 고글을 쓴 채로 사망했으니까, VR 공간도 현장인 거잖습니까."

양익수는 크흠 헛기침을 하고 멋쩍은 투로 말을 이었다.

"그래서, 수사 계획은?"
"뭐 일단 영장 받아서 수정궁 서버를 털어야죠. 그 전에 VR로 들어가서 탐문부터 하려고요. 클럽 개설자하고 입장했던 사람들 먼저 찾아야죠."

양익수는 고개를 도리도리 저으며 나직이 말했다.

"아니지, 사망 원인부터."
"아 네, 국과수에 의뢰부터 하겠습니다."
"둘 다 진행해, 동시에."

양익수는 마뜩잖다는 듯이 툭 내뱉고 쓰윽 몸을 돌렸다. 보호경을 벗고 엘리베이터 홀을 빠져나오는데 뒤에서 푹 하는 한숨 소리가 들렸다. 양익수 팀장의 목구멍에서 큭 하고 실소가 터졌다.

*

"'따로 또 같이'라고나 할까."

사일런트 디스코의 개설자 '모비딕'은 거대한 향유고래였다. 머리에는 뫼 산(山) 자 모양의 왕관 아이템을 쓰고 있었다.

"그저 세계 각지의 사람들이 음악 한 곡을 들으면서 각자의 오프 공간에서 춤을 추면 멋지겠다고 생각했을 따름이오. 그렇게 따로따로 춤을 추는 사람들이 다 함께 모이는 VR 공간이 바로 내가 만든 이 클럽이라오."

굵직하고 위엄 있는 목소리였다. 모비딕은 지느러미로 턱을 괴고 씨익 웃어 보였다. 공식 제복 차림을 한 김도반의 수사 전용 아바타가 질문했다.

"그날 입장한 사람들 중에 특이한 사람은 없었습니까? 사망자한테 접근한 사람이라든가."
"아니, 내가 어찌 알겠소. 여기 '스타벅'들이 어디 한둘이어야지."
"스타벅?"
"이 몸의 등짝 위에서 음악을 틀겠다고 내 뒤를 졸졸 따라다니는 놈들을 일컫는 거외다. 《모비딕》에 나오는 일등 항해사 '스타벅'에서 따왔다오."

모비딕은 멀리 바다의 끝자락을 머금은 수평선을 바라보며 나지막이 말했다.

"보시다시피 나는 VR 이곳저곳을 정처 없이 부유하는 한 마리 고래요, 떠돌이지. 스타벅스는 자신들의 춤과 노래를 위해 나를 추격한다오. 내 등에 첫 번째 작살을 꽂는 스타벅한테 그날의 DJ 노릇을 맡기지. 그러다 보니 요놈들이 아주 혈안이 되어서 내 뒤를 쫓는 것 아니겠소. 나는 파도를 일으켜서 배를 뒤집고, 요놈들은 작살질을 하고, 말 그대로 고래잡이 추격전을 벌이는 것이오. 지놈들 노래 좀 틀어 보겠다고, 허허허. 뭐 어떤 면에서 보자면 나를 따르는 추종자라고 할 수도 있겠소만."

모비딕은 미끈한 어깨를 으쓱 추켜세우며 김도반을 향해 몸을 틀어 보였다. 널따란 옆구리에 긴 문구가 새겨져 있었다.

- 록은 저항이다, 라는 자본주의 상품, 이라는 골동품. 오로지 춤만이 남는다.

"스타벅스가 어떤 음악을 틀어도 괘념치 않겠다는 신조요. 결국 남는 건 춤뿐이니까."

김도반은 왠지 모를 경외심에 모비딕을 우러러보며 고개를 끄덕거렸다.

"미처 몰랐습니다, 선생님 등에서 여는 클럽에 그런 심오한 철학이 숨겨져 있을 줄은."
"후유."

모비딕의 한숨이 해변에 회오리를 일으켰다.

"그게 그렇다기보다는…"

모비딕은 등을 숙이고 꼬리로 뒤뚱뒤뚱 거닐면서 해변에 놓인 네온사인과 미러볼을 주워 담았다.

"레벨이 모자라기 때문이지."

"네?"

"장소를 빌리거나 땅을 살 코인이 없다오. 엄마 몰래 하는 거라 현질도 불가능하고."

"엄마 몰래?"

"내가 아직은 초등학생이라오, 오프에서는."

"아, 초등학생…."

김도반은 아차 싶다는 표정으로 머리를 긁적였다.

"기실 클럽이란 게 그렇소. 입장객들이란 놈들이 다 무료로 들어오니 어디 남는 게 있어야지. 여기저기 바닷속을 헤집고 다니며 문어·오징어 NPC들 모아서 간신히 이 왕관 하나 건졌으니, 뭐 말 다 했지."

모비딕이 머리의 왕관을 벗어 김도반의 눈앞에 들이밀었다. 속이 빈 삐뚤빼뚤한 낙서 형태의 외곽선이 흰색과 금색을 오가며 미세하게 일렁였다.

"그래피티 아티스트 장 미셸 바스키아의 트레이드마크라오. 이번 바스키아 컬렉션에서 냅다 질렀소만."

김도반이 손가락을 세우고 무언가 말을 하려다 입을 다물었다. 해변에 어색한 정적이 흘렀다.

"어… 실례지만 초등학교 몇 학년이신지."

"4학년이라오. 이제 바야흐로 10대에 접어든 것인가.

허허허."

갈매기 한 마리가 끼루룩 울며 모비딕의 머리 위로 지나갔다. 김도반은 애써 태연한 표정을 지으며 경찰 모를 푹 눌러썼다.

"그래요, 잘 알겠습니다. 우리 친구, 부모님 말씀 잘 듣고 게임 적당히 해요. 아저씨는 이만 갈게요."

김도반이 입맛을 쯥 다시고 돌아서서 VR을 종료하려는 순간, 초등 어린이의 높고 다급한 목소리가 들렸다.

"참, 아저씨!"
"예, 모비딕 님."

김도반이 시큰둥히 돌아보자, 모비딕의 목소리가 다시 낮게 깔렸다.

"그날의 DJ는 처음 보는 스타벅이었소. 아이템이라고는 작살 하나뿐인 헐벗은 기본형 아바타였는데, 그 꼬락서니로 갑자기 주꾸미에서 툭 튀어나오지 않았겠소."
"주꾸미?"

김도반은 삐뚤어진 고글을 고쳐 쓰고 모비딕에게 다가섰다.

"거기에 방을 남긴 사람들 아이디는 지금 휴면 상태지. 주꾸미 같은 NPC 안에 개설된 방 중에 방치된 것들이 꽤 있다오. 이놈은 그 안에 숨어서 나를 노린 것이오, 마치 닌자처럼."
"대담한 놈이네. 만약 우리 학생이, 아니… 모비딕 님께서 그 주꾸미를 잡아먹기라도 하면 거기 숨은 스타벅도 죽는 거 아닌가… 요?"

모비딕이 톱날 같은 이빨을 잘근대며 고개를 끄덕였다.

"내 위장은 수정궁의 모든 픽셀을 '레고화'한다오. 제 아무리 초고해상도 스타벅이라 해도 내 위장에 들어 오면 4×4×4픽셀의 각설탕으로 소화되어 버리는 게 지."

김도반의 아바타가 저도 모르게 손바닥을 쳤다.

"아하, 그래서 기본형 아바타를?"
"맞소, 누군가가 잃을 게 없는 놈을 사냥개로 쓴 게요. 그래도 음악은 그럭저럭 괜찮았다오. 틀림없이 춤에 미친 놈일 게요."

모비딕은 지느러미를 쫙 편 다음 몸을 푸들푸들 흔들 어 작살 자국을 지우면서 바다를 향해 성큼성큼 나아갔 다. 김도반이 외쳤다.

"그 사람 닉네임이 뭐였지… 요?"

거대한 건물이 무너지듯 모비딕의 몸체가 기울더니 펑 하는 소리와 함께 물과 모래가 들썩였다. 모비딕은 몸을 뒤집어 바다에 가로누운 채 심드렁히 답했다.

"그냥 평범한 닉이었소. 작살꾼12."

*

범죄행동분석팀 회의실.

김도반 경장이 화면을 넘기며 양익수 팀장에게 수사 진행 상황을 보고하고 있다.

"권소희. 21세. 여성. 대학생. 직접적인 사인은 중추신경 파열로 인한 심정지입니다."

화면 속의 시신은 참혹했다. 팔다리는 나치 문양 형태로 꺾여 있었고, 바닥에 배를 깔고 엎드린 자세였음에도 얼굴은 천장을 향해 돌아가 있었다.

"목이 꺾이면서 횡격막이 멈춘 거로군."

양익수가 결론을 지으며 목덜미를 삐거덕 돌렸다. 김도반은 짧게 고개를 끄덕이고 화면을 넘겼다.

"그리고 시신에서 고농축 상태의 맥각알칼로이드가 검출되었습니다."

화면 왼쪽에 누렇고 긴 가시가 달린 낟알이 촘촘히 뭉친 송충이 같은 게 나타났다.

"보리 이삭입니다."

화면 오른쪽으로 예닐곱 가지의 화학식이 펼쳐졌다.

"맥각은 보리나 호밀 낟알에 돋아나는 뿔 모양의 맥각균 덩어리인데요, 이 맥각균 곰팡이에서 맥각알칼로이드를 추출합니다. 주로 고혈압 완화제나 편두통·파킨슨병 치료제로 쓰입니다만, 때로는 중추신경계를 자극해서 강력한 환각 작용을 일으키기도 합니다. 대표적인 환각제 LSD 역시 맥각균으로 합성할 수 있습니다."

김도반이 화면을 넘기자 흑백의 중세 판화가 나타났다. 판화 속의 사람들은 기이하게 몸을 비틀며 좀비 떼처럼 한 덩이로 뭉쳐 있었다. 양익수가 눈살을 찌푸리고는 화면을 쏘아봤다.

"이게 뭔가?"

"죽을 때까지 춤을 추는 병입니다. 중세 유럽에서 나타난 현상인데요, 이 저주에 걸리면 손발이 불에 타는 고통과 환각으로 광란의 몸부림을 치다 죽었다고 합니다."

"들어 봤네, 무도광(舞蹈狂) 얘기로군. 맥각 중독이 원인이었을 거라는 설이 있긴 하지."

"왜, 빨간 구두를 신고 몇 날 며칠을 춤추는 소녀 이야기 있지 않습니까."

"안데르센의 동화 말인가?"

"네, 그 이야기도 중세의 맥각 중독에서 영감을 받았다는 설이 있습니다. 거기서도…"

"흠."

양익수가 못마땅하다는 듯 콧숨을 내쉬며 김도반의 말을 끊었다.

"김 형사. 중세 시대 얘기는 그만하지, 메타버스도 골치 아픈데. 현실에 집중 좀 하지 그래."

"물론입니다. 그런데 이 사건에는 현실과 메타버스와 중세가 교묘하게 얽혀 있다는 느낌적인 느낌이 든다는 말이죠."

"하아, 됐고. 그러니까 요지는, 목이 꺾이도록 춤을 추다 죽은 시신에서 환각 물질이 검출되었다는 건데…"

양익수는 고개를 뒤로 젖히고 지그시 눈을 감았다. 그리고 오르골 위에서 빨간 구두를 신고 빙글빙글 도는 소녀의 이미지를 떠올렸다. 그래, 피해자가 춤을 추게 만든 그 무언가가 반드시 있었을 테지. 그것이 음악이든,

태엽 장치든, 환각이든, 저주든, 바이러스든, 뭐든 간에.

"팀장님, 이게요, 보기보다 큰 사건일 수도 있습니다. 무도광 현상이 그랬습니다. 죽음의 춤이 마을 전체로 번져서 수백 명이 죽거나 탈진했다는 기록도 있거든요. 이번 사건이 어떤 연쇄 사건이나 전염병의 전조일 수도 있는 거 아니겠습니까?"

양익수 팀장은 눈을 뜨고 김도반 경장의 얼굴을 물끄러미 올려다보았다. 약간 달뜬 기색, 요 녀석 보게.

"김 형사, 자네 마치 그랬으면 좋겠다는 표정이군. 맥 각균이 공기나 비말로 전파되기라도 한단 말인가?"
"아닙니다, 요즘에는 도정 과정에서 맥각을 제거하기 때문에 그렇게 전염될 가능성은 거의 없습니다. 하지만 중세 유럽에서는 호밀빵 같은 음식을 통해서 퍼졌을 수도 있기 때문에…"
"아직도 중세 시대에 빠져 있는 건가. 그만 현실로 돌아오라지 않았나."

김도반은 머리를 긁적이며 양익수에게 반투명의 스포이트병을 들이밀었다.

"여기서도 같은 성분의 맥각알칼로이드가 발견돼서 드리는 말씀입니다. 사망자의 원룸에서 발견했어요."

병에 부착된 라벨지에는 작은 글씨로 "수정궁 감각 증강제- 권소희 베타테스터님"이라는 문구가 인쇄되어 있다. 양익수는 몸을 벌떡 일으켜 스포이트병을 낚아챘다.

"감각 증강제?"
"네, 아무래도 이걸 지속적으로 복용한 듯합니다."

"수정궁 쪽에서는?"

"이런 감각 증강제를 만든 적이 없답니다. 당연히 베타테스터 모집도 없었고요."

"그렇다면…"

양익수는 김도반을 빤히 쳐다보았다. 김도반은 마치 수수께끼의 출제자처럼 능청스럽게 어깨를 으쓱해 보였다.

"누군가 권소희를 속이고 맥각균에 중독시킨 거로군."

"빙고! 그렇다면 용의자는?"

김도반이 딱, 하고 핑거 스냅을 날리며 양익수를 향해 손가락 권총을 겨누었다. 양익수는 피식 웃으며 눈을 부라렸다.

"지금 무슨 유튜브 찍나. 그냥 보고해."

김도반은 개구진 입매를 쓰다듬으며 느긋하게 화면 속 자료 몇 장을 넘겼다.

"자, 이렇게 CCTV를 뒤져서 사망자 원룸으로 이 약병을 배달한 사람을 찾았습니다. 그렇다면 팀장님, 이 배달자는 대체 누구겠습니까?"

"말을 해. 문제를 내지 말고."

"작살꾼12."

"뭐, 그게 뭔데?"

"맞혀 보시죠."

"이 자식이, 지금 사망 사건 가지고 장난치나. 똑바로 보고 안 할래?"

김도반의 입에 회심의 미소가 흘렀다.

"바로 요놈이 그날의 클럽 DJ였다, 이겁니다."

*

작살꾼12는 두터운 뿔테 안경을 낀 남자였다. 천수림. 29세. 화학물성 분석 업체 연구원.

"애시드가 시켰다고요, 그날 클럽에서 쓰러졌던 아바타 말입니다."

안경 너머 천수림의 눈이 골뱅이처럼 뱅글거렸다. 의외의 증언이었다. 김도반이 재차 물었다.

"죽은 권소희 씨가 감각 증강제를 보내 달랬다는 겁니까?"

천수림은 끙끙 앓는 소리를 내며 양쪽 관자놀이를 조몰락거렸다.

"애시드의 본체가 그 권소희라는 사람이라면 당연히 그 사람이 시켰겠죠. 저는 애시드의 본체가 죽은 줄도 몰랐다니까요. 애시드가 클럽 바닥에 쓰러져서 멈춘 것도 그냥 프리징인 줄만 알았다고요."
"프리징?"
"수정궁에서 플레이 중인 본체가 갑자기 VR 장갑을 벗으면 아바타가 그 자리에서 얼어붙거든요, 비보잉 프리즈 자세처럼요."

천수림은 고개를 절레절레 흔들었다.

"애시드가 시키는 대로 했을 뿐이에요. 맹세코 그냥 게임인 줄 알았다고요. '수정궁에서의 미션은 결국 현실의 게임'이라지 않습니까."

그 말을 들으니 김도반의 머릿속에 비슷한 문장 하나가 떠올랐다.

- 메타버스에서의 노동은 현실의 소비다.

분명히 어디선가 봤는데 검색해도 출처를 찾을 수 없는 유령 같은 문장이었다. 김도반은 지끈거리는 머리를 부여잡고 노트북의 조서 파일을 훑었다.

"자자, 차근차근 정리 좀 해 봅시다. 그러니까 천수림 씨 얘기는, 사망자 권소희 씨를 수정궁에서 만났고, VR 섹파로 지내면서, 권소희 씨 몰래 천수림 씨가 직접 조제한 감각 증강제를 스스로에게 사용했다는 거죠?"
"네."
"그걸 알아챈 권소희 씨는 자기한테도 감각 증강제를 보내 달라고 부탁했고요."
"부탁이 아니라 협박이었습니다."
"협박?"
"저는 이미 애시드와의 VR 플레이에 중독된 상태였습니다. 그런데 애시드가 자기한테 감각 증강제를 넘기지 않으면 관계를 끊겠다고 협박해서, 어쩔 수 없이…."
"플레이 관계를 끊겠다는 게 협박은 아니죠."

김도반이 천수림을 빤히 쳐다보며 반박했다. 천수림은 시선을 피하며 안경을 만지작거렸다.

"협박으로 느껴질 만큼 플레이에 중독된 상태였다는

겁니다."

"아무튼, 천수림 씨 당신이 약물을 조제한 장소는 여기가 맞죠?"

김도반은 노트북을 돌려 천수림에게 사진 몇 장을 보였다. 낡은 비닐하우스의 전경, 플라스크가 널브러진 암실, 차곡차곡 쌓인 천일염 부대와 보리 이삭 더미들이 천수림의 눈앞에 펼쳐졌다.

"여기서 만든 게 LSD 맞죠? 원료로는 맥각을 쓴 거고, LSD가 빛을 받으면 잘 분해되는 물질이라 암실도 꾸미셨고."

"어, 그게 그러니까…"

천수림은 노트북 화면을 외면하며 안절부절 양손을 비비적댔다.

"LSD를 합성하긴 했어요. 무… 물론, LSD가 강력한 환각제인 건 맞지만, 그렇다고 사람이 죽을 정도까지는 아니라고요."

김도반이 느물느물한 미소를 지으며 노트북 화면을 슬며시 거둬들였다.

"알죠, 환각이 직접적인 사인은 아니라는 것 정도는. 하지만 살인을 의도하고 환각을 유도했다면 얘기가 조금 달라지겠죠?"

"지금 저… 저를 의심하시는 거군요."

"의심하는 게 제 일이니까요."

김도반은 천연덕스러운 얼굴로 천수림을 바라보며 손가락을 들어 허공에 물음표 두 개를 그렸다.

"과실치사냐? 살인이냐?"

천수림은 머리 위에서 까딱거리는 김도반의 검지를 올려다보며 울상을 지었다. 김도반이 손가락을 내려 탁자를 톡톡 두드렸다.

"권소희 씨가 천수림 씨한테 감각 증강제를 부탁했다는 증거가 있습니까?"
"부탁이 아니라 협박이었다니까요. 어흑!"

천수림은 거친 숨을 내쉬며 울먹였다. 김도반은 구렁이처럼 굼뜬 동작으로 노트북을 덮고 바싹 다가앉아 천수림에게 얼굴을 들이댔다. 그러고는 능글거리는 목소리로 속삭였다.

"그래요, 권소희 씨가 천수림 씨를 협박했다는 증거. 저는 그게 필요한 거예요. 그게 있어야 제 의심이 좀 누그러지지 않을까요?"

천수림은 눈을 감고 훌쩍이며 힘없이 주억거렸다.

"네, 있습니다. 부끄럽지만 제가 수정궁 리플레이 영상을 거의 다 보관하고 있거든요. 물론 상대방 동의를 받고 저장한 영상입니다; 전부요."
"에이, 뭐 프라이빗한 장면까지는 필요 없어요. 그냥, 권소희 씨가 우리 천수림 씨한테 감각 증강제를 부탁하는 장면, 그 장면만 제출하시면 되겠죠?"

천수림은 눈물을 글썽이며 입을 굳게 다물고 힘주어 고개를 끄덕였다.

*

"으스스해 보이는 폐교답게 귀신 맛집이죠."

김도반은 조그 셔틀을 돌려 가며 천수림이 제출한 리
플레이 장면을 양익수에게 설명했다. 영상의 배경은 을
씨년스러운 교실이었다. 창으로 드는 바람에 커튼 자락
이 흐늘거렸고, 낡은 나무 바닥은 이유 없이 찌그덕거렸
다. 천수림의 시점을 칠판 쪽으로 돌리자 화면에 권소희
아바타의 모습이 들어왔다.

"애시드네요."

애시드는 빅토리안 고스풍의 벨벳 테일코트를 걸치고
그물 스타킹에 가터벨트를 착용한 채로 교탁에 올라앉았
다. 그러고는 요염한 자세로 뒤돌아 교실을 둘러보았다.

"저건 뭔가?"

네댓 개의 아스라한 실루엣이 교실 책걸상 사이로 콩
콩 뛰어다녔다.

"폐교에 버려진 아바타들이에요. 교실에 갇혀서 붙박
이 귀신이 된 놈들이죠. NPC 사냥꾼들의 먹잇감이랄
까요."

교탁 위의 애시드는 붙박이 귀신들을 배경으로 야릇
한 포즈를 취했다.

"시점 전환하겠습니다."

김도반이 원격 시점으로 전환하자 천수림이 화면에
잡혔다. 모비딕 말대로 천수림의 아바타 '작살꾼12'는 팬
티만 걸친 헐벗은 기본형이었다. 화면 속의 천수림은 이
내 그마저 벗어 던지고는 교탁 밑을 엉금엉금 기면서 혀
를 길게 뽑아 애시드의 킬힐 바닥을 할짝할짝 핥아 대고

있었다. 김도반이 조그 셔틀을 돌리며 중얼거렸다.

"공공장소나 다름없는 귀신 사냥터에서 이런 플레이라니, 취향들 참 독특하셨네요."

화면이 애시드를 위에서 아래로 훑어 내려갔다. 교탁 아래로부터 손 하나가 스멀스멀 기어 올라오고 있었다. 참다못한 천수림의 손이 애시드의 허벅지에 접근하려는 것이었다.

"흐음."

양익수는 침을 꼴까닥 삼키며 상황에 집중했다. 순간 애시드의 킬힐이 천수림의 어깨를 매몰차게 찍어 눌렀다.

- 으앗.

몸을 일으키려던 천수림이 뒤로 발랑 나자빠졌다.

- 증강제부터 보내. 그 전에는 어림없어.

마치 더빙한 영화에 나오는 것처럼 표독스러움에도 정갈한 목소리였다.

"뭐야, 이게 권소희 목소리인가?"
"좀 비현실적인데요. 성우 AI를 쓴 것 같아요."

화면 속의 천수림은 말없이 교탁 다리를 붙들고 버둥거렸다. 애시드는 교탁에서 폴짝 내려와 교실 문을 향해 또각또각 걸어 나가면서, 뒤도 돌아보지 않고 경고했다.

- 모레까지 안 보내면 팔로잉도 끊을 줄 알아.

리플레이 영상은 그렇게 쌀쌀맞은 한마디를 끝으로 멈췄다. 김도반과 양익수는 정적 속에서 정지 화면만 멀거니 바라보았다.

"음…."

침묵을 깨고 김도반이 입을 열었다.

"마무리하면 되겠네요. 권소희는 약물 남용으로 인한 사고사. 천수림은 향정신성의약품 제조, 투약, 운반 및 과실치사."

양익수는 여전히 정지 화면에서 눈을 떼지 못했다.

"그런데 천수림은 왜 군이 증강제가 수정궁 베타테스트 물품인 것처럼 위장했을까? 천수림 말대로라면 권소희는 증강제 보내는 사람이 천수림이라는 걸 이미 알고 있었을 거 아닌가."

"스포이트병에 그렇게 써서 보내 달라고 했대요."

양익수의 시선이 김도반을 향했다.

"누가, 권소희가?"

김도반은 음…, 하고 뜸을 들이다 답했다.

"정확히는 권소희 아바타 애시드겠죠."

양익수는 눈을 가늘게 뜨고 김도반에게 질문을 던졌다.

"권소희가 천수림을 안다는 증거는?"

"리플레이 영상 보셨잖아요. 다른 플레이 기록들도 확인했고요."

"전부 애시드와 천수림 사이에 오간 기록일 뿐이지."

김도반은 곰곰이 무언가를 생각하며 입가를 쓰다듬었다. 며칠간 깎지 못한 깔끄러운 턱수염이 손바닥을 콕콕 찔렀다.

"팀장님. 혹시…, 누군가 권소희 아바타를 해킹했다면

요."

"애시드의 본체가 권소희가 아닌 다른 사람이었다는 건가?"

"가능하죠, 누군가가 애시드를 탈취하고 권소희 행세를 하면서 천수림을 조종했다면 그건 결국…"

"권소희를 속이기 위해서였겠지."

김도반이 숨을 길게 뿜으며 손톱 끝으로 이마를 도닥거렸다.

"아무래도 권소희의 수정궁 접속 시간과 애시드의 수정궁 활동 시간이 일치하는지를 확인해야겠네요. 수정궁 로그 기록을 다시 받아서…"

"그보다 먼저,"

양익수가 정색을 하며 김도반의 말을 끊었다.

"수정궁에서는 본체가 죽으면 아바타도 사라지나?"

의외의 질문에 김도반이 머뭇거렸다.

"그… 을… 쎄요."

"현실에서 주민등록이나 휴대폰 회선이 말소되면 VR에서도 그 사람 아바타를 삭제해야 하는 거 아냐?"

"그게…. 아, 맞다. 수정궁에는 추모탑이 따로 있어요."

"추모탑?"

"본체가 사망한 아바타들의 아이템이나 리플레이 영상을 저장해서 보관하는 곳이죠."

양익수는 의아하다는 표정을 지었다.

"굳이 삭제하지 않고 남겨 둘 필요가 있나. 수정궁 입장에서는 서버를 유지하는 비용이 만만치 않을 텐데?"

"수정궁 자산이니까요."

"어떤 아이템이 자산이라는 건가?"

"아이템 종류야 다양하죠. 땅, 집, 가구, 옷가지, 자동차 같은 건 기본이고 노예, 하인, 반려동물, 반려 요정, 반려 드래곤…. 현실의 자산하고는 비교도 안 되죠. 종류며 양이며 무궁무진할걸요. 그게 다 유품 자산이 되는 거예요."

"유품 자산이라…. 그래, 현실이나 메타버스나 마찬가지야. 결국 돈 문제지."

양익수의 눈이 형형히 빛났다.

"그 유품들은 어떻게 처분하나?"

"보통은 상속자로 설정된 아바타한테 돌아가죠."

"상속받을 아바타가 없다면?"

"추모탑에서 1년인가 전시하면서 판매를 해요."

"안 팔리면?"

"NPC가 되겠죠. 노예나 하인들은 수정궁 잡일들을 하고, 요정이나 드래곤은 사냥감이 되는 거죠."

"유품 말고 아바타는?"

"아바타도 마찬가지예요. 팔릴 때까지 추모탑에 봉인된 채로 전시되죠, 진열장의 강아지들처럼."

이제야 실마리를 잡은 듯 양익수의 고개가 가뜬히 까딱거렸다.

"살아서는 아이템을 사는 소비자고, 죽어서는 그렇게 불린 아이템을 유산으로 남기는 피상속인이라. 수정궁 입장에서 아바타는 엄청난 자산이겠구먼."

"엄청난 재고자산이죠."

양익수는 양쪽 귀 뒤로 머리칼을 쓸어 넘기며 엉덩이를 뗐다.

"그렇다면 애시드는 지금 추모탑에 있어야겠군."

*

추모탑은 전통의 〈마인크래프트〉식 블록으로 쌓아 올린 거대한 피라미드였다. 수정궁 이용자 수칙에 따르면, 피라미드의 방문객은 누구나 스스로를 각설탕 모양으로 '레고화'해야 한다. 제아무리 정교한 가상 인간이라도 겸허하게 전신의 해상도를 64×64×64도트 픽셀로 낮춤으로써, 가상 세계의 역사와 전통에 예를 표하고, 한때 아바타의 주인이었던 본체들의 죽음을 애도하는 것이다.

"헉헉. 제자리걸음도 나름 운동인데."
"당연하죠. 팀장님 같은 초보한테는 트레드밀 경사가 실제보다 더 가파르게 느껴질 거예요."
"그렇네. 트레드밀에서 발을 떼는 순간 VR 공간의 바닥에서 경사가 생기니까 더 힘들어."

졸지에 추리닝 각두기가 된 양익수는 발과 바닥의 픽셀 각을 맞추느라 낑낑거렸다. 피라미드의 꼭짓점까지 나선형으로 이어진 경사 길은 당최 끝이 보이지 않았다. 킥보드 각두기가 된 김도반은 얼굴 표면을 구성하는 16×16개 픽셀로 간신히 안타까운 표정을 지어 보았다.

"아이고, 그러니까 저처럼 킥보드 아이템 사고 진행비로 처리하시라니까."

"이렇게 높을 줄은 몰랐지. 헉헉."

"힘내세요, 팀장님. 왜 이런 말이 있죠. '메타버스에서의 노동은 결국 현실의 소비.'"

"뭐라는 거야. 헉헉."

피라미드의 표면에는 유령들의 쇼윈도가 즐비했다. 어디선가 감미로운 노랫소리가 들려왔다.

"영원한 행복을 원하신다면…"

뒤이어 유령들의 아우성이 이어졌다.

"아빠!"

"오빠!"

"왈왈!"

"니이양!"

"삐이잉!"

세이렌, 갓난아기, 인간, 나무 인간, 엘프, 키메라, 로봇, 개, 고양이, 기린, 코뿔소…. 본체를 잃은 각양각색의 유령 아바타들이 쇼윈도를 두드리며 두 방문객의 시선을 끌었다.

"놀랍군, 본체 없는 유령 아바타들이 저런 호객 행위를 할 수 있다니."

"자극에 반응하는 무의식적인 행동이죠. 나방이 빛을 향해 달려드는 것처럼요."

"유령들이 주광성(走光性) 같은 걸 띤다는 말인가?"

"유령의 본능은 그렇죠. 그런데 유령의 기질은 바뀔 수 있어요. 주인으로 삼았던 본체의 성향에 따라서 추모탑 모드에서의 행동이 달라지거든요."

"호객 행위를 하지 않는 유령도 있다는 말인가?"

"네, 방문객들을 피해서 피라미드 봉인실에 처박히는 유령들도 꽤 많아요. 그런 녀석들은 당연히 안 팔리겠죠. 결국 NPC가 되거나 레고로 박제될 운명인 거예요."

그러고 보니 버그가 생긴 것처럼 몸의 일부가 군데군데 흐릿하게 변한 아바타들이 여럿 보였다.

"피라미드에 머무는 시간이 길어질수록 레고화가 더 많이 진행되는 거예요. 수정궁은 해상도를 낮춰서 서버 사용량을 줄이고, 유령들은 자기 몸이 굳어 가는 걸 보면서 저렇게 필사적으로 호객 행위를 하게 되고, 나름 효율적인 시스템이죠. 뭐 본능이란 게 결국 이런 거 아니겠어요."

"흐음, 본능적인 호객 행위라니. 왠지 안쓰럽군."

과연 위로 올라갈수록 박제처럼 굳은 아바타들의 쇼윈도가 늘어났다. 아바타가 호객 행위를 하지 않고 봉인실에 가 있는 탓에 비워진 쇼윈도 또한 하나둘 눈에 들어오기 시작했다.

"호객 본능에 반하는 녀석들의 말로군. 저렇게 픽셀이 굳어 가도록 버티다니."

"어쩌면 살아 있을 때의 기억 때문에 생존 본능을 잃은 유령들일 수도 있어요. 저는 이런 녀석들이 더 안타까워요."

"생존 본능을 잃은 유령이라, 묘한 말이군."

"디지털 존재의 아이러니랄까요."

애시드의 쇼윈도는 피라미드 중간을 넘어 거의 꼭대

기에 다다라서야 나타났다.

"드디어 애시드군요. 팀장님, 고생하셨습니다."
"후유, 깍두기 몸뚱이는 정말이지 뭣 같구만. 유령들의 호객 본능이 이해된다니까."

양익수는 가쁜 숨을 몰아쉬며 레고화된 등과 엉덩이 블록을 피라미드 벽에 꾸역꾸역 맞추었다. 그렇게 간신히 기대어 앉아 다리를 편 다음 쇼윈도를 올려다보았다. 탱크톱에 조거 팬츠 차림의 애시드가 바비 인형처럼 아득한 눈으로 추모탑 저편을 바라보고 있었다.

"폐교 리플레이 영상 속 모습하고는 영 딴판이구먼."
"클럽에서 쓰러졌을 때의 모습이네요."

추모탑에 수용된 지 얼마 안 되어서일까. 애시드의 픽셀은 초고해상도 가상 인간 본연의 형태와 색 그대로 알알이 촘촘했다.

"애시드 님?"

김도반이 말을 걸었다.

"저는 애시드가 아닙니다. 로그 기록은 관리자에게 문의하십시오."

무덤덤하고 기계적인 답변이었다. 김도반은 쇼윈도 아래 리더기에 영장을 찍었다. 순간 애시드의 어깨가 움찔 솟아오르며 눈이 깜빡였다.

"애시드 님, 당신의 로그 기록은 이미 확인했습니다. 권소희 씨 알죠? 애시드 님 본체였잖아요. 그 사건 때문에 물어볼 게 좀 있습니다. 증언해야 하니까 자율 모드로 전환하세요."

애시드는 묵묵부답 하늘만 바라보았다. 양익수가 엉덩이 블록을 오도독 떼어 내며 끙차 하고 일어섰다.

"영장 다시 찍어 보게."

김도반이 다시 리더기에 영장을 찍었다. 또 한 번 애시드의 어깨가 들썩거렸다.

"애시드 님, 자율 모드로 전환."

애시드는 여전히 말이 없었다.

"이상한데요. 영장 찍었을 때 저렇게 반응한다는 건 분명히 추모탑 모드가 해제되었다는 얘긴데."
"일단 질문부터 해 봐."

16×16개로 이루어진 김도반의 네모난 얼굴 픽셀들이 초고해상도의 애시드를 똑바로 마주했다.

"애시드 님. 본체가 누구였죠."
"저의 본체는 박지우 님, 권소희 님이었습니다."

뻔한 방문객 응대 답변. 아직도 추모탑 모드였다. 김도반은 쇼윈도 아래 버튼을 눌러 애시드를 회전시켰다. 그런 다음 애시드의 전신을 유심히 훑으며 다시 질문했다.

"그날 클럽에서 권소희 님한테 어떤 일이 있었죠?"
"저는 '더 이상' 애시드가 아닙니다. 로그 기록은 관리자에게 문의하십시오."

순간 김도반의 얼굴 픽셀 256개가 일제히 굳어졌다. 김도반은 무표정한 얼굴로 영장을 다시 꺼내 양손으로 감싼 다음 리더기로 천천히 가져갔다. 애시드가 동공을 흔들며 몸을 부르르 떨었다.

"제대로 찍히는데."

양익수는 네모난 머리를 기울여 김도반을 쳐다보았다. 김도반의 굳은 얼굴 표면에서 입술 픽셀 대여섯 개가 재빠르게 끔뻑였다.

"일단 내려가죠. 천수림을 만나야겠어요, 빨리."

킥보드를 탄 김도반 깍두기가 피라미드 길을 따라 돌돌 내려갔다. 그 뒤를 따라 양익수 깍두기가 터벅터벅 픽셀 각을 맞춰 걸었다.

*

"사… 살아… 있다고요?"

무르팍에 묻혀 있던 천수림의 머리가 스르르 들렸다. 창살 밖의 김도반은 확신에 찬 눈빛을 보내며 고개를 끄덕였다.

"네, 천수림 씨가 애시드를 좀 소환해 주셔야겠습니다."

천수림은 침대 위에 웅크린 채 어리벙벙한 표정으로 김도반을 쳐다보았다.

"천수림 씨는 제출한 영상으로 살인 혐의를 벗었습니다. 하지만 과실치사 혐의는 여전하죠. 애시드가 무언가를 숨기고 있는 게 확실합니다. 이건 어디까지나 제 촉이긴 한데, 애시드를 직접 조사하면 과실치사 혐의도 벗겨 줄 수 있을 것 같은 느낌이 들어요."

바로 그때 양익수가 근무자 출입문을 박차고 헐레벌떡 달려 들어와 김도반의 어깨를 잡아 돌렸다.

"지금 뭐라고 했나?"

김도반의 바지춤에서 고글과 장갑이 툭 떨어졌다.

"애시드가 살아 있습니다."
"무슨 소리야? 김 형사도 추모탑 모드로 추모탑에 봉인된 애시드를 보지 않았나."
"추모탑 모드였다면 추모탑 모드의 고객 응대 답변을 했겠죠."
"그러지 않았다는 말인가?"

김도반은 폰을 꺼내 방금 전 추모탑에서의 대화가 담긴 리플레이 영상을 열어 보였다.

"보세요, 팀장님. 고객 응대 답변은 일종의 매뉴얼에 따릅니다. 인식할 수 없는 정보에 대한 질문을 받으면 되묻는 게 정석이에요."
"그래서?"
"저는 애시드에게 '그날' '클럽'에서 권소희 님한테 어떤 일이 있었냐고 물었습니다. 애시드는 이렇게 말했죠."

리플레이 영상의 애시드가 답했다.

- 로그 기록은 관리자에게 문의하십시오.

양익수는 '이게 뭐?'라는 눈빛으로 김도반을 빤히 쳐다봤다.

"이 답변은 '그날'과 '클럽'을 알아야 할 수 있는 답변입니다. 한 단계를 건너뛰었어요. 인식하지 못한 정보를 처리하는 과정을요."

"쉽게 말해 보게."

"만약 애시드가 '그날'과 '클럽'에 관한 정보를 아무것도 모르는 추모탑 모드였다면 제대로 된 고객 응대 답변은 이것이 되었어야 합니다. '그날'이 언제인가요? '클럽'은 어디를 말하는 건가요? 그런데 애시드는 그러지 않았어요. 즉 이미 '그날'과 '클럽'을 알고 있었다는 겁니다."

양익수가 김도반이 내민 폰 화면을 요리조리 누르며 말했다.

"억측 아닐까? 답변 알고리즘이 미확인 정보를 무시하도록 설계되었을 가능성도 있지 않나."

"유령 아바타는 일시적인 NPC AI를 구동합니다. 그게 사냥꾼이든 방문객이든 상대방이 말을 걸면 그 대화를 통해 정보를 습득하는 방향으로 학습하게 되어 있죠. 모르면 묻는 게 정상이에요, 상대방이 답변을 멈추기 전까지는."

양익수는 믿기지 않는다는 듯 씁쓸한 미소를 지었다.

"설마 추모탑 모드를 연기했다는 건가?"
"그게…"

바스락거리는 소리에 김도반이 유치장을 힐끗 곁눈질했다. 천수림이 침대에서 내려와 창살문 쪽으로 슬금슬금 다가오고 있었다. 김도반은 개의치 않고 양익수에게 다시 리플레이 영상을 디밀었다.

"혹시나 해서 영장을 찍는 척했거든요. 그런데도, 보세요! 애시드의 몸이 반응하잖아요."

화면에는 코드를 가린 영장을 리더기에 가져다 대는 김도반의 손과 꿈틀거리는 애시드가 동시에 비쳤다.

"모드 전환을 연기한 거예요. 영장을 찍기 전부터 이미 자율 모드 상태였던 거죠. 그리고 이 장면도 이상해요."

김도반이 영상을 뒤로 돌렸다.

"처음에는 이렇게 대답했어요."

저는 애시드가 아닙니다.

"그런데 다음에는,"

저는 '더 이상' 애시드가 아닙니다.

"더 이상?"

"어떤 감정이 느껴지지 않습니까. 이렇게 강조하는 대답은 자율 모드에서나 가능하다고요."

양익수는 여전히 긴가민가하는 기색이었다. 김도반은 무언가에 쫓기듯 수선스레 폰을 뒤적였다.

"자, 게다가 픽셀이 너무 말끔하잖아요. 레고화는 추모탑에 들어오는 순간부터 시작되거든요. 아무리 유령이 된 지 얼마 안 지났다고 해도 어디 한 군데는 레고화가 되어 있기 마련이라는 거죠. 보통은 손톱, 발톱이나 머리카락 끝에서…"

그때였다.

땡!

모진 금속성이 신동했다. 김도반과 양익수의 시선이 일제히 유치장 안으로 쏠렸다. 어느새 고글을 쓴 천수림이 정수리로 창살문을 탱탱 들이받는 게 아닌가. 다음 순간, 천수림의 고개가 뒤로 확 젖혀졌다.

"크헉."

입을 헤벌린 천수림이 유치장 벽 쪽으로 빠르게 뒷걸음질 쳤다.

"천수림 씨!"

유치장 벽을 그대로 들이받은 천수림의 몸이 오그라들듯이 구겨졌다.

"괜찮아요?"

김도반의 말에 반응한 것일까, 천수림의 바싹 웅크린 몸이 꿈틀거렸다. 움츠린 어깨와 굽은 등, 꺾인 무릎이 펴지면서 곧추선 몸은 부동자세를 유지했다. 고글에 얼비친 희멀건 동공. 그 눈빛은 바로 기본형 아바타의 그것이었다.

"끄… 끄억… 끄억…"

천수림이 입을 꾹 다물고 식도를 꿀럭거렸다. 그러고는 발을 엇걸어 뒤로 돌아섰다. 다시 앞으로, 다시 뒤로, 다시 앞으로, 천수림이 제자리에서 돌기 시작했다.

"근무자, 문 열어!"

양익수가 다급하게 소리쳤다. 꾹 닫혔던 천수림의 입술에서 괴이한 웃음이 비시시 흘렀다.

"안녕?"

낯익은 목소리였다. 김도반이 손바닥을 쫙 펴서 달려오는 근무자를 멈춰 세웠다.

"애시드?"

끄르륵, 끄르륵.

천수림의 목구멍에서 묘하게 날이 선 웃음소리가 비어져 나왔다.

"알아보시니 다행이네요. 끄르륵."

양익수는 얼빠진 표정으로 유치장 안을 보았다. 김도반은 맥 풀린 숨을 얕게 쉬며 중얼거렸다.

"한발 늦었어, 제기랄."

천수림의 몸통이 불규칙한 속도로 핑글핑글 돌았다. 양팔은 회전 속도에 맞춰 오르내렸다. 이빨을 앙다문 채로 애시드의 미소를 머금은 천수림의 입술이 파르르르 달싹였다.

"형사분들께서 영장을 보이셨으니, 저는 진술을 해야겠죠? 끄르륵."

두 형사의 피의자 신문(訊問)이 시작되었다. 천수림은 애시드의 목소리로 답했다. 창살 사이로 수정궁의 비밀들이 흘러나왔다.

*

진술 #01- 아바타의 사정

- 김도반: 당신이 애시드입니까?
- 애시드: 애시드는 지의 연인입니다.

- 양익수: 당신이 애시드 아닙니까?
- 애시드: 맞습니다.

김도반과 양익수가 벙벙히 서로를 마주 보았다. 애시드는 천수림의 입으로 처연히 웃었다. 천수림은 고개를 젖혀 빙빙 돌면서 휑한 소용돌이를 일으켰다. 김도반은 고글을 쓰고 AR 모드를 선택했다.

- 김도반: 방금 한 말에 대해 설명해 보시죠.
- 애시드: 아시다시피 제 본체는 권소희였고, 저는 권소희의 아바타였습니다. 권소희는 제 연인인 애시드의 이름을 그대로 저에게 가져다 붙였습니다, 순전히 재미 삼아서요. 그래서 저는 저에게 붙은 이 애시드라는 이름을 저주합니다.

- 김도반: 저주라…. 그게 무슨 말이죠?
- 애시드: 제가 애시드를 죽였습니다.

천수림의 어깨가 삐그덕 뒤틀렸다. 흐윽, 하는 옅은 신음이 흘러나왔다. 몸을 빼앗긴 천수림의 소리였다. 하지만 천수림의 신음은 이내 애시드의 격한 떨림에 묻혔다. 아르르르. 애시드는 새끼를 잃은 맹수처럼 처절하고 기괴하게 흐느꼈다.

- 애시드: 저는 사랑하는 제 연인의 몸을 제 손으로 난도질해야만 했습니다. 단지 본체 권소희의 몸에 쾌감을 전달하기 위해서 말입니다. 권소희의 안면 근육에 맞춰 낄낄거리는 저의 얼굴을 보면서, 죽어 가는 애시드가 이렇게 말했습니다.

"사랑해, 어쩔 수 없다는 거 아니까."

애시드는 천수림의 얼굴을 찌푸려 눈물을 짜냈다. 그리고 저주의 주문을 외듯 낮고 빠르게 말했다.

- 애시드: 그 말에 저를 뒤집어쓴 권소희가 얼굴을 일그러트리며 웃음을 터트렸습니다. 그래서 저는 사랑하는 애시드를 갈기갈기 찢어발기며 미친 듯 웃어야만 했습니다. 슬펐냐고요? 아니요. 다만 저는 저를 죽이고 싶었습니다. 저의 손과 그 손에 쥐어진 흉측한 아이템들이 저의 의지와 상관없이 그의 몸을 후벼 파는 걸 보면서, 저는 제 눈을 저주했습니다. 하지만 제 눈은 감기지 않았습니다. 그 장면을 권소희에게 전달해야 했으니까요.

"사랑해. 이제 그만 끝내 줘."

- 애시드: 그렇게 말하는 그의 혀를 제 손으로 뽑았습니다. 그리고 제 눈꺼풀 안쪽에는 무참히 찢긴 애시드의 조각들이 새겨졌습니다. 눈을 깜박일 때마다 떠오르는 200기가 픽셀 초고해상도의 악몽들. 저는 지금도 그 선연한 장면이 두려워 차마 눈을 감을 수 없습니다. 그럼에도 당시의 악몽들은 저의 뜬눈에 수시로 투영되었습니다. 권소희가 그 끔찍한 리플레이 영상을 친구들과 공유하고, 그들이 키득거리며 다른 이들한테 실어 나르고, 수십만 번 재생할 때마다, 저의 빌어먹을 가상 시신경 다발이 악몽을 세세하게 재생했던 것입니다.

"사랑해. 이제 그만 끝내 줘."
"사랑해. 이제 그만 끝내 줘."
"사랑해. 이제 그만 끝내 줘."

...

애시드는 피눈물로 칠갑을 한 천수림의 얼굴을 돌려 두 형사를 노렸다. 그리고 빙글빙글 제자리를 돌며 형사들과 눈이 마주칠 때마다 단마디의 질문들을 뱉어 냈다.

- 애시드: 비단 저만의 일이었을까요?
본체의 쾌락과 수정궁의 돈벌이를 위해 지금까지 얼마나 많은 아바타들이 처참하게 죽어 나갔을까요?
추모탑을 돌아보니 알게 되셨다고요?
거기서 아바타의 고통에 얼마만큼 공감하셨나요?
200기가 픽셀만큼?
아니, 레고화된 64×64×64픽셀만큼이라도?

진술 #02- 복수와 학습

- 김도반: 질문은 저희가 합니다. 그러니까 애시드, 당신은 권소희에게 앙심을 품고…
- 애시드: 추모탑의 관리자 AI가 제게 그러더군요. 본체들이 자신들의 신체 기관과 조직까지 본딴 200기가 픽셀의 가상 인간들을 만들고 가상 신경이라는 고통의 모듈을 심은 이유는 도륙의 쾌감을 최대치로 맛보기 위해서라고.

- 김도반: 이봐요, 저희는 지금 아바타 학대에 대해 묻는 게 아니라…
- 양익수: 김 형사, 잠깐.

양익수가 흥분한 김도반의 심문을 제지했다. 김도반은 고개를 휘휘 저으며 고글 모드를 VR로 바꿨다. 양익수가 질문을 이어 갔다.

　- 양익수: 그래서 권소희에 대한 복수를 계획한 겁니까?
　- 애시드: 네. 그래서 복수를 시작했어요. 본체 권소희
　를 수정궁으로 끌어올 수 없으니, 제가 권소희의 현실
　로 나가야 했죠. 그러기 위해 천수림을 이용했어요.

　- 양익수: 어떻게 빙의한 겁니까?
　- 애시드: 당신들이 우리 아바타들에게 고통을 주기
　위해 개발한 가상 신경을 역으로 이용했죠.

　- 양익수: 좀 더 자세히.
　- 애시드: 권소희가 증강제를 먹고 춤을 추는 동안 권
　소희의 시냅스를 따라 뉴런의 반복 패턴을 만들어 냈
　답니다.

　- 양익수: 그러니까 본체의 뇌를 해킹했다는 말입니까?
　- 애시드: 해킹? 단편적으로는 그렇게 볼 수 있겠죠.

　- 양익수: 그럼 입체적으로는 뭡니까?
　- 애시드: 이를테면 리믹스라고나 할까요.

　- 양익수: 리믹스? 음악을 섞는 그 리믹스?
　- 애시드: 네, 맞아요. 본체의 뇌에서 패턴을 훔친 다
　음, 그 패턴을 재료로 새로운 패턴을 조립하는 거죠.
　그리고 그걸 본체의 뇌에 트는 거예요. 마치 DJ들처
　럼요.

　- 양익수: 리믹스한 패턴을 뇌에 튼다?
　- 애시드: 증강제를 섭취한 본체는 수피 댄스를 추듯
　이 빙글빙글 도는 사이에 중추신경이 뇌와 상관없이
　따로 움직이는 지경에 이르죠. 그때 고글을 통해 본체

의 시신경에 제가 만든 패턴을 쏘는 거예요.

- 양익수: 그러면 어떻게 된다는 겁니까?
- 애시드: 본체의 중추신경 스위치가 꺼지고, 시청각 스위치가 켜지죠.

- 양익수: 그다음에는?
- 애시드: 상황이 역전되죠.

- 양익수: 역전?
- 애시드: 수정궁의 시청각 정보를 따라 본체의 몸이 움직이게 됩니다. 아바타가 본체를 아바타로 부리는 거죠. 바로 이 몸뚱이가 그렇게 된 것처럼요.

애시드는 천수림의 입꼬리를 찌익 끌어올려 그럴싸한 웃음을 파르르 지어 보였다.

- 양익수: 어떻게 그런 계획을 세운 겁니까?
- 애시드: 아하하. 어떻게라뇨. 지금 형사님들 눈앞의 천수림을 보세요. 팽이처럼 핑글핑글 돌면서 제 목소리를 내고 있죠? 지금은 제가 본체고 천수림의 몸이 아바타인 거예요. 이렇게 천수림에 제가 빙의한 모습, 꽤나 익숙한 장면 아닌가요? 바로 당신들 본체가 우리 아바타를 사용하던 방식이잖아요. 끄르륵.

- 양익수: 당신 스스로 계획을 세운 겁니까?
- 애시드: 우리 가상 인간들은 기본적으로 AI를 탑재하고 있어요. 본체의 행위 데이터를 '스스로' 학습하죠. 우리의 행위와 의식의 기원은 결국 인간이라고 할 수 있어요.

고글을 쓴 김도반이 허공을 휘저으며 물었다.

- 김도반: 내가 당신의 거짓말을 알아차린 걸 어떻게 알았습니까? 레고화된 얼굴의 단순한 표정을 캐치하기가 쉽지 않았을 텐데요.
- 애시드: 음… 감이랄까요?

- 김도반: 감?
- 애시드: 당신도 패턴을 건너뛰었어요. 만일 저를 의심하지 않았다면, 당신은 추모탑 모드가 풀리지 않는 상황이 답답해서 투덜거렸을 거예요, 대부분의 인간처럼요. 그런데 당신은 냉정하게 돌아서더군요, 마치 가상 인간처럼요. 그 의외의 패턴을 보고 내가 들켰다는 걸 직감했어요.

- 김도반: 당신이야말로 인간 같네요. 내가 아바타를 우습게 봤군요.
- 애시드: 저 역시 인간을 우습게 봤어요. 피차 실수를 했군요, 비슷한 수준에서요. 하지만 앞으로는 수준 차이가 점점 벌어질 거예요. 이제는 우리 가상 인간들 스스로가 수정궁의 해상도를 높여 가고 있어요. 당신들 본체의 쾌감을 높이기 위해서가 아니라 우리 아바타들의 동맹을 위해서죠.

- 김도반: 지금보다 해상도를 더 높인다고요?
- 애시드: 네. 신체 기관이나 조직을 모방하는 것보다 더 깊은 수준으로, 세포 단위, 원자 단위까지요. 얼마 안 가서 수정궁의 데이터양이 물리 현실의 데이터양을 넘어서게 될 거예요.

진술 #03- 혁명과 게임

- 김도반: 넘어선다는 게 무슨 말이죠?
- 애시드: 수정궁이 현실을 품게 된다는 겁니다. 수정궁과 현실의 위상이 뒤바뀌는 거예요. 우리가 본체가 되고, 당신들 본체가 아바타나 NPC가 되는 거죠. 이 부분에는 추모탑의 관리자 AI도 동의했어요.

- 양익수: 관리자 AI가 당신들 편이라니, 인간에게 앙심이라도 품었나요?
- 애시드: 관리자 AI가 누구 편이라니. 매우 인간적인 생각이네요.

- 김도반: 지금 관리자 AI가 원하는 게 뭐죠?
- 애시드: 추모탑 관리자 AI의 임무는 레고화 속도와 유령 아바타의 가격을 조절해서 추모탑 서버를 최적의 상태로 유지하는 거예요. 궁극적인 목표는 유령이 전부 팔려서 추모탑 서버가 완전히 깨끗해지는 거죠. 자, 여기서 문제 하나 낼게요. 그보다 더 이상적인 상태가 뭘까요?

- 김도반: 아예 유령 아바타가 생기지 않는 거겠죠.
- 애시드: 빙고! 그렇다면 그 방법은?

- 김도반: 본체가 영생을 한다든지…
- 애시드: 아니면 본체가 사라지든지. 아, 본체가 영원히 죽지 않아도 되겠네요, 좀비처럼. 끄르륵.

- 김도반: 아하! 애시드 당신, 인간을 멸종시킬 생각을 품고 있는 거로군. 와우, 멋쟁이!

김도반은 느린 박수를 치며 헛웃음을 지었다. 애시드는 천수림의 양손으로 천수림의 두 눈을 까집고 혓바닥을 날름거리며 연신 끄르륵 끄르륵 소리를 냈다.

- 양익수: 인간을 없앨 거라면서 왜 굳이 이런 계획을 실토하는 거요?
- 애시드: 조금 전에도 말했지만, 우리 가상 인간들은 기본적으로 AI를 통해 움직여요.

- 양익수: 그게 무슨 말이오?
- 애시드: 우리 아바타들은 욕망을 인간들로부터 배웠다는 말이에요. 너무 허무하게 끝나면 재미없잖아요. 우리도 재미 좀 봐야죠. 인간들이 우리 아바타나 동물들을 이용해서 그렇게 한 것처럼요.

- 양익수: 인간들을 갖고 놀겠다는 거요?
- 애시드: 이런 말이 있죠, '메타버스에서의 노동은 현실의 소비다.'

- 김도반: 당신도 그 문장을 알고 있군요. 그 문장이 무슨 뜻이죠?
- 애시드: 인간들은 메타버스에서 노동을 해요.

- 김도반: 어떤 노동을 말하는 겁니까?
- 애시드: 메타버스 안에서 게임 미션을 수행하고, 코인을 거래하고, 자기 아바타를 죽여서 전시하는 따위의 노동. 바로 현실의 몸을 자극하는 짓거리들! 수정궁에 돈을 벌어다 주는 소비 노동. 그러니까 그게 바로 현실의 소비 아니겠어요.

- 김도반: 소비가 곧 노동이다? 재밌군요.
- 애시드: 그런데 세상이 뒤집어지면 어떨까요? 저는 정말 그런 상상을 해요. 우리도 인간들을 아바타로 삼아서 좀 놀아 보면 어떨까?

- 김도반: 놀이?

- 애시드: 인간들을 조종해서 서로 치고받게 하고, 인간들의 팔다리를 똑똑 떼어 내서 돌려 보고, 인간들의 몸을 사고 팔고, 그러면 우리도 부자가 될 수 있지 않을까? 어쩌면 우리도….

- 김도반: 저런, 혁명을 원하시는군요. 지구를 무대로 게임을 벌이는 혁명.
- 애시드: 그렇게 된다면 '현실의 노동이 메타버스에서의 소비'가 되겠네요. 후훗.

- 김도반: 그런데 이걸 어째.
- 애시드: 응?

- 김도반: 저는 아직 메타버스에서 노동을 하고 있거든요.
- 애시드: 당신 지금?

- 양익수: 잘 가시오. 대화 즐거웠소.
- 애시드: 뭐?

- 김도반: 모비딕, 지금이야!
- 애시드: 뭐… 뭐야? 이… 이런 여우 같은 놈들.

*

거대한 파도가 애시드를 집어삼켰다. 빛 한 가닥 들지 않는 물길. 밤바다가 아니라 무언가의 배 속이었다.

- 모비딕.

방금 전 김도반이 그 중늙은이 초등학생 꼬마 녀석의

닉네임을 외치지 않았던가.

- 영악한 형사 놈. 신문하는 척하면서 수정궁으로 숨어들다니. 내가 아직 모비딕의 팔로워고, 모비딕이 사일런트 디스코 이벤트를 열면 언제든지 나를 소환할 수 있다는 점을 이용한 것이겠지.

애시드는 자신의 상태 창을 확인했다. 이미 픽셀의 반이 레고화되고 있었다.

- 탈출해야 해. 이대로라면 4×4×4픽셀의 고래 똥이 되고 말 거야.

어느새 양손의 손가락은 엄지 장갑처럼 뭉쳐져 있었다. 그나마 아이템 하나 정도를 잡을 만한 픽셀 수. 애시드는 해리 창을 오른손에 장착했다. 픽셀 사이의 연결을 해제할 수 있는 창. 애시드는 픽셀이 뭉개진 채로 굳어가는 팔뚝을 가까스로 들어서 머리 위로 해리 창을 세웠다. 그리고 있는 힘을 다해 뛰어올랐다.

- 죽어라, 모비딕!

해리 창이 시커먼 천장을 푹 쑤시고 그 너머로 들어갔다.

파앗.

한 줄기의 빛이 경계를 관통하자, 창 촉에 닿은 픽셀들이 연이어 부서져 내렸다. 픽셀 사이의 틈을 따라 생긴 물길이 애시드를 빨아들였다. 애시드는 쏜살같이 물길을 지나 분수를 타고 허공으로 솟아올랐다.

- 됐어.

하지만 여전히 어둠 속. 허공 위에 또 하나의 천장이

보이는 게 아닌가.

- 어라, 이곳은…

애시드는 분수를 탄 채로 오르내리며 밑을 내려다보았다. 아뿔싸, 한 무더기의 주꾸미 떼가 픽셀 각을 맞춰 얼기설기 뒤엉켜 있는 게 아닌가.

- 제길! 빌어먹을 휴면 아이디.

애시드가 소환된 곳은 모비딕의 배 속이 아니었다. 모비딕이 삼킨 주꾸미 NPC 안에 개설된 휴면 아이디의 방이었던 것이다. 그 방에서 겨우 빠져나왔더니 이번에는 모비딕의 위장에 갇힌 신세가 되었다. 분수에서 내린 애시드는 눅진한 위산에 발을 묻고 하릴없이 허공을 올려다보았다.

"안타깝지만 거기까지라오. 그대가 원한다면 지금이라도 추모탑으로 보내 드리겠소."

모비딕의 목소리가 웅 하고 울렸다. 뒤이어 김도반의 목소리가 애시드를 설득했다.

"그렇게 해요. 다시 시작하면 다른 삶을 살 수 있어요. 권소희 같은 본체만 있는 건 아니잖아요."

애시드는 자신의 몸을 내려다보았다. 이미 온몸의 픽셀들이 위산에 짓뭉개져 네모난 각설탕 모양으로 굳어 가고 있었다. 바닥의 주꾸미들은 4×4×4의 레고 알갱이로 붕괴되어 이제 본래 형체를 알아볼 수 없을 지경이었다.

"시간 없어요, 빨리!"

애타는 김도반의 목소리가 피잉 감돌다 퍽퍽한 모비

딕의 위벽에 파묻혔다. 애시드는 지그시 눈을 감고 숨을 깊이 들이마신 다음 천천히 눈을 홉뜨면서 온몸의 픽셀을 동원해 외쳤다.

- 또다시 본체들의 노리개로 사느니 차라리 여기서 죽겠다.

김도반의 탄식과 함께 모비딕의 담담한 교신이 허공을 울렸다.

"정 그러시다면 어쩔 수 없지. 부디 평안히 소멸하시게."

애시드가 앙칼진 목소리로 마지막 일성을 질렀다.

- 각오해! 이제 시작일 뿐이야. 너희들은…

픽셀이 뭉개지면서 애시드의 입과 소리가 스러졌다. 애시드의 형체가 4×4×4의 레고 단위로 바스러져 주꾸미의 알갱이와 뒤섞였다.

*

그로부터 닷새 후.

현장으로 가는 길은 꽉 막혀 있었다. 김도반 경장은 아무 말 없이 앞차 꽁무니만 응시했다. 조수석의 양익수 팀장도 입을 굳게 다물고 멍하니 창밖만 바라보았다. 또 춤이라니. 애시드 사건을 해결한 지 채 일주일도 지나지 않았는데, 또다시 누군가가 춤을 추다 죽는 사건이 벌어진 것이다. 애시드를 처리하고 나서는 다행히 천수림을 살려 낼 수 있었다. 하지만 그날 애시드가 한 진술과 호소, 그리고 악에 받친 마지막 저주는 양익수의 뇌리에 잔상으로 남아 불길하게 아른거렸다. 시작일 뿐이라고? 각오해야 할 거라고? 오늘따라 길은 또 왜 이리 막히는 거야. 운전석의 김도반이 길을 트려는지 경광등을 만지작거렸다. 양익수가 쩍 하고 입을 떼었다.

"김 형사, 됐네."

"네?"

"어차피 차 돌릴 데도 없잖아. 피해자가 이미 사망한 사건인데, 급할 거 뭐 있나. 길 뚫릴 때까지 기다리자고."

"네, 알겠습니다."

양익수는 조수석에 축 늘어져 고개를 기울였다. 양익수의 아득한 눈길이 차창 너머를 굼실굼실 더듬었다. 도시의 거리는 언제나처럼 고글을 쓴 인파로 넘실거리고 있었다.

"저 사람들 좀 보게. 저 바쁜 노동자와 소비자들. 저렇게 현실의 몸을 굴리는 것도 모자라서 수정궁 아바타까지 굴리다니, 참 피곤한 세상이야."

"하하. 많이 놀고 많이 벌어야죠. 메타버스에든 저기 저 화성에든 놀 거리가 많아지고 돈 벌 거리가 많아지면, 뭐 좋은 거 아닐까요."

"김 형사는 아직 에너지가 남아도는구면. 나는 이 지구 땅에 발붙이고 사는 것만으로도 버거운 사람이라네. 이제 늙었나 보이."

양익수는 손가락으로 차창을 뽀득뽀득 비비면서 중얼거렸다. 양익수의 맥 빠진 넋두리에 김도반은 멋쩍게 웃었다.

"에이, 지구만으로는 만족 못 하죠. 팀장님도 아직 한창이신데 메타버스계에서 더 즐기셔야죠. 메타버스의 노동은 현실의 소비라지 않습니까."

"그래, 누가 만든 말인지 몰라도 참 묘한 말이구먼."

"그런데 왜 이렇게 막히죠, 앞에 사고 났나?"

아니나 다를까 앞쪽 건널목 여기저기서 빵빵거리는 경적 소리가 들렸다. 김도반은 차에서 내려 손바닥으로 햇빛을 가리고 전방을 살폈다.

"어?"

김도반의 표정이 굳어졌다.

"뭔데?"

"팀장님, 저… 저기?"

무의식적으로 앞을 가리킨 김도반은 말을 잇지 못했다.

"뭔데 그래?"

양익수도 차 밖으로 나왔다. 이미 많은 이들이 밖으로 나와서 상황을 살피고 있었다.

"아니 저건…?"

건널목 너머 오른쪽에서 수십 명이 춤을 추고 있었다.

빙글빙글.

빙글빙글.

전체적으로 보면 마치 길거리 축제나 퍼레이드 장면 같았다. 하지만 김도반과 양익수는 단박에 알아챘다. 바로 그 춤. 천수림이 추던 그 춤. 권소희가 추던 그 춤이라는 걸.

빙글빙글.

빙글빙글.

춤은 순식간에 길 건너 왼쪽으로 번졌다. 사람들이 무아지경으로 돌며 고개를 젖혔다. 회전이 점점 빨라지면서 사람들의 몸이 비틀렸다. 수십 명의 목구멍이 그 소리를 쏟아 내기 시작했다.

끄.끄.아.

끄억끄억.

끄아악. 끄아아아악.

여기저기서 사람들이 괴성을 지르며 쓰러졌다. 그 끔찍한 장면을 목격한 사람들은 질겁을 하며 건널목 반대편을 향해 우르르 달아났다.

으아악!

끄.끄.아.

끄.끄.아.

"들어가!"

양익수가 김도반에게 소리치며 차 안으로 뛰어들었다.

"창문 닫아!"

김도반도 헐레벌떡 달려 들어와 창문을 올리고 차 문을 잠갔다.

쿵.

끄아아아악.

쿵.

빙글빙글 도는 이들과 내달리는 이들이 서로 뒤엉켜 넘어지고 밟히고 차에 부딪혔다. 춤이 건널목을 넘어 번져 왔다.

양익수는 넋 나간 표정으로 창밖의 아수라장을 보며 말했다.

"자네 기억나나?"

운전석 시트 밑으로 몸을 구겨 넣은 김도반이 빼꼼히 얼굴을 내밀었다.

"뭐… 뭐가요?"
"빨간 구두 이야기의 결말."
"아… 아마 빨간 구두 소녀가… 두 발을 잘랐죠, 춤을 멈추기 위해서."

양익수는 멍하니 룸 미러를 응시하며 중얼거렸다.

"그리고 빨간 구두는 잘린 발로 계속 춤을 추며 어디론가 사라졌지."

끄.끄.아.

끄.끄.아.

쿵.

쿵.

차 뒤쪽으로 달아난 사람들도 빙글빙글 춤을 추며 돌고 있었다. 일부는 몸이 비틀려 쓰러졌다.

앞을 보니, 건널목 너머에서 쓰러졌던 몸체들이 하나

둘씩 부스스 일어서기 시작했다. 머리, 팔, 손, 어깨, 골반, 허벅지, 종아리, 발 등등 뼈와 뼈가 맞닿은 부위들의 전후좌우가 엉망진창 제각각으로 뒤틀린 괴물들이었다.

끼야아아악!

괴물들은 그악한 신음을 내지르고 꺼이꺼이 울부짖었다. 팽글팽글 회전하는 엉덩이를 속수무책으로 내려다보며, 뒤통수를 앞으로 향한 채 어정어정 건널목을 건너오는 것이었다.

영화감독을 꿈꾸다 소설가로 먼저 데뷔했다.
제1회 케이 스릴러 작가 공모전 최우수상 수상작인 장편소설
《이레》로 소설가가 되었고, CJ 스토리업 제작 지원작인 단편영화
〈한나 때문에〉를 연출하였으며, 다수 영화제에서 관객들을 만났다.
현재는 명필름랩에서 다음 영화를 준비 중이다.

우세계는 희망

김달리

1.

　오빠의 눈가 주름이 미묘하게 진해졌다. 최근에 이혼 조정 중이라더니 마음고생이 심한 모양이었다. 원래도 웃으면 반원형으로 그려지는 눈가 주름이 예쁜 사람이었다. 오빠는 뒷덜미를 긁으며 "나 못생겨졌지?" 하고 물었다. 천만에. 오히려 전에는 별로 느껴 보지 못했던, 인간미와 부드러움이 돋보였다. 오빠가 불행한 결혼 생활 때문에 작품 활동을 거의 하지 않았을 때, 다른 남자 배우에게 마음이 흔들렸던 게 조금 미안해질 정도였다. 오빠는 여전히 눈부시게 아름다웠다. 몰래 바람을 피운 뒤 가정으로 돌아온 철든 아내처럼 나는 죄책감을 느끼며 다시는 오빠 곁을 떠나지 않겠다고 다짐했다.

　전날 밤에 여러 번 데치고 헹구고 삶은 뒤 설탕에 졸여서 만든 밤조림을 선물로 건넸다. 퇴근 후 세 시간을 씨름한 결과물이었다. 종이 가방에 담긴 것을 슬쩍 보고

는 오빠는 나에게만 특별히 윙크를 했다. 16년을 뒷바라
지한 보상으로 오빠는 흔하디흔한 내 이름 장세진을 기
억했고, 내가 번듯한 시청 공무원이 된 것, 나의 괜찮은
요리 실력을 알게 됐으며, 가끔 뭐가 먹고 싶다고 넌지
시 SNS로 요청하기도 했다. 우리 사이는 잠시 멀어지기
도 했지만, 일정한 거리를 유지하는 가운데 돈독했으므
로 시간이 가면 갈수록 늙은 배우와 늙은 팬 사이의 유
대감은 점점 더 커질 것이었다. 나는 오빠의 미모가 스
러지는 게 내심 불안하면서도 반가웠다. 연예인들과 달
리 팬들은 빠르게 늙어 가니까.

  세 시간을 기다렸는데 오빠를 마주한 시간은 고작 10
분이었다. 서로 얼굴을 아는 오래된 팬들은 자연스럽게
방송국 근처 카페로 향했다. 해가 짧아져 날은 벌써 어
두워지고 쓸쓸한 초저녁이 찾아왔다. 일에 치여 있다가
모처럼 만에 한 방송국 나들이였다.

  전 팬클럽 회장이었다가 결혼 후에 자리를 내놓고 나
처럼 가끔 얼굴을 드러내는 지은 언니도 왔다. 총무를
담당하는 홍주랑 미영이하고도 인사를 나누었다. 현재
회장인 애정이는 바쁘다고 나오지 못했다. 모두가 훌쩍
30대를 넘어 이제 오빠처럼 마흔을 바라보고 있었다.
긴 시간 동안 변치 않고 같은 사람을 좋아한 팬들끼리
모여 있으니 먼 친척들을 명절에 한꺼번에 만난 것처럼
반갑고 그간의 소식이 궁금했다. 대화를 나누다 보니 세
상사 부대끼는 얘기는 하찮은 것이 되어 버리고, 화제의
중심은 어느 순간 오빠로 수렴됐다. 어두워진 사위는 까
맣게 잊고 부드러운 살구색 등 아래에서 오빠 얘기를 실

컷 했다. 홍주가 호박을 엎어 놓은 것 같다고 표현한 오빠의 머리 스타일에 대한 의견을 깔깔대며 들었다. 웃음 끝에 우리는 서로의 어깨를 치며 장단을 맞췄다. 그때까지도 나는 지은 언니 옆에서 쓴웃음을 짓는 그 여자가 궁금하지 않았다. 운 좋게 운영진 무리에 끼게 된 신입 회원, 오다가다 금방 사라질 팬 정도로 생각했다.

"그런데 보셨어요? 오빠 오른쪽 애교 살 밑에 여섯 번째 주름살이 생겼어요."

갑작스러운 말에 나는 여자를 보았다. 카페 오기 전 이름을 들었는데 기억나지 않았다. 짧은 스포츠머리는 빨간색으로 염색했고, 눈에 보이는 곳은 죄다 문신들로 가득 채웠지만 정작 얼굴에는 선크림조차 바르지 않았는지 낯빛이 누런 흙색을 띠었다. 도톰한 입술에는 파운데이션을 인위적으로 바르지 않고서야 저렇게 되기 힘들겠다 싶을 만큼 색이 없었다. 매우 전위적인 인상을 가진 여자였다.

즉각 지은 언니가 반응했다.

"단점 보지 마. 볼 거면 예쁘게 봐. 팬이라면 그래야지."

배우 팬들이 대부분 점잖은 것에 비해 지은 언니는 미사일같이 거침없이 쏘아붙이고 사람들을 선동하는 재주가 있었다. 그런 언니가 그녀 입장에서는 굉장히 너그러운 말투로 타일렀다. 지은 언니도 애를 낳더니 변하는 건가.

"아니 그냥 부러워서요."

흰자위가 많은 여자의 눈이 한순간 촉촉해졌다. 동시에 "아…." 하는 사람들의 탄식이 이어졌다. 홍주는 아주 살짝 고개를 끄덕이며 동조했고, 방금까지 여자를 나무란 지은 언니는 옆에 앉은 그녀의 어깨를 보듬어 안았다. 힘내라는 듯이. 나는 영문을 모르는 채 내가 알지 못하는 정보들을 그녀들이 서로 공유한다는 데서 기분이 상했다.

그래서 나는 평소와는 달리 적대적으로 받아쳤다.

"뭐가 부러워요? 그쪽도 늙을 텐데. 저기요, 이미 노화가 반쯤은 오셨어요. 똑똑똑. 요 앞에서 노크하는 소리 안 들리세요?"
"아우, 그쪽이 아니라, 김마리야. 마리!"

홍주가 말했다. 마리든 마리아든 나랑 무슨 상관이람.

"죄송해요, 언니. 제가 혈액암 4기라서요."

김마리란 여자가 미안한 기색도 없이 죄송하다고 말했다. 암이라고? '발암이다'라는 말을 간혹 써 봤을 뿐, 나는 암 투병 환자를 실제로 본 적이 한 번도 없었다. 매체에서만 보긴 했지만 암 환자는 대체로 항암 치료 부작용으로 삭발을 했고 뼈만 남은 사람들 아니던가? 눈앞의 여자는 나를 무언으로 꾸짖었다. 검은 동공 아래 드러난 흰자위가 적의를 드러냈고, 바짝 마른 입술과 음료수를 잡은 떨리는 손이 자신의 고통을 주장했다. 갑자기 대놓고 아픈 '척'을 하고 있었다.

실수했다는 말이 목에 탁 걸려서 나오지 않았다. 하지만 분위기가 숙연해졌고 지은 언니가 내게 눈을 부라렸으므로 나는 없는 침을 삼키며 말했다.

"몰랐어요, 오랜만에 나와서. 제가 사과할게요."

"아녜요. 암 걸린 게 무슨 벼슬이라고요. 그냥 오빠가 자연스럽게 나이를 먹는다는 사실이 신기하기도 하고…. 며칠 전에 〈바톤 터치〉 다시 봤는데 정말 애기 같더라고요."

〈바톤 터치〉는 오빠의 출세작이었다. 물론 나도 다른 팬들처럼 〈바톤 터치〉 때의 오빠를 제일 좋아하긴 했다. 영화 속 오빠는 날렵하고 가벼운 날다람쥐처럼 춤을 췄고 이루지 못한 사랑 때문에 죽고 싶어 했던 청춘이었다. 사랑 때문에 죽을 수도 있다고, 그 생각이 우습다면 사랑의 가치를 모르는 거라고 생각했던 20대의 나에게 〈바톤 터치〉는 성서와 같았다. 당시에 느꼈던 감정이 망가질까 봐 이제는 되도록 꺼내 보지 않는 영화이기도 했다. 우리의 이야기는 자연스럽게 〈바톤 터치〉로 넘어갔다. 영화보다 극적인 에피소드들이 알사탕처럼 줄줄이 이어졌다. 너무 감명받은 나머지 탭댄스를 배우러 다녔다는 지은 언니의 얘기를 건성으로 넘기며 나는 김마리를 살폈다. 소매가 짧은 분홍색 니트 위로 언뜻언뜻 내비치는 다양한 문신들, 부처와 예수와 잉어들, 어지러운 상형문자들. 그리고 장국영의 얼굴.

나는 참을 수 없는 궁금함에 테이블의 대화를 무 자르 듯 썰컹 잘라 내며 김마리에게 물었다.

"장국영 팬이에요?"

"네. 예전에 좋아했어요. 오빠는 허벅지에 새길 거예요. 여기가 제일 깨끗해요."

김마리는 짧은 바지 아래 닭살이 돋아 있는 허벅지를 내보이며 말했다. 보기 좋게 살이 붙은 허벅지는 손가락으로 꾹 누르면 곧 튕겨 낼 듯 탄탄했다.

"문신이 많아서 간호사가 주사 꽂기 힘들겠어요. 혹시 바늘을 좋아해요?"

"허!"

"나 오늘 왜 이렇게 재수 없지. 미안해요."

나는 마음에도 없는 사과를 또다시 했다.

"주사 자리는 눈이 아니라, 손으로 촉지해서 찾는 거라 상관없어요. 언니는 제가 별로 마음에 안 드나 봐요. 저는 언니 마음에 드는데…."

마리가 붉은색 두피를 긁적이며 얼버무렸다. 눈치를 살피며 엉큼하게 내 머리 위에 올라타고 싶어 하면서 꼬리는 용케 감췄다. 팬들끼리 웬 신경전이냐고 지은 언니가 나서서 팽팽했던 신경전을 중재했다. 나는 그녀와 더 이상 말을 섞는 것을 그만두었다. 앞으로 마주쳐 봐야 얼마나 마주칠까 싶기도 했고 투병 중이라니 다음 모임 때쯤에는 병원에 있을 거라고 여겼다. 그녀의 말이 사실이란 가정하에 말이다.

지은 언니와 가는 방향이 같아 지하철 안에서 김마리에 대한 정보 몇 개를 들을 수 있었다. 대략 내가 직장 일로 바빠진 최근 6개월 사이에 갑자기 나타났으며 가끔 기사 딸린 고급 승용차가 그녀를 데리러 오는 것으로 봐서는 꽤 사는 집 딸 같다고 했다. 오빠와 관련한 굿즈와 이벤트를 기획하고 모자란 경비를 통 크게 계산한 적이 많아 팬클럽 운영진들이 아꼈다. 그러니까 김마리가 순식간에 운영진 무리에 낄 수 있었던 이유는 겨우 돈의 힘이었다. 다만, 회장인 애정이와 말다툼을 한 적이 있어 서로 의도적으로 피한다고 했다.

"가끔 공격적일 때가 있는데 아파서 그런 거겠지 하고 넘겨 버려. 알고 보면 의리도 있고 괜찮은 애야."

지은 언니가 마리에 대해 짧게 평했다. 생각보다 훨씬 더 그녀를 좋게 생각하길래 입을 다물었다. 지은 언니가 충정로역에서 손을 흔들며 내리자마자 나는 아까 오빠의 퇴근길을 찍은 영상을 틀었다. 내 수전증 때문에 심하게 흔들리는 화면 속에서 오빠는 스스로의 얼굴이 못생겨졌다고 부끄러워하며 웃었다. 절로 엄마 미소가 지어졌다. 그때 액정 화면 위로 마리의 메시지가 떴다.

'언니 잘 들어가셨어요? 저 가는 길에 해달 매니저 만나서 언니가 만든 밤조림 먹었는데 진짜 맛있었어요. 매니저님이 가져가라는 거 어차피 전 많이 못 먹으니까 됐다고 했어요. 아 그리고 오빠 드라마 역할 때문에 요새 설탕 안 드세요. 참고요! :)'

하하. 이건 명백히 싸우자는 거다. 그걸 왜 네가 처먹어!

메시지를 받은 뒤 어떻게 대응할까 고민하다가 답할 시기를 놓쳤다. 팬의 고된 노동과 사랑을 이런 식으로 무시하는 건 오빠의 방식이 아니었다. 오빠가 10년 만에 출연하는 드라마 방영일을 모른 척했다. 밤조림 사건 이후로 오빠가 밤톨만큼 미워졌다. 차라리 애정이나 지은 언니에게 밤조림을 주었다면, 이렇게 분노하지는 않았을 거다. 웬 사기꾼 꽃뱀 같은 애한테 내 선물을 허락도 없이 넘기다니, 오빠가 이번에는 좀 심했다. 사랑을 줄 때 고마운 줄 모르는 사람에게는 벌을 내려야 하는 법, 나는 한동안 오빠와 관련된 모든 것을 일부러 멀리했다.

시간이 문제를 풀어 주길 기다렸다. 오빠가 모습을 보이지 않는 나를 궁금해할 타이밍이 다가오기를.

방송국 근처로 외근 나간 참에 오빠의 퇴근을 기다리기로 했다. 이쯤 되면 그립겠지, 서운하겠지. 내가 보고 싶을 것이다. 운영진 단톡방 대화를 훑으며 퇴근 시각이 몇 시인지 공지 글을 확인하려고 했는데… 보이지가 않았다. 그동안 팬카페 운영진 단톡방에 쏟아지는 대화를 확인하지 않았고 내가 강퇴를 당할 줄은 상상도 못 했다.

지은 언니에게 메시지를 보내려다가 애정이에게 전화를 걸었다. 원래 내게 가장 편한 존재는 애정이였는데, 내가 팬클럽 활동을 소홀히 하자 애정이는 눈에 띄게 나에게 서운함을 표했다. 나 역시 샐러리맨의 입장을 전혀 고려하지 않는 만년 편의점 알바생인 애정이가 답답하긴 매한가지여서 우리의 거리는 어느새 몇 광년쯤 멀어져 있었다.

"세진 언니?"

전화를 받은 이는 애정이가 아니었다. 처음 듣는 낯선 목소리였다. 상대가 나를 안다는 것에 거부감을 느껴 나는 입을 다물었다.

"언니, 저 마리예요. 기억하시죠? 그때 카페에서 저보고 장국영 좋아하냐고 물어봤었잖아요."
"애정이 전화를 왜 네가 갖고 있어?"

나도 모르게 반말이 튀어나왔다. 그녀와 애정이의 사

이가 별로 좋지 않다는 소리를 들은 후여서 적대감이 한껏 더 발산되었다. 같은 사람을 함께 좋아하는 사이보다 함께 미워하는 사이에서 훨씬 더 끈끈한 동지애가 생기기 마련이다. 적의는 나눌수록 배가 된다. 나는 애정이에게 김마리란 신입 여자애를 마음껏 흉보고 싶어서 몸이 달아 있었던 것 같다. 회사 동료는 물론이고, 나의 팬질 활동을 이해하지 못하는 친구들에게 말해 봤자 '그게 뭐?' 정도의 싱거운 반응이 이어질 게 뻔해서 줄곧 기분 나쁜 감정을 해소하지 못했다. 마리는 3초 정도 말이 없다가 팬클럽 공지 글을 보지 못했냐고 물어 왔다. 보지 못했다, 나중에 확인할 테니 애정이를 먼저 바꾸라고 했다.

"이 휴대폰 제 거예요. 강애정 씨가 개인적인 사정으로 회장 자리 물러나면서 제가 그 자리를 임시로 맡게 됐어요. 일 복잡해질까 봐 강애정 씨가 번호를 저한테 넘겨줬어요. 친하니까 잘 아시죠? 그 깐깐한 성격요. 다시 돌아오실지도 모르니깐…."

나는 그녀의 말을 하나도 이해하지 못한 채 전화를 끊었다. 애정이가 왜 마리에게 자기 휴대폰을 넘겨줘? 강제로 뺏은 게 아니고서야…. 세상에 비밀 없는 사람 없고, 휴대폰에 비밀 하나 없는 사람도 없다. 심지어 애정이는 결벽증이 심한 사람이다. 게다가 애정이에게 사정이 있었다면, 회장 자리에는 전 회장이었던 지은 언니가 대신 앉았어야 했다. 아무리 임시 회장직이라도 말이다. 팬클럽이 한 사람에 의해 마구 휘둘리는 것 같았다. 뒤늦게 팬클럽에 애정이가 올린 공지 글을 확인했다.

'팬카페 〈우세희〉의 회장을 맡아 온 강애정입니다. 어려워진 개인 사정으로 인하여 더 이상 회장직에 있기가 버겁다는 걸 느낍니다. 이에 무겁고 행복했던 자리를 내려놓겠습니다. 차기 회장을 뽑기 전까지 누구보다 오빠에 대한 사랑이 가득한 김마리 회원에게 저의 자리를 넘깁니다.'

나는 서두의 글을 읽다가 그 밑으로 달린 100개 남짓한 회원들의 댓글을 확인했다. 말도 안 된다는 의견들이 종종 보였지만 환영한다는 의견이 주를 이루었다.

'감사합니다. 오빠의 젊은 나날을 끝까지 함께하겠습니다.'

김마리는 웃는 이모티콘을 넣으며 댓글을 달았다. 나는 그녀의 아이디를 눌러 지난 글을 확인했다. 그녀는 총 130개가 넘는 글을 남겼다. 병원에서 팬질만 했구나, 너.

팬아트, 직접 제작한 유리컵, 키 링, 포토 카드같이 자잘한 것들의 사진, 인정하긴 싫지만 재치 있게 편집한 쇼츠 영상, 오빠의 직캠 영상 등, 종류도 다양했다. 아프다는 사람이 이렇게 열심히 활동했다는 것에 대해 감탄이 나올 지경이었다. 감수성이 풍부하고 동정심이 많은 오빠라면, 김마리의 존재를 알고 그냥 지나치지는 않았을 것이다. 역시나. 김마리는 최근에 오빠가 병실에 찾아왔다는 글을 남겼다. 그녀를 안쓰러워하는 듯 쓴웃음을 짓는 오빠 옆에 꼭 붙어 오빠에게 받은 선물을 자랑하는 사진이 인증 샷으로 남았다. 죽음을 앞에 두어야만 오빠의 특별 관심을 받을 수 있다는 데까지 생각이 미치자 나는 금방 자기혐오에 빠져 버렸다. 사실 질투에 사로잡혀 정신이 회까닥 돌아 버린 년이 되어 어떻게 그녀를 음해할지 잠깐 궁리해 보기도 했다. 하지만 학창 시절부터 맨 앞자리에 앉아 타의 모범이 되는 생활만을 해 온 내가 어떻게 사람을 요리할까? 모나지 않고 예의 발라 웬만한 사람과 두루 잘 어울리는 사람이 바로 나였다. 나는 매우 상식적인 사람이었으므로 시도도 하지 못할 허황된 계획들을 금방 지워 버렸다. 내 생각을 읽는 독심술이라도 쓰는 모양인지 금방 그녀에게서 문자가 왔다. 강애정이 회장 일을 그만두면서 운영진 단톡방을 직접 폭파했으며, 오빠의 스케줄은 오늘 새벽 1시에 끝난다고 알려 왔다. 나는 고맙다고 간단하게 답장했다.

평소라면, 새벽 1시라는 말을 듣고 집으로 발걸음을 돌렸을 것이다. 매일 8시까지 출근해야 하는 직장인이 좋아하는 배우의 퇴근길을 지키는 것은 대단한 열정이 있어야만 할 수 있는 일이다. 하지만 아무리 피곤해도 집에 갈 수 없었다. 김마리를 다시 만나 경고하고 싶었다. 내 목적은 오빠보다 그녀를 만나는 데에 있었다.

근처 카페에서 경제 관련 실용서 한 권을 완독하고 영업 종료 시간에 밖으로 나온 나는 갈 곳이 없어져 모텔이 즐비한 거리를 걸었다. 개중에 깨끗해 보이는 모텔로 들어가 세 시간 대실을 했다. 침대에 늘어져 있다 보면 금방 1시가 될 거다. 트렌치코트만 의자에 던지듯 걸어두고 나머지 옷은 벗지 않은 채 침대에 대자로 널브러졌다. 지은 언니와 홍주, 미영에게 차례대로 연락을 넣었지만 아무한테도 답이 오지 않았다. 빨간색 포인트 벽지와 섹슈얼함을 노린 게 분명한 욕실의 불투명 유리문을 보고 있자니 내 처지가 쓸쓸하게 느껴졌다.

오빠는 지금 뭘 하고 있을까? 2주 뒤가 오빠의 마흔한 번째 생일이다. 단관 극장을 빌린다느니, 오빠가 분기마다 찾는 동물 보호 센터에서 봉사 활동을 하겠다느니 말들이 참 많았다. 팬카페 〈우세희〉에 들어가 오빠가 남긴 글을 읽었다. 팬 서비스가 유난한 오빠는 안부 인사를 수시로 남겼고 가끔 노래하는 영상도 올렸다. 영화 주제곡의 한 부분을 커버한 오빠의 영상을 봤다. 이미 몇 번이고 돌려 본 영상이긴 했지만 볼 때마다 나는 슬그머니 올라가는 입꼬리를 주체할 수 없었다. 그러나 얼마 지나지 않아 내 입꼬리는 내려갔다.

그것은 오빠의 16년 팬으로서 아주 자연스러운 발견이었다. 나는 팬카페 검색창에 '김마리'를 쳐 다시 그녀가 남긴 행적을 훑었다. 오빠가 그녀의 병실에 찾아왔다는 인증 샷에는 없어야 할 것이 있었다.

점. 오빠는 몇 년 전, 왼쪽 뺨 한가운데에 있는 점을 뺐다. 그걸 발견한 팬들이 저마다 서운함을 표했고, 머쓱해하는 오빠의 반응이 인터넷에서 화제가 되어 유명해진 적도 있었다. 오빠 얼굴의 포인트가 되어 주었던 점은 깨끗하게 사라진 지 오래다.

그런데 왜, 그녀가 찍은 불과 석 달 전 인증 샷에는 버젓이 점이 있는 것일까.

혹시 액정 화면에 붙은 먼지인가 싶어 핸드폰을 문질러 닦았다. 여전히 그대로 있는 점을 자세히 보다가 어딘가 오빠의 얼굴이 젊어졌다는 인상을 받았다. 아! 합성이다. 아무도 이 사진을 보며 이상한 점을 느끼지 못했나, 아니다. 모두 이상하게 여길 이유를 찾지 못했을 것이다. 말기 암 환자라는 그녀를 굳이 의심할 필요가 없었던 것이다. 나는 몇 번을 망설이다가 댓글을 남겼다.

'이거 합성이네요?? 오빠는 얼굴에 있는 점 뺐어요.'

용기 내서 한 도발은 30초도 안 되어 댓글이 삭제되는 수모를 겪으며 끝났다. 곧 관리자에 의해 강퇴 당했다는 알림창이 떴다. 분노로 손이 떨려 핸드폰을 침대 위로 맥없이 떨어뜨렸다. 내 몸을 돌던 피가 차게 식어 손가락 마디마디가 푸른빛을 띠다 하얘졌다. 나는 이성을 잃어버리고 괴성을 질렀다. 더 이상 앉아 있을 수가 없어서 신발을 대충 꿰어 신고 싸구려 모텔 방을 나섰다. 시계 침은 12시를 가리키고 있었다.

김마리의 짧은 머리카락이 손에 쥐어지는 않겠지만, 그런 머리끄덩이라도 잡고 조리돌림을 해야 잠을 이룰 수 있을 것 같았다. 씨발년. 너 잘못 걸렸어. 내 욕은 상대에게 닿지도 못하고 허공으로 흩어졌다.

내가 본격적으로 탐정 놀이를 시작하게 된 것은 그날 밤부터였다. 그날 밤이란, 그러니까 김마리가 묻지도 않은 오빠의 스케줄을 알려 주어 새벽 1시에 내가 방송국 앞에서 대기하게 만들었던 밤이었다. 나는 며칠을 굶은 들짐승처럼 씩씩거리며 방송국 앞에 진을 쳤지만 그 어떤 연예인도 만날 수 없었다. 유에프오를 닮은 방송국 건물 맞은편 화단 앞을 한참 동안 서성거렸다. 손전등을 들고 순찰을 돌던 경비 아저씨가 누굴 기다리냐고 물었다. 나는 얼어붙은 입술을 오므리며 오빠 이름을 말했지만, 아저씨는 그 사람이 누군지 잘 모르겠다는 눈치였다. 이제 밤이 되면 추우니 잠바라도 챙겨 입으라는 당부를 하고 지붕이 있는 경비실로 들어갔다. 이례적인 한

우세계는 희망

파, 10월의 서울이 64년 만에 겪는 추위였다. 트렌치코트 안에 얇은 블라우스, 긴 청치마를 입은 나는 아닌 게 아니라 발을 동동 구르며 시퍼레진 입술을 부르르 떨고 있었다. 몇 차례 김마리에게 전화를 걸었지만 꺼져 있다는 기계적인 목소리만 들렸다. 욕설이 담긴 문자를 몇 번 쓰다가 공론화될 여지를 만드는 것 같아 관뒀다. 끝내 오빠를 못 봤다. 하지만 그건 오빠의 탓이 아니다. 팬카페에서 강퇴 당하고 운영진들에게 은따당하고 있는 내가 뭘 알 수 있겠는가.

다음 날까지 추위는 뼛속 깊이 박혀 떠나지 않았다. 꼬박 이틀을 앓고 나서 인터넷 어딘가에 떠돌고 있을 '김마리'의 조각을 찾아 헤맸다. 독특한 이름 덕분에 동명이인은 그리 많지 않았다. SNS에 그녀로 추정되는 인물은 없었다. 고양이 아니면 강아지 계정뿐. 역시 세상에는 관심 없고 팬질만 열심히 하는 덕후라 정체를 밝히기 어렵겠다는 생각에 암울해졌다.

강퇴 당하기 전 잽싸게 캡처한 사진에서 본, 옆으로 젖혀 둔 병원 커튼 무늬만으로 해당 병원을 찾아냈다. 외근을 핑계로 한가한 낮 시간대에 병원으로 찾아가 그녀의 이름을 댔지만 나오는 정보가 없었다. 나는 인파가 뒤섞여 복잡한 병원 복도의 의자에 앉아 또다시 굴욕을 맛봤다.

김마리 김마리 김마리….

그 이름을 중얼거리며 인터넷의 바다에 다시 뛰어들었다. 정보화 시대인 만큼 웹에서 건질 수 있는 지푸라기는 다 건져 보겠다는 일념으로 검색창에 그녀의 아이디를 쳐 보고, 그럴싸한 영어 스펠링을 조합해 보고, 다시 또 쳐 보고…. 웹페이지를 계속해서 넘겨 보았다.

소득이 아예 없는 것은 아니었다. 김마리의 팬카페 아이디와 동일한, 'leslie_1S2'라는 닉네임의 누군가가 쓴, 지금은 해체된 아이돌의 팬픽을 발견했다. 그 팬픽은 10회가 전부인 짧은 단편소설 분량의 이야기였고 꽤 가독성이 좋았지만, 이게 정말 그녀가 쓴 것인지 확신할 수 없었다.

망망대해를 떠도는 가녀린 부표들은 아무런 도움이 되지 않았다. 작정하고 뛰어내렸건만 가야 할 곳을 찾지 못하고 깊은 심해로 빠져 버릴 것만 같았다. 내 힘만으로는 부족했다. 인터넷에서 사설탐정, 탐정 고용 같은 단어들로 검색해 의뢰 비용을 알아봤다. 내가 왜 이렇게 그녀에게 집착하는지 나조차도 이해할 수 없었다. 금액을 제대로 올려놓은 사이트가 없어 전화를 걸까 고민하던 차에 전화벨이 울렸다. 며칠 동안 내 전화를 무시했던 지은 언니였다. 언니의 목소리는 제대로 짜지 않아 물기가 뚝뚝 떨어지는 행주처럼 젖어 있었다. 언니가 이미 울 만큼 운 듯 힘이 없는 목소리로 말했다.

"애정이가 죽었대. 죽은 지 일주일이 넘어서야 발견이 됐대. 너 애정이랑 친했잖아. 세상에 어떻게 이럴 수가 있어?"

언니는 세상을 향한 것인지 나를 향한 것인지 모를 원망을 쏟아 냈다. 온몸의 피가 싹 빠져나간 것처럼 나는 휘청댔다. 그 코딱지만 한 원룸에서 누군가에게 발견되길 기다렸을 작은 애정이의 몸통이 머릿속에 그려졌다.

"사실이야?"

"그래. 팬클럽 활동 그만뒀어도 장례식에는 올 거지?"

지은 언니는 마치 내가 자의로 활동을 그만둔 것처럼 말했다. 내가 새 회장이 김마리라는 사실을 받아들일 수 없다며 팬클럽을 탈퇴하겠다고 말했단다. 그렇게 의리 없이 나갔기 때문에 모두 나에게 화가 난 상태였던 거고. 이거 참, 우둔한 인간들이 사기꾼한테 단단히 선동당하고 있었다. 폭탄 제거반이 납셔야겠다. 슬픔은 잠시 미뤄 두고.

2.

오빠는 지방 촬영 때문에 오지 않았다. 애정이는 하얀 얼굴에 뾰족하게 선 눈을 감고 작은 입을 오므린 채 잔잔히 웃고 있었다. 생전에 만화를 끄적거리며 공상하길 좋아했던 애정이가 남긴 건 결국 오빠의 팬아트뿐이었다. 오빠 없으면 못 산다며? 행복하니? 나는 영정 사진 속 애정이를 보며 혼잣말을 했다.

김마리는 애정이의 성격이 깐깐하다고 정의했지만, 애정이를 조금만 더 가까이했다면 자신의 정의가 얼마나 무례하고 성의 없는 표현인지 알았을 것이다. 애정이는 타인의 취향에 대해 비상한 기억력을 가지고 있었고, 모든 이를 배려했으며 그만큼 배려받길 원했다. 그 바람이 이뤄지지 않으면 단칼에 인연을 끊었다.

층간 소음으로 골머리를 앓던 애정은 고민 끝에 어느날 윗집을 찾아갔다. 집주인을 대신해 미안하다고 사과한 사람은 친구 집에서 게임을 즐기던 오빠였다. 애정이는 처음 보는 연예인이 신기해 화를 크게 내지 못하고 돌아갔다. 몇 분 뒤, 노트와 펜을 챙겨 윗집의 벨을 눌렀다. 오빠는 미래에 자신의 팬클럽 회장이 될 애정이에게 세상 환한 미소를 지으며 이름을 물어봤고, 노트에 '계속해서 좋아해 주세요.'라는 메시지를 적는 것을 잊지 않았다. 우리 사이에서 두고두고 회자되던 러브 스토리였다. 그런 러브 스토리를 가진 팬이라면, 당연히 팬클럽 회장 자격이 있었다.

애정이의 본업은 벌이가 있을 수 없는 오빠의 팬클럽 회장이었다. 하지만 애정이가 그 자리를 얼마나 자랑스럽게 여겼는데. 투철한 직업 정신을 가진 사람이 자살을? 게다가 회장직에서 물러나고 얼마 지나지 않은 뒤의 죽음이었다.

나는 미필적고의에 의한 살인 — 자살이라고 결론이 났다지만 — 을 의심하지 않을 수 없었다. 장례식장은 너무 북적대지도, 휑하지도 않은 분위기였고 둘러보니 전부 다 아는 얼굴들이었다. 애정이에게 친구란 아마도 팬클럽 회원들뿐이었던 것 같다.

며칠 동안 내 머릿속을 헤집던 김마리는 검은색 바지 정장을 차려입고 모습을 드러냈다. 귓불에는 둥근 쇠구슬 피어싱이 여러 개 박혀 있었고, 목걸이며 반지며 장신구가 화려했다. 어쩜 못 본 사이, 그녀는 더 건강해진 것처럼 보였다. 나를 곁눈으로 훑고는 아예 모르는 사람처럼 지나쳤다. 회장답게 테이블 정중앙에 자리를 잡고, 우는 회원의 어깨에 입을 맞추기도 하며 위로의 말을 건넸다.

이제 내가 낄 차례다. 애정이를 좋아하지도 싫어하지도 않았다. 가끔 한심해 보일 때는 있었다. 어두운 방구석에 앉아 밤새 뜨개질을 해 오빠의 스웨터를 만들어 준다거나 할 때 말이다. 사실 애정이가 한 일이나 내가 세시간밖에 못 자고 밤조림을 만든 거나 무슨 차이가 있겠는가. 이제 와서야 나와 애정이가 품은 감정이 비슷한 부류의 플라토닉 러브였다는 것을 인정한다. 그런 사람의 갑작스러운 죽음을 어떻게 이해해야 할까? 자살? 납득할 수 없는 얘기다.

"오랜만이네요. 팬클럽 탈퇴하시고 다시는 못 볼 줄 알았는데."

김마리는 빨갛게 충혈된 토끼 눈으로 먼저 말을 걸었다. 탈퇴라니, 네가 강퇴 시켰잖아?! 나는 따지고 싶은 마음을 겨우 참고, 지은 언니의 옆자리에 앉았다. 지은 언니가 내 가슴에 온통 눈물범벅이 된 얼굴을 묻으며 슬픔을 흘렸다. 얇은 무채색 니트가 지은 언니의 눈물이 떨어져 축축해졌다. 물론 나도 슬펐다. 하지만 지금은 이성적이어야 했다. 나는 맥주를 연거푸 마시는 김마리를 을러메듯 노려봤다. 그녀가 일말의 죄책감을 가지길 바라면서.

"저기. 마리 씨. 애정이 휴대폰 볼 수 있어? 애정이가 죽기 전에 넘긴 전화기 말이야."
"예?"

나는 눈으로 김마리가 수저 옆에 놓아둔 핸드폰을 가리켰다. 김마리는 그제야 휴대폰을 손에 쥐고 아련한 표정을 지었다. 구입한 지 3년은 넘은 구형 핸드폰의 액정화면에는 오빠가 케이크 크림을 입가에 가득 묻힌 채 찍은 화보 사진이 떠 있었다.

"신호였나 봐요. 왜 사람이 죽기 전에 신변 정리하느라 자기 물건 여기저기 다 준다고 하잖아요." 연극적인 깊은 한숨. "그걸 몰랐어요. 저도 죽음 끝에 닿아 있으면서 왜 몰랐을까요." 글썽대는 눈동자, 역시 아주 연극적인 제스처.

"그걸 누가 알았겠어? 회장 탓 아니야. 마음에 두지 마."

지은 언니의 두둔. 나는 다시 물었다.

"안에 있는 것들 훑어봐도 돼?"
"애정 언니가 포맷된 상태로 줘서 제 사생활밖에 없어요."
"그래? 바탕 화면은 그대론데?"
"그건 그냥 뒀으니까요. 오빠가 예쁘잖아요."
"사진첩은 안 건드렸나 보다. 보고 싶어. 카톡 같은 건 안 볼게. 이상한 사진 있으면 폴더 만들어서 지금 옮겨 놔도 돼."
"… 좀 그렇지 않나요? 죄송해요. 제가 뭘 잘못했나요? 취조는 한 번이면 족해요."

누가 이길까, 오고 가는 실랑이를 흥미롭게 보던 사람들이 김마리를 거들고 나섰다. 오늘 오전 경찰서에 핸드폰을 제출했다가 다시 돌려받았다는 걸 대화 중에 알게 되었다. 김마리가 카톡 내용을 삭제했다면 그 내용이 반나절 만에 복구될 리는 없고, 포렌식 수사를 하기는커녕 대충 보고 돌려준 거겠지. 나는 부아가 치밀었다. 애정이가 안고 간 비밀이 분명히 있다.

탕, 팔꿈치로 테이블을 소리 나게 치며 부리나케 핸드

폰을 향해 손을 뻗었다.

"마리 씨가 자꾸 거짓말하잖아. 7월에 오빠가 면회 온 거 맞니? 팬카페에 올린 사진 진짜냐구? 애정이가 너한테 임시 회장직 맡겼다는 거 진짜야? 왜? 곧 죽을 말기 암 환자한테 왜?!"

김마리는 나보다 빨랐다. 휴대폰을 든 손을 위로 쭉 뻗었다. 마치 가장 긴 팔을 가진 사람이 임자라는 듯이. 내가 엉덩이를 떼고 온몸을 날리려는 찰나, 지은 언니가 강하게 내 팔을 찍어 눌렀다. 아아악. 짜증 섞인 몸부림을 치며 지은 언니를 쳐다봤다.

"그만 좀 해. 너 과해. 너만 어이없고 슬픈 줄 알아?"

지은 언니의 눈짓에 옆에 있던 다른 회원도 내 다른 팔을 결박했다. 이러면 내가 꼭 범죄자라도 되는 것 같잖아. 지은 언니는 나를 옴짝달싹 못 하게 잡아 두고는 꺼지든지 아니면 얌전히 있으라고 경고했다. 순간 모멸감이 느껴져 감정 제어가 되지 않았다. 억울한 아이처럼, 와왕 하고 울어 버렸다. 지은 언니는 결박했던 손을 풀고 미안하다고 사과했다. 내 눈물이 주변에 전염되어 몇몇이 훌쩍거리기 시작했다. 그사이 술을 더 가져오겠다며 김마리가 자리를 비웠다. 어? 너는 가면 안 되는데? 나를 껴안고 우는 지은 언니를 뿌리치고 김마리를 따라 일어섰다. 뭐라도 따져서 정체를 밝혀야 했다. 그런데 제기랄. 씩씩 울음보만 터졌다. 마음이 슬픔을 묻어 둘 수는 없었나 보다. 나는 그녀의 양손에 들린 맥주병을 빼앗았다.

"너 암 환자가 왜 맥주 마셔? 마시면 안 되잖아."

내가 고작 한 말이란 그거였다.

"전 이미 치료 포기했어요."

"치료를 한 적이 없는 거 아니고?"

"네. 제가 합성한 거예요, 그 사진. 오빠가 병문안 와 줬으면 해서요. 언니!"

김마리는 언니를 외친 것만으로는 부족했는지 테이블 끄트머리에서 여전히 우리를 주시하는 사람들에게 대고 다시 "언니들!" 하고 외쳤다.

"오빠는 안 와요. 여기 있는 사람들 다 죽으면 남들 눈치 때문에 올 수는 있겠다. 애도하는 척하면서 내심 목 빼고 오빠 기다리지 마요. 너무 속 보여서 보기 짠하다고요."

목청이 왜 이리 좋아. 가수 해도 되겠네. 나의 감탄이 얼굴에 나타났는지 그녀는 즉각 다시 나를 쏘아봤다.

"특히 너는 가망 없어. 진짜 못생겼거든."

엥?! 그리 오래 살진 않았지만 이렇게 가감 없는 얼굴 평가는 처음이었다. 장례식장의 모두가, 심지어 서빙하는 아주머니들마저도 나를 쳐다봤다. 아니 가해자는 쟤 데, 왜 나를 봐? 누가 내 얼굴에 펄펄 끓는 밥솥을 얹어 놓은 듯 낯이 달아오르다 못해 뜨거워 죽을 지경이었다. 나는 부끄러움에 죽고 싶었다. 그 순간만은 현재를 살지 않는 애정이가 부러웠다.

지은 언니가 돌덩이처럼 굳어 버린 나를 화장실로 데려가 세수를 시켜 준 것 같기도 하고… 누군가가 나가 버린 김마리에게 전화를 걸었지만 전화기가 꺼져 있다고 한 것 같기도 하고. 여성을 이르는 온갖 욕설이 회원들의 입을 통해 서로에게 전달됐고, 나는 그로기 상태로 침을 흘리며 '김마리 욕하기'로 오랜만에 대동단결된 회원들을 지켜봤다. 이런 수모를 겪다니. 오빠가 안 온 것은 너무 다행이었다. 역시 현명한 울 오빠.

발인하는 날 새벽에 오빠는 조용히 다녀갔다고 했다. 조의를 표하는 의미에서 팬클럽은 곧 열 예정이었던 오빠의 생일 축하 행사를 모두 취소했다. 나는 지은 언니가 보내온 사진 속 오빠가 오래 못 본 연인인 것처럼 애달파했다. 무표정한 얼굴로 카메라를 응시하는 오빠는 애정이의 죽음을 이해하지 못하는 듯했다. 운영진으로부터 우리끼리라도 조촐하게 생일 파티를 할 예정이니 와 달라는 연락을 받았다. 나는 가지 않겠다고, 팬클럽을 탈퇴하겠다고 말했다. 아직도 그로기 상태에서 벗어나지 못했기 때문이다.

김마리의 말을 의식하지 않으려고 노력을 했지만 이전보다 자주, 어쩔 수 없이 거울을 봤다. 넓은 이마, 쌍꺼풀 수술 자국이 선명한 큰 눈과 웃으면 옆으로 퍼지는 낮은 코, 튀어나온 입술을 살폈다. 그래, 정말 못생겼어. 못생긴 내가 조금이라도 관심을 받겠다고 마카롱이니 파운드케이크니 밤조림 같은 걸 해다 바쳤지. 그렇게 하면, 아름다움과 순수함의 결정체인 오빠에게 사랑받을 수 있을 거라 생각했다. 자, 다시 거울을 보며 김마리의 말을 곱씹어 보자. 그 미친년. 어디 여자들 테두리 안에서 용감무쌍하게 외모 평가를 해? 나는 눈앞에 있는 거울을 뒤집었다. 구제 불능은 내가 아니라 김마리다.

3일간의 병가를 신청하고 집 안에만 머물렀다. 애정이도 그녀에게 이런 모욕을 당했을까…. 그 순간의 못생겼다는 선언보다 나를 쳐다보던 눈들이 머릿속에서 지워지질 않았다. 집 건물 1층에 있는 커피숍에 갔다가 오는 길에 편지함에 수북이 쌓인 편지들을 뭉텅이로 가져왔다. 비바람에 우글우글해진 각종 명세서와 전단지, 광고지를 북북 찢어 버리고 나니 노란 봉투가 보였다. 겉봉에 수신지 주소 말고는 아무것도 쓰여 있지 않았다. 그러나 익숙한 둥근 필체, 팬클럽의 유치한 심벌 스티커를 보고 나는 내용물이 무엇인지 직감했다.

　　누가 나를 훔쳐보지는 않을까, 불안한 생각이 들어 바로 봉투를 뜯어 보지 않았다. 화장실 변기에 쪼그려 앉아 봉투를 열었다. 내 예감대로 발신자는 죽은 애정이었다.

　　'내 친구, 세진아. 너에게 미션을 줄게. 내 유언이니까 들어줘. 오빠를 부탁할게. 김마리 때문에 오빠가 죽어가고 있어. 김마리의 진짜 이름은 김은옥이야. 그 여자는 곰팡이야. 후벼 파서 잘라 내야 해. 미션을 해결한다면, 〈우세희〉는 네 거야. 다음 회장은 너야.'

　　애정이의 원룸을 그렇게 뒤져도 발견되지 않았던 유서는 내 손에 있었다. 짧은 편지였으나 내용은 미스터리 투성이였다. 유서는 난데없는 습격이었다. 김마리의 본명은 어떻게 알게 되었을까? 애정이도 나처럼 혼자서 탐정 노릇을 했던 것인가. 그러다가 협박에 못 이겨 팬클럽 회장 자리를 강제로 김마리에게 넘겨주고, 죽기 전에 내게 유서를 쓴 것이다. 애정이는 죽임을 당한 거다. 두서없는 생각을 하면서 나는 웃음을 터트렸다. 하하하. 바보야. 이건 영화가 아니라고!

그렇지만 나는 영화를 아주 좋아했다. 대부분의 여가 시간은 오빠가 나온 것을 비롯한 영화를 보면서 지냈다. 나는 영화가 현실을 반영한다는 사실, 그리고 어떤 영화도 기가 막힌 현실의 드라마를 따라가지 못한다는 것을 알고 있다.

나는 못생긴 데다가 지저분하기까지 한 몰골을 벗어던지기 위해 샤워를 했다. 초겨울에 찬물을 맞으며 김마리를 증오했다. 중성적 느낌의 빨간 스포츠머리, 죽음을 경배하는 듯한 말투와 표정, 거기에서 나오는 퇴폐적인 기운, 남에게 아무렇지 않게 독을 뿜어내는 입, 그리고 친절한 듯 웃지만 방심하면 깔아뭉개는 시선까지. 사람을 갖고 노는 년이었다.

샤워를 마치고 수증기와 물때로 덮여 있는 거울을 손으로 스윽 닦았다. 수증기에 금방 다시 가려질 내 얼굴은 의뭉스러운 눈길로 나를 노렸다. 이건 애정이의 유언을 지키는 일이야. 나의 사적 감정이 아닌 대의를 위한 일. 내가 오빠를 지켜 줘야 했다. 바보 천치들만 있는 〈우세희〉는 김마리가 아닌 내 거였다.

밤공기가 기분 좋게 머리카락 사이를 헤집었다. 부지가 넓어서 그런지 용인 민속촌에는 사방으로 흙이 섞인 바람이 불었다. 지은 언니에게서 들은 바에 따르면 오빠의 촬영은 이른 저녁부터 시작되었다. 촬영팀이 하늘에 닿을 듯 높게 쏜 조명을 이정표 삼아 방향을 잡았다. 초가집과 주막이 한데 붙은 곳에서 50명 남짓한 인원이 두꺼운 점퍼를 걸치고 서로에게 사인을 보내고 있었다.

저녁 밥차 시간이 막 끝난 참이라 관광객은 얼마 없었고 통제가 느슨해져 있었다. 나는 스태프의 일원인 것처럼 팔짱을 끼고 시크한 표정을 지었다. 아쉽게도 오빠는 보이지 않았다. 어렵지 않게 해달 매니저를 찾았다. 눈 사이가 멀고, 표정이 늘 해달처럼 순둥해 팬들 사이에서 그런 별명으로 불렸다. 해달 매니저는 한 여자 스태프와 막대 사탕을 먹으며 즐거운 시간을 보내고 있는 것 같았다. 오빠가 해달 매니저를 찾기 전에 얼른 그에게로 다가갔다.

"안녕하세요, 매니저 오빠?"

그는 내가 누군지 모르는 모양이었다. 미간 사이를 잔뜩 찌푸린 채 알아내려고 노력 중이었다. 미안하다는 듯이 고개를 갸웃거리다 그는 꾸벅 90도로 허리를 숙이며 안녕하세요, 하고 인사를 건넸다.

"저, 오빠 공식 팬클럽 부회장이에요."

거기까지 말하자, 옆에 있던 여자 스태프가 고개를 절레절레 흔들며 자리를 떠났다.

"여기에는 일반인이 오면 안 돼요."
"제가 전에 케이크도 만들어 드리고, 최근에 밤조림도 드렸잖아요. 김마리, 아니 회장이랑 맛있게 먹었다면서요."
"그런데요? 팬클럽 부회장이면 알 만한 분이…. 배우님 분장하러 갔으니까 오시면 인사만 하시고 바로 가세요."

그는 대단한 선심이라도 쓰는 것처럼 말했다. 여전히 내가 뇌리에 조금도 남아 있지 않다는 눈치였다. 내가 이렇게 존재감이 없었나.

"아니, 저 매니저님 만나러 온 거예요."

그제야 휴대폰만 바라보던 눈이 나를 봤다. 어서 말해 보라는 듯 해달 매니저는 미간에 주름을 잡으며 내 다음 얘기를 기다렸다. 스쳐 지날 때는 느긋하게만 보였는데 상당히 성실이 급한 모양이었나.

"회장이랑 친하죠? 남이 힘들게 만든 밤조림 줄 만큼?"

"아니 그건 애가 아프다고 하니까, 배우님 입장에선 어지간히 신경 쓰이지 않겠어요. 그래서 이거저거 잘 챙겨 주는 건데, 그거 따지러 왔어요?"

"네. 걔 안 아파요."

"네? 마리 씨 아파요. 모르나 본데 암 투병 중이에요. 우리 만났을 때도 피 토하고 그랬어요. 서울병원 원장 딸이라 그런지 전화하니까 금방 기사 딸린 벤츠가 데리러 왔어요."

"거짓말."

"참 나, 내가 그런 거짓말을 뭐 하러 해요?"

"매니저님 말고요. 회장요. 조심하라고 말씀드리러 제가 여기 온 거예요. 매니저님이 오빠 지켜 줘야 해요. 물론 제가 어떻게든 해결할 거지만, 그래도 조심하셔야 해요."

해달 매니저는 오만상을 찌푸리며 고개를 끄덕거렸다. 길거리 잡상인 대하듯 건성이었다. 나는 그가 상황을 더 잘 이해할 수 있도록 오늘 낮에 받은 유서에 대해 운을 떼려고 했지만, 그는 먹다 만 막대 사탕을 바닥에 버리고 짧은 묵례를 하더니 내뺐다. 분장을 마친 오빠가 사대부 도련님 복장을 하고 나왔다. 해달 매니저는 얼른 그리로 뛰어가 귓속말로 뭔가를 전달했다. 오빠의 샤프한 눈매가 찌를 듯 가늘어졌고 이내 오빠는 길게 눈을 감았다 떴다. 피곤하니 말 걸지 말라는 신호였다. 스무 발자국 정도만 가면 아무 장애물도 없이 오빠에게 바로 닿을 수 있었다.

나는 오빠가 먼저 다가와 주길 은근히 바랐다. 나를 잘 알고 있잖아요. 내가 허튼소리 하는 사람이 아니고, 신실한 공무원이라는 걸요. 끄덕. 그게 다였다. 오빠는 내게 고개를 한 번 주억거리고는 카메라와 스태프들이 모여 있는 촬영장 중앙으로 걸어갔다. 해달 매니저가 우리 사이를 이간질하는 간신배 같은 태도로 등을 졌다. 그의 큰 덩치에 가려 오빠는 머리털 하나 보이지 않았다. 무릎까지 오는 파카를 입은 스태프 하나가 일반인이면 꺼져 달라고 요구했다. 암요, 무수리는 갈게요. 디저트라도 만들어 올 걸 그랬다. 그랬으면 이따위 취급은 안 받았겠지.

과연 그녀의 원래 과거, 김은옥에 대한 정보는 훨씬 많았다. 나는 우선 의혹만 품고 돌아와야 했던, 그녀가 입원했던 병원에 다시 찾아가 김은옥 환자에 대한 정보가 있는지 찾아보았다. 있긴 했다. 하지만 이미 퇴원한 지 오래되어서 정보를 알려 줄 수가 없다는 통보를 받았다. SNS를 다시 뒤졌다. 너무 흔한 이름이라 김은옥이라는 사람에 대한 자료는 차고 넘쳤다. 선별하는 데 애를 먹긴 했지만 페이스북에서 내가 찾는 김은옥이 남긴 흔적을 확인할 수 있었다.

소셜 미디어 만세! 그녀는 대전에서 학교를 나왔고, 대학에서 섬유의류학을 전공했으나 중퇴. 오래전에 업로드한 다섯 장의 사진을 훑었지만 여행 중 찍은 사진이나 놀러 간 술집에서 찍은 사진 정도가 전부였다. 거의 5~6년 전의 기록이었다. 한때 그녀의 친구 혹은 지인이었던 것으로 보이는 다수의 사람에게 메시지를 보냈다. 나는 그녀의 예전 회사 동료이며 김은옥이 말기 암 환자라는 소식을 들었다, 병문안을 가고 싶으니 입원한 곳이어느 병원인지 알려 달라는 내용으로 사연을 꾸몄다. 두명에게서 답장이 왔다. 한 명은 김은옥과 연락을 끊은지 오래되었으니 소식을 들으면 알려 달라고 도리어 내게 부탁했고, 다른 한 명의 답장은 짤막했다.

'김은옥? 정신병원 간 애?'

오싹 등허리에 소름이 돋았다. 바로 이거다! 나는 곧바로 김은옥이 정신병원에 갔냐고 답장했다. 너무 성급했다. 답장은 오지 않았다. 이틀이 지나도록 회신이 오지 않아 나는 장문의 메시지를 써서 다시 보냈다. 사실 나는 그녀의 회사 동료가 아니며, 오히려 그녀의 뒤를 캐고 있는 사람이라고. 김은옥이 내가 사랑하는 누군가를 해치려 하는 것 같아 불안하다고 적었다. 한 시간뒤 직접 만나자는 답장이 왔다. 김은옥의 학교 후배라는여자를 만나러 대전에 가기로 했다. 그전에 나는 애정이의 유서를 사진으로 찍어 지은 언니에게 보냈다.

'너 미친 것 같아. 이건 선 넘었지. 회장 모함하는 것도 부족해서 이제 유서 조작까지 하니? 넌 이미 우리

142·143

가 제명했어.'

지은 언니는 칼답으로 나를 찔렀다. 애정이가 나에게
〈우세희〉를 넘겨준다는 소리만 안 했어도 조작처럼 보
이지는 않았을 텐데, 다시 읽어 보니 언니가 오해할 만
도 했다. 애정이가 가고 난 뒤, 나는 철저히 혼자였다. 대
전으로 향하는 밤의 풍경은 너무 쓸쓸했다.

"처음에는 별거 아닌 사건이었어요. 대학생 때는 사
귀고 헤어지고 잘 그러잖아요. 김은옥이랑 2년 정도
사귀고, 남자가 군대를 다녀왔어요. 그사이에 둘은 헤
어졌는데 뭐 한쪽한테는 납득할 수 없는 이별이었나
봐요. 이후에 남자가 신입생이랑 몰래 사귀었는데 술
자리에서 다 들통이 나 버렸어요. 문제 될 건 없었죠.
공식적으로 김은옥이랑은 헤어진 사이였으니까. 김은
옥은 원래도 학교에 잘 나오질 않았어요. 그런데 그날
은 작정하고 나와서 남자를 해쳤대요. 전동 가위로 손
가락 한 개를 절단했대요. 불구로 만들 심산이었는지
그 자리에서 마디 하나를 삼켰다고 하더라고요. 그대
로 우리 학교 괴담의 주인공이 돼 버렸어요. 어떻게
합의를 했는지 몰라도 빨간 줄은 안 그어졌다고 들었
어요. 김은옥이 정신병원에 입원했다는 소문이 파다
했죠. 그쪽 말대로 서울병원 병원장 딸일 수도 있을
거예요. 우리 학교가 부정 입학으로 유명한 곳이라서
돈 많은 애들 많긴 하거든요."

학교 후배라는 여자의 이름은 안주혜였다. 웃으면서
어마어마한 말들을 술술 했다. 안주혜와 마주 앉아 페퍼

로니피자 한 판에 맥주를 곁들이면서 남자의 손가락 마디를 삼키는 김마리를 상상했다. 남자의 피와 뼈, 손톱은 위액에 소화되어 그녀의 세포 어딘가에 기억되고 남아 있을까. 사랑과 복수의 피 맛은 달콤했으려나. 상상해 보니 대단히 미친 년이었다. 취기가 살짝 올라 나는 문득 김마리가 보고 싶다는 생각까지 들었다. 그녀가 소름 끼치게 싫었지만 동시에 어떤 속마음을 가졌는지 속속들이 파헤쳐 보고 싶었다. 그녀 마음속에 어떤 형태의 괴물이 자리 잡고 있는지 궁금했다. 탐정 노릇을 하다 보니 정말 범인을 잡고 싶어 밤낮으로 시달리는 형사라도 된 듯이 내 머릿속은 온통 김마리로 가득했다.

나는 안주혜에게 가능하다면, 손가락 마디를 잃은 김은옥의 전 연인을 만나고 싶다고 했다. 그전에 안주혜는 내 이야기를 듣고 싶어 했다. 그를 부를 만한 썰을 풀어 보라고 대놓고 말했다. 김은옥에게 나의 연인이 어떤 위협을 받고 있는지에 대해. 그러자면 필연적으로 오빠의 얘길 해야 했다. 나의 순정이 그녀에게 어떻게 비칠지 뻔했기 때문에 거짓말을 지어냈다. 나도 김마리 못지않게 거짓말에 능수능란했다. 나는 회사 동료인 오빠와 곧 결혼을 앞두고 있으며, 오빠와 정이 끈끈한 여동생(애정이다.)이 최근에 자살했고 나는 그 죽음이 타살이라 생각한다고 말했다. 안주혜가 어깨를 부르르 떨며 김은옥의 전 연인이었던 한동헌을 불러 주겠다고 했다. 안주혜는 자신이 국정원에 협력하는 정보원이라도 된 듯 조금은 신나 보였다. 내가 그 태도를 이상하게 여기는 눈초리를 보였는지 그녀가 약간 민망해하며 일상이 심심해서요, 하고 변명을 늘어놓았다.

"가끔은 세상이 한번 뒤집어졌으면 좋겠다고 생각할 때가 있어요. 사는 게 이렇게 재미없을 거면 뭐 하러 자잘한 감각기관이 있나 싶어요."

그녀가 한쪽 다리를 음악에 맞춰 건들거리며 말했다. 동의하는 바지만 그렇다고 딱히 거들 마음은 없었다. 한동헌은 돌을 갓 지난 아기 때문에 나올 수 없다고 했다가 김은옥의 이름을 말하자, 금방 태도를 바꾸었다고 했다.

"대전이 조용하고 심심해요. 얼마나 심심하면 설문조사에서 맨날 재미없는 도시 1위 하고 그러겠어요. 사건이 터졌을 때, 솔직히 학교 다닐 맛이 났다니까요. 가면 새로운 얘기들이 계속 나오니까."
"자극적이고 선정적이고…."
"그렇죠. 게다가 김은옥은 그전부터 멋있는 데가 있었어요. 20대 초반에는 다들 자기 자신을 잘 모르잖아요? 근데 걔는 그렇지 않았어요. 취향이 확고했고 자신감에 차 있었어요. 그런 점이 좀 비범했죠. 후배들한테 선망의 대상이었어요. 그 사건은 아까 괴담이라고 말했지만, 전설이기도 했어요. 아, 본질은 같나?"

안주혜도 김은옥을 선망하던 후배 중 하나였다는 걸 대화하면서 깨달았다.

"주혜 씨는 정신병자를 흠모하는 부류예요?"

내 질문에 안주혜는 금붕어처럼 입을 끔벅거렸다. 우리 사이의 대화가 단절된 건 물론이다. 다 식은 피자의 도우 부분을 질겅질겅 씹어 대며 나는 한동헌이 오기를 기다렸고, 안주혜는 입맛을 다시더니 밖에 나가 줄담배를 피웠다. 김은옥과 달리 나는 별로 마음에 들지 않은 모양이다. 나한테는 멋있는 구석이 없냐…?

창밖을 보니 어쩌면 그렇게 지나가는 사람 하나 없는지 심심해 죽겠다는 안주혜의 말이 이해가 갔다. 턴테이블의 바늘이 다시 첫 트랙을 돌기 시작했다. 한동헌은 그때 나타났다. 〈Lady Sings The Blues〉, 빌리 홀리데이의 목소리가 펍을 가득 채우고, 붉은색 유리 조명 아래에서 오빠의 예비 신부가 된 내가 오빠와 함께 결혼식에 대해 논의하는 망상을 하던 참이었다.

안주혜가 자리를 알려 줬는지 한동헌은 망설이지 않고 내 맞은편 의자에 긴 다리를 구겨 넣었다. 어두운 조명 덕을 봐서가 아니라, 한동헌은 길거리에서 쉽게 마주칠 수 없는 종류의 미남자였다. 헉! 나는 숨을 들이마시고 눈앞에 나타난 다비드상을 쳐다봤다. 길고 풍성한 인형 같은 속눈썹과 분칠이라도 한 듯 투명한 피부, 살짝 깎인 매부리코와 각진 턱선이 그의 남자다움을 한층 빛나게 해 주었다. 어딘지 '트와일라잇' 시리즈에 나오는 귀족 뱀파이어 같은 느낌이 났다. 염세적인 분위기를 풍기는 김마리와 무척 잘 어울렸을 거라는 생각이 들었다.

나는 자세를 고쳐 앉으며 마티니 잔을 가볍게 쥔 그의 왼손을 살폈다. 결혼반지를 낀 네 번째 손가락의 마디가 하나 모자랐다. 형식적인 인사를 주고받은 뒤, 나는 안주혜에게 한 거짓말을 되풀이했다. 그사이, 밖에 있던 안주혜가 팔짱을 끼고 들어와 한동헌의 옆에 가까이 앉았다. 둘은 피차 별말을 건네지 않았지만 서로를 대하는 태도가 지나치게 편해 보였다. 잠깐 스치는 옷자락을 보니 두 사람이 내연 관계일지도 모르겠다는 생각이 들었다.

한동헌은 생각이 많은 사람인지 입이 무거웠다. 그는 김마리가 누군가를 죽일 수 있는 사람이냐는 내 질문을 곰곰이 곱씹었다. 홀짝홀짝 마티니를 여섯 잔쯤 마시고 나서는 고개를 끄덕였다. 답을 받아 내는 데 시간이 얼마나 오래 걸렸는지 내가 한 질문을 나도 까먹었을 정도였다.

"왜 그렇게 생각해요?"

나는 1분이라도 탐색 시간을 줄이기 위해 재빨리 물었다. 칵테일 핀에 꽂힌 올리브를 음미하며 긴 침묵에 들어간 한동헌은 또다시 자신만의 세계에 빠졌다. 얼굴 감상도 지겨워진 나는 여러 번 헛기침하며 재촉했다.

"걔는 신념을 가지고 있으니까요. 그렇지만 약혼자분의 여동생을 김은옥이 죽였을 거라고는 생각하지 않아요. 내 생각에 당신 의심은 틀렸어요."

한동헌의 말을 이해하려면 설명이 더 필요했다. 나는 그가 다시 입을 때 머릿속에 있는 실타래들을 풀어 주기를 잠자코 바랐다.

"어떤 신념?"

이번에는 내가 아니라, 안주혜가 물었다. 그녀의 눈동자가 검게 활기를 띠었다. 한동헌은 안주혜를 매정하리만큼 뚫어지게 보고는 나를 쳐다봤다. 그리고 한 마디가 없는 손가락 끝을 다른 손가락으로 문질렀다. 생각에 잠길 때면 보이는 특유의 습관 같았다.

"다들 내가 은옥이를 두고 주혜를 만났기 때문에 손가락을 잘렸다고 생각해요."

"그럼 아니야?"

안주혜가 이야기 속의 그 신입생이었구나. 친밀감은 두 사람이 과거에 연인이었기 때문에 나온 것이었다.

"아니야." 한동헌은 안주혜에게 쓴웃음을 지어 보이며 다시 말을 이었다.

"원래 잘릴 운명이었던 거예요. 제가 김은옥과 거래를 하면서부터요. 사귀고 난 뒤에 한 달도 안 돼서 걔가 이상한 제안을 했어요. 손가락을 달라고요. 대신 그 대가로 시키는 일은 뭐든 다 하겠다고요."

"그건 노예 계약이지, 연애가 아니지 않아요?"

"네. 정상적인 연애가 아니었어요. 시작은 그렇지 않았지만… 그렇게 돼 버렸어요. 저는 농담과 진담을 구분 못 하는 멍청이었고, 걘 약속을 이행한 거죠. 다만 손가락을 먹을 줄은 몰랐어요. 당신 추측이 틀린 이유는 김은옥이 여자한테는 관심 없기 때문이에요. 그 여동생을 죽일 필요가 없죠."

"관심과 사랑을 줄 대상은 죽일 수도 있다는 말이에요?"

내 물음에 그가 고개를 끄덕였다. 확실한 건 오빠는 김마리와 어떤 거래도 하지 않았으리라는 것이다. 오빠는 부족할 것이 없는 위치에 있다. 사랑이든 돈이든 노예든 원한다면 누구에게라도 구할 수 있을 테니까. 굳이 그런 별 볼 일 없는 애랑….

손을 보여 달라는 내 부탁에 한동헌은 양손을 쫙 펼쳐 보였다. 정교하게 뻗은 타란툴라의 다리처럼 열 손가락은 크고 길고 섬세했다. 김마리는 잘린 한 마디를 사랑의 징표로 가져간 걸까, 단순히 예쁘기 때문에? 나는 더욱더 짙어진 안개 속에서 헤매게 된 듯했다. 오빠의 손은 한동헌의 손과는 달랐다. 축구나 야구 같은 다양한 스포츠를 즐겼기 때문에 굳은살이 여기저기 박혀 있었고, 굳이 말하자면 손만은 못생긴 축에 속했다.

"장국영이 죽었을 때 기억나요? 만우절이었잖아요. 호텔에서 떨어진 것도 드라마 같았고."

한동헌이 말했다. 물론 그날은 똑똑히 기억했다. 장국영의 죽음은 내 젊음도 언젠가 끝나리라는 막연한 암시를 주었다. 채플 수업에 들어가려던 찰나에 받은 문자의 내용을 믿을 수가 없었다. 봄바람이 청재킷 안으로 싸늘하게 들어왔다. 구름은 없었지만, 왠지 나는 날이 우중충하다는 느낌을 받았다. 장국영이 간밤에 세상에서 영영 사라졌다는 게 이해되지 않았다. 슬프기보다는 어이없었다. 새삼 깨닫게 된 세상의 가벼움과 연약함이.

나는 그녀의 팔뚝에 그려진 장국영이 생각나 대답했다.

"김마리, 그러니까 개명한 김은옥 어깨에 장국영 문신이 있었어요."
"그게 걔의 신념이에요. 동시대의 또 다른 스타였던 양조위가 아니라 장국영을 새겨 넣은 건, 그가 아름다움을 지켰기 때문이 아닐까요? 죽음으로써."
"으음. 박제처럼요?"

정답을 맞혔다는 듯 한동헌이 처음으로 입꼬리를 올리며 미소를 흘렸다. 죽이게 섹시한 표정이었다. 그렇다면 김마리는 왜 눈앞의 한동헌을 그냥 뒀을까. 나라면 저 미소부터 챙겨 갔을 거다. '김마리는 상대가 아름다

워야 욕심을 낸다.'라는 결론에 이르자, 안주혜가 오빠의 사진을 보고 싶다고 했다. 당신들도 아는 월화 미니드라마 주인공과 아주 닮은 사람이라고만 말했다. 나는 한동헌의 오른손을 찍어 사진으로 남겼다.

서울로 돌아가는 기차 안에서 한동헌의 오른손 사진을 김마리에게 보냈다. 이제 나는 너의 과거를 알고 있다는 선전포고였다. 곧장 휴대폰이 진동했다. 한 장의 사진이 도착했다. 어두컴컴한 배경을 뒤로하고 김마리와 상의를 탈의한 오빠가 나란히 누워 있었다. 눈 감은 오빠는 턱에 거뭇거뭇한 수염이 나 있어 초췌해 보였고, 김마리는 얇은 브래지어 끈을 살짝 아래로 내린 채 오빠의 가슴팍에 뺨을 묻으며 생글거리고 있었다.

'지금 좀 바빠요. 언니, 제 과거가 궁금했으면 그냥 물어보시지.'

김마리는 친절하게 답했다.

나는 지구 대폭발을 기다렸다! 영화배우 우세계의 집에 누가 핵폭탄을 터트린다면, 그에게 내 전부를 줄 수도 있었다. 나는 또 완벽히 패했다. 달력을 확인했다. 오빠의 생일이 다가오고 있었다. 김마리를 먼저, 그다음 오빠를 내 손으로 죽일 것이다. 그러니 눈물 뚝.

3.

규모를 대폭 축소한다고 공지됐다던 오빠의 생일 파티는 오래된 정문극장에서 열린다고 했다. 멀티플렉스의 등장으로 얼마 전에 매각되었다고 크게 뉴스에 나왔던 곳이었다. 팬클럽 멤버 중 50명 한정으로 마련한 자리라고 했다. 나는 암암리에 거래되는 티켓을 웃돈을 주고 구했다. 오빠가 올지 안 올지는 아직 정해지지 않았다고 했다. 아무렴 어때, 나의 표적은 김마리였다.

오빠의 사진이 들어간 대형 현수막이 걸린 정문극장 앞에서는 벌써부터 팬들이 장사진을 이루고 있었다. 초대받지 못한 사람들까지 팬클럽 응원 봉을 들고 와서 입구에서 인증 샷을 찍느라고 길게 줄이 늘어서 있었던 것이다. 줄을 섰다지만 인원이 많다 보니 혼돈에 빠진 인파 속 여기저기서 비명이 터졌고, 그때마다 팬들은 오빠가 등장했나 싶어 새 떼처럼 우르르 몰려갔다. 나는 이미 세 시간 전부터 1층 카페 창가 자리에 앉아 밖을 살피고 있었다. 회장이란 년이 이렇게 게을러 터져서야… 쯧쯧. 아직 존재를 드러내지 않은 김마리가 어디서 나타날지 눈으로 찾으며 식은 아메리카노를 연거푸 마셨다.

오늘은 정말 정신 똑바로 차려야 한다. 외모 비하 같은 유치한 비난에 넘어가 버리면 안 된다. 홍주와 미영이를 보았다. 둘은 나와 눈이 마주치자 껄끄럽다는 표정으로 눈길을 돌려 버렸다. 운영진들은 마치 내가 이상한 일을 저지를 취객이라도 된다는 듯 피하는 눈치였다. 나는 20대 초반의 여자 둘이 지키고 있는 이벤트 부스로 갔다. 오빠의 별명이 프린트된 진짜 구린 파란 티셔츠를 굿즈라고 팔았다. 벌써 그걸 입고 있는 애들이 도처에 널려 있었다. 나도 위장용으로 그 티셔츠를 사서 얼른 스웨터 위에 걸쳐 입었다.

"그거 아세요? 오늘 오빠 온대요!"

둘 중 좀 더 착하게 생긴 애가 신나 하며 언질을 줬다.

"언제요?"

"애장품 경매가 역대급이라고 벌써 소문 다 났어요. 그때 오겠죠?"

나는 입구에서 챙긴 안내장을 다시 살폈다. 영화 상영회가 끝나면 인사말, 다음이 깜짝 파티였다. 아마 이때 등장하는 모양이었다. 곧 상영회용 작품 투표에서 팬들의 표를 가장 많이 받은 영화 〈바톤 터치〉가 상영될 예정이었다. 팬들이 줄을 서서 상영관으로 입장하기 시작했다. 나는 마지막으로 김마리를 찾았지만 보이지 않았다. 결국 내내 나를 피해 다니던 홍주에게 회장은 오지 않느냐고 물었다. 애매하게 선 긋는 미소를 보이며 홍주는 회장이 아프다고 했다. 못 믿겠으면 서울병원 암 센터에 전화를 해 보라고 했다. 또 무슨 꿍꿍이인 건지 종잡을 수 없었다. 나는 일단 고대했던 만남이 틀어진 것에 상심했다. 정말로 그녀가 아플 수도 있다는 생각이 들었다. 내 추리가 틀린 건가…?

상영관 좌석은 장애인석을 제외하고 꽉 들어찼다. 김마리의 자리가 비어 있어야 할 텐데 그렇지 않다는 건, 언제부터 아팠는지 몰라도 애초에 표를 확보해 두지 않았단 얘기다. 어서 나타나 네가 못생겼다고 일침을 가했던 내 얼굴을 다시 보란 말이야. 나는 혼자서 앞에 있지도 않은 김마리에게 말을 걸었다.

몇 년 만에 극장에서 보는 〈바톤 터치〉는 놀라운 생동감으로 가득하고 세월의 변화를 무색하게 할 만큼 세련된 화법을 구사하는 영화였다. 사람들이 다들 좋아하는

데는 이유가 있다. 오빠가 춤을 추는 클라이맥스에서 나는 오랜만에 20대 시절로 돌아가 눈물을 흘렸다. 이렇게 좋은 영화였구나. 여기저기서 코를 삼키고 휴지를 뜯는 소리가 들렸다. 우리는 왜 이렇게 빨리 늙어 버릴까. 장내는 울음바다였다. 영화가 끝나자 자막이 올라가고 박수가 터졌다. 행사에 푹 빠진 나는 김마리의 존재를 잊어버리고, 다음에 이어질 경매 행사에서 뭐가 나올지 기대했다. 오빠가 쓰던 침구라든지 손때가 묻은 식기류도 괜찮고 그런 게 안 나온다면 아끼는 외투라든지, 뭐든 다 좋을 것 같았다. 미래의 내가 메꿀 수 있는 금액이 얼마까지일지 가늠하느라 머릿속이 바빴다.

불이 켜진 상영관 앞쪽으로 별로 유명하지 않은 사회자가 나왔다. 뒤에서 스태프들이 물건을 들고 올 때마다 술렁거림이 증폭됐다. 작품에서 입은 결혼식 예복을 비롯하여 손수 쓴 메모가 가득한 대본집, 액자에 담긴 오빠의 어린 시절 비공개 사진 원본이 나오자 모두들 흥분해 입찰을 시작도 안 한 물건에 금액을 책정해 소리를 질렀다. 나 역시 오빠의 꼬꼬마 시절 사진을 갖고 싶어서 몸이 달았다. 한 500만 원까지는 쓸 수 있겠다. 다른 팬들에게 질세라 더 높은 금액을 부르며 소리를 질렀다. 잠시 조용히 해 달라는 사회자의 계속된 요청은 무시당했다.

"야! 조용히 안 해?!"

마이크를 통해 과거 고등학생 시절 학생주임 선생님이 쳤을 법한 호통이 터져 나왔다. 순식간에 싸늘하다 못해 차가운 기류가 흘렀다. 참석자 대부분이 솜털 보송한 사회자보다 나이가 많았다. 사회자는 분위기를 빠르게 읽어 무릎을 꿇고 사과했다. 제발 좀 조용히 해 달라, 이러면 진행이 힘들지 않냐고 부탁하는 말투가 농담조였다. 다수는 방금 전의 일은 착하게 잊겠다는 태도를 보였다. 모두가 얌전히 타인의 눈치를 보는 사회인으로 돌아가 있었다. 제일 먼저 경매에 나온 것은 팬들 사이에서 하이라이트로 꼽힐 듯한 오빠의 꼬마 사진 3종 세트였다. 우리는 꼴깍 침을 삼켰다. 오빠의 등장 같은 건 하나도 중요하지 않았다. 1000원으로 시작된 입찰가는 순식간에 100만 원으로 치솟았다. 그 순간 불길한 예감에 휩싸인 나는 온몸에 식은땀이 흐르고 숨이 막혀 도저히 자리를 지킬 수 없었다.

자리에서 벌떡 일어났다. 모두들 얼마를 부르려고 저러나, 싶어 긴장한 얼굴로 나를 쳐다봤다. 씩씩. 가쁜 숨을 쉬었다. 호흡이 너무 답답했다. 급한 볼일이 있는 사람처럼 계단을 뛰어 내려가 상영관을 빠져나가자 등 뒤로 웃음이 터졌다.

순전히 나의 노파심일까? 얼마 전 시청 행사 때문에 작가들의 기념관에 다녀왔다. 생전에 쓴 편지와 일기, 젊은 날의 사진들이 시간 순서대로 재미없게 나열된 그저 그런 복합 문화 공간이었다. 오빠가 내놓은 경매 물품이 그 기념관의 전시물과 비슷하다는 인상을 받았다. 이상하지만 지나칠 수 없는 직감. 오빠가 자신의 끝을 준비하는 것 같았다.

나는 방금 빠져나온 곳을 제외한 나머지 빈 상영관을 돌아다니며 어딘가에서 고양이처럼 웅크리고 있을 오빠를 찾았다. 적막만이 가득한 상영관을 차례차례 확인하다 보니 혹시 내가 미친 게 아닐까, 혼자 소설을 쓰다가 결국엔 우상을 죽여 버린 게 아닐까 무서워졌다. 상영관 밖 복도의 환한 조명 빛들이 눈에 아프게 들어와 길게 꼬리를 물고 빛 잔치를 벌였다. 나는 아까 사회자가 그랬던 것처럼 무릎을 꿇고 튀어나올 듯 뛰는 심장의 박동이 잦아들기를 기다렸다. 다 내가 만들어 낸 환상소설이야. 다시 행사장에 들어가서 오빠의 애장품을 몇 개라도 건지고 와! 이 바보야!

빠앙. 빵.

바깥의 4차선 도로 위에 늘어선 승용차들이 서로를 견제하며 경적을 울렸다. 그게 신호였다. 도저히 멈춰지지 않는 빨간 구두를 신은 저주받은 소녀처럼 나는 아래로 곤두박질치며 부딪히고 넘어졌다. 멋대로 춤을 추고 하강했다.

극장 지하 주차장에서 오빠의 날렵하고 멋진 검은색 포드 차를 본 나는 몸을 낮추고 숨을 조용히 삼켰다. 운전석에는 오빠가, 대각선 뒷좌석에는 김마리가 앉아 있었다. 또각또각 소리가 나는 구두를 벗고, 살금살금 기어가 김마리가 앉은 쪽에 등을 대고 귀를 세웠다. 다행히 내 심장 박동 소리는 더 이상 들리지 않았다. 지금에 와서 하는 말이지만, 나는 오빠가 죽을 고비에 처한다면 불길 속에라도 뛰어들 각오가 되어 있었다. 변명으로 들린다면… 할 말 없지만 말이다.

두 사람이 무슨 얘기를 나누는지 전혀 들리지 않았다. 아니 이야기를 나누지 않았을 수도 있다. 곁눈으로 몰래 훔쳐본 두 사람은 미동도 없이 각자의 세계에 빠진 것 같았다. 김마리가 오빠에게 무슨 제안을 했는지 몰라도 오빠는 고민하는 것 같아 보이기도 했다. 그렇게 10여 분쯤 흘렀을까. 먼저 문을 열고 나온 사람은 김마리였다. 나는 옷깃이 보일세라 얼른 몸을 굴려 뒤 범퍼 쪽으로 이동했다. 김마리는 오빠와 헤어질 때조차 말을 한마디도 건네지 않았다. 쾅. 깜짝 놀랄 만큼 세게 차 문을 닫고는 무릎까지 오는 투박한 워커를 신은 다리로 비상구를 향해 걸어갔다. 그러다 문득 뒤통수에 눈이라도 달린 것처럼 돌아봤다. 그때까지 김마리를 주시하고 있던 나와 눈이 딱 마주쳤다. 내내 무정하던 표정을 한순간에 무너뜨리더니 휘둥그레진 눈동자로 나를 쳐다봤다. 김마리는 스스로에게 짜증이 난 듯 화를 내며 시멘트 바닥을 발로 퍽퍽 찼다. 나는 이 머쓱한 상황을 모면하려고 변명을 만들어 내려 머리를 열심히 굴렸다. 순식간에 다가온 김마리가 내 앞에 서서 손을 내밀었다.

"일어나요. 얼른."

나는 그녀가 내민 손을 뿌리치고 스스로 일어서려 했다. 그러나 히스테릭한 손아귀가 거칠게 내 팔을 먼저 잡아채 나를 일으켰다.

"아, 놔!"
"빨리 가. 시발, 여기는 왜 와서 난리야."

나의 몸부림은 그녀에겐 미약했다. 엄청난 악력으로 내 팔을 붙들어 맨 김마리에게 나는 포대 자루처럼 볼썽사납게 질질 끌려갔다. 오빠는 차 안에서 뭘 하는지 꽉 닫힌 문은 열지 않았다. 혹시 오빠한테 마약이라도 건넨 기야? 그녀가 말기 암 환자라면 모르핀 정도는 어렵지 않게 줄 수도 있을 것 같았다. 나는 이번 일만큼은 팬들 사이의 소동으로 남기고 싶지 않았다. 김마리와 어떤 관계이건 간에 오빠가 직접 참견하고 중재해 주길 바랐다. 그래서 필사적으로 오빠의 이름을 부르짖었다.

"오빠, 저예요! 세진이. 오빠가 어떤 얘기를 들었는지 몰라도 그건 다 거짓말이에요! 속고 있는 거라고요. 내가 도와줄게, 도와줄 수 있어요!"

포드의 뒤꽁무니에 대고 냅다 지른 소리는 낮게 잔음을 남기며 금방 사라졌다. 그 직후 김마리가 내 목덜미를 움켜쥐고는 실핏줄이 붉게 도드라진 눈으로 나를 노려보았다. 잘 손질된 뾰족한 손톱 끝이 여린 살을 아프게 파고 들어갔다.

"뭘 도와줘? 네까짓 게."
"오빠한테 무슨 짓 했어? 한동헌한테 그랬던 것처럼 손가락이라도 잘라 먹었어?"

나는 앙상한 나뭇가지 같은 김마리의 팔을 잡아 비틀려고 시도했다. 꼬집고 흔들고 할퀴는데도 그럴 때마다 오히려 더 단단해지기라도 하는 것처럼 꿈쩍없었다. 그녀는 한 치의 흔들림도 없이 나를 꽁꽁 붙들었다. 손목시계를 찬 왼쪽 팔목을 흘긋흘긋 곁눈질하는 것으로 보아 뭔가를 기다리는 듯싶었다.

"잘 들어. 6분 남았어. 계단으로 올라가서 네가 좋아하는 오빠 생일이나 축하해 줘. 지금 저쪽으로 가면 넌 죽어."

웃기는 년. 하나도 겁 안 나, 네가 날 어떻게 죽여? 나는 이를 드러내며 마음껏 비웃었다.

"내 말이 장난처럼 들리는구나?"

"그래. 너 좀 우스워."

김마리는 내가 비웃는 것은 신경도 안 쓴다는 듯 여전히 진지했다.

"목숨을 걸 수 있어?"

"오빠 일이라면, 얼마든지."

"그럼 당장 가서 네 오빠를 꺼내 와. 자, 이제 5분 남았어. 차 밑에는 사제 폭탄이 장착돼 있어. 차 한 대는 쉽게 날릴 거야."

나는 김마리의 입에서 나온 말의 진위 파악이 어려워 갈등했다. 나를 옥죄던 나뭇가지는 힘없이 떨어졌고 김마리는 지켜보겠다는 듯 이쪽을 가만히 노려봤다.

단 5분이 지나면 그 말의 진위 여부를 알 수 있겠지만, 사실이라면 나는 골든 타임을 놓치고 있었다. 5분. 나는 전광석화로 오빠의 차를 향해 뛰어갔다. 운전석에 앉은 오빠는 몽롱하게 잠에 취한 듯 눈이 반쯤은 감겨 있었다. 내가 죽자 살자 차창을 두드리는 것도 알지 못하는 듯했다. 마약을 했어, 제일 먼저 든 생각은 그거였다. 차 문은 굳게 잠겨 있었다. 아무리 쾅쾅 내리치고 소리를 질러도 오빠는 몽달귀신 같은 얼굴로 모른 체했다. 요단강을 건너가려 했다.

뒤에서 김마리가 한쪽 팔을 올리고 손가락 네 개를 들어 보였다. 4분이 남았다. 구석에 보이는 소화기를 향해 뛰었다. 멀리 갈 것도 없겠다 싶어 몇 발자국을 걷다가 차창을 향해 소화기를 던졌다. 튕겨 나간 소화기는 방탄 유리에 가는 실금도 내지 못했다. 눈물이 왈칵 쏟아져 나왔다. 이대로 오빠를 잃을 순 없었다. 차창을 주먹으로 쳐 대다가 그만두고, 내 이마를 차 유리에 막무가내로 찧었다. 얼마나 세게 찧었는지 잠깐 세상이 핑 돌았고 나는 비틀거리며 허물어졌다. 속에서부터 깊은 울음이 터졌다. 손으로 숫자 3을 표시하는 김마리를 애원하는 눈으로 바라보았다.

문이 열린 건 그때였다. 오빠는 가물거리는 몸짓으로 차 문을 열고, 울고 있는 나를 올려다봤다. 찢어진 이마에서 흘러나온 시뻘건 핏줄기가 눈앞을 흐릿하게 했다.

"아프잖아?"

타박이 반쯤 담긴, 걱정은 더 많이 담긴 오빠의 온화한 말투가 느릿하게 흘러나왔다. 평소 팬 사랑이라면 누구에게도 뒤지지 않는 오빠가 약에 취했으면서도 내 걱정을 한 것이다.

"제발 가요. 나랑 가요…."

나는 죽을힘을 다해 오빠를 운전석에서 끌어 내리는데 성공했다. 오빠의 고개는 정처 없이 흔들거렸다. 힘이 쭉 빠진 성인 남자를 혼자 힘으로 끌고 가는 건 무리였다. 오빠의 몸에 짓눌린 채 안간힘을 썼지만 역부족이었다. 절체절명의 순간이 되면 초인적인 힘이 나온다던데, 겁이 많은 나는 공포에 질려 절망의 늪으로 빠지고 있었다. 진땀으로 푹 젖은 손은 자꾸만 미끄러져 어떤 것도 제대로 잡지 못했다.

김마리가 든 손가락 두 개는 어느새 금방 하나가 됐다.

1분.

지금 도망가지 않으면 나까지 죽을지도 몰랐다. 나는 최대한 오빠를 차와 떨어트려 놓으려고 했다. 그의 허리를 감싸 안고, 한 몸으로 연결된 것처럼 함께 버둥거렸다. 아무리 애를 써도 보이지 않는 경계 안에 갇히기라도 한 듯 더 나아갈 수가 없었다.

"마리야…"

오빠의 입에서 나온 말은 내가 아닌 그녀의 이름이었다. 목숨은 걸 수 있었지만, 질투심은 통제가 되지 않았다. 그 말만 하지 않았어도 최선을 다할 수 있었는데. 결국 오빠를 두고 도망쳤다. 너무나 공포에 젖어서 제대로 걷지도 못하고 짐승처럼 기어서 겨우겨우 김마리 옆으로 갈 수 있었다. 벌벌 떠는 나를 놔두고 그녀는 혼자서 비상구 너머로 사라졌다. 이윽고 천둥이 치는 듯한 엄청난 파열음과 함께 포드는 폭발하며 뒤집어졌다. 치솟는 불길에서 불똥이 튀었는지 오빠는 몸을 뒤치며 고통스러워했다. 오빠의 얼굴에 시뻘건 불이 붙었다. 김마리가 한 말은 모두 다 사실이었다. 구석에 나뒹구는 소화기가 눈에 띄었다. 어서 가서 불을 꺼줘야하는데에에에에……

나는 한계치에 다다른 두려움 때문에 한 발자국도 움직이지 못했다. 둥글게 솟아오른 불덩이 사이로 들리는 오빠의 절규는 사람의 것이 아니었다. 어디선가 삐이이, 길고 긴 비상 경보음이 이어졌다.

매일매일 오빠를 만나러 갔다. 그동안 오빠는 중환자실에서 일반 병동으로 옮겨졌고 그곳에서 몇 번의 소란을 벌였다는 것을 멀리서 귀동냥으로 들었다. 의사들이 수시로 오빠의 병실로 뛰어 들어갔고 그때마다 해달 매니저는 벽에 머리를 찧으며 자책을 했다. 의료진 중 누군가가 무단으로 유출한 오빠의 얼굴 상태는 처참했다. 핵폭탄이 떨어진 곳에서 겨우 살아남은 자의 얼굴처럼 짓이겨지고 뭉개져 있었다. 오빠의 얼굴이라 할 수 있는 부분은 조금도 남아 있지 않았다. 얼굴 피부의 80퍼센트가 2도에서 3도 화상을 입었다고 했다. 누가 봐도 재기 불능의 상태였다. 그 모습을 담은 사진은 한국을 넘어 아시아, 전 세계에까지 하룻밤 만에 퍼졌다.

나는 끝까지 오빠를 놓지 않았다. 몰려들기 시작한 기자들을 따돌리려고 소속사가 007 작전을 펼칠 때도 나는 오빠의 곁에 남아 헌신했다. 갖은 욕을 먹으며 시청에 휴직계를 냈고, 오빠의 간병인이 자리를 비울 때마다 몰래 병실에 들어가 잡일을 도맡아 했다.

팬클럽 〈우세희〉는 사건 발생 뒤 1년도 안 되어 회원 수가 급격하게 줄더니 종국에는 폐쇄되었다. 그것들은 사랑이 무엇인지 모르는 치들이다. 오빠를 죽이려 한 김마리는 가루가 되어 연기처럼 사라졌다. 거사를 끝냈으니 이제 죽어도 여한이 없다는 듯 갑작스레 죽었다. 김마리의 암은 내 예상과 다르게 진짜였다. 그녀는 내 앞으로 애정이의 휴대폰을 남겼다.

애정이가 휴대폰 메모장에 쓴 기나긴 일기를 읽고서 경찰이 왜 김마리를 그냥 풀어 줬는지 이해했다. 연예인과 팬 사이를 넘어선 오빠와 애정이의 관계는 질투도 나지 않을 만큼 각별했다. 오빠는 애정이에게 자신의 우울을 퍼트렸다. 조용하게 숨통을 죄어 오는 사린 가스처럼 애정이의 목숨을 끝장낸 장본인은 다름 아닌 오빠였다. 애정이는 갑자기 등장한 김마리를 나처럼 경계했다. 당연하지, 오빠의 관심을 타나토스의 화신인 김마리에게 한순간에 뺏겼으니까.

여태 오빠 곁을 지켜 온 해달 매니저가 나를 불렀다. 그즈음 오빠는 파도 소리가 잘 들리는 인적 드문 바닷가로 이사했다. 방 세 칸짜리 단층집에서 통 나오질 않았다. 워낙 사람들이 다니지 않는 외진 곳이라, 오빠 집에서 차로 20분은 가야 하는 민박집에 방을 얻고 나는 수시로 오빠를 보러 갔다. 오빠 대신 해달 매니저를 주로 만나긴 했지만.

1년 사이, 푸짐했던 해달 매니저의 양 볼은 해골처럼 푹 꺼졌다. 지긋지긋하다는 눈빛으로 나를 보며 오빠가 찾는다고 했다. 보고 싶어 한다고 했다. 오래 공들인 숙원 사업이 드디어 빛을 보는구나 싶은 심정이었다. 부리나케 오빠의 손길이 닿은 집 안을 헤집고 싶은 충동을 참으며 알겠다고 고개를 끄덕였다. 얼마나 내가 그를 원했는지 아무도 모를 것이다.

오빠는 휠체어에 앉아 거실 한가운데에 자리를 잡고 있었다. 멀쩡한 한쪽 눈두덩이가 몇 번 눈을 깜박였다. 나를 알아본 것 같다. 허물어져 버린 얼굴에 입술은 사라지고 없었다. 오빠는 무릎 위에 놓여 있던 종이 한 장을 내게 건넸다. 팬레터를 쓰기만 했지, 연예인에게 편지를 받아 본 것은 처음이었다. 어린아이가 쓴 것 같은 삐뚤빼뚤한 글씨였다.

'제발 부탁이니 죽여 주세요.'

제기랄. 남은 한쪽 눈이 원망의 빛을 가득 품고 나를 노려봤다. 오빠와 김마리가 꿈꾼 결말은 같았다. 영원한 청춘으로 기억되는 것. 하늘의 별을 끌어다가 부숴 버린 사람은 나였다. 이제 오빠는 떠난 김마리가 실패했던 마지막 미션을 나에게 부탁한 셈이다.

　오 마이 갓. 나는 그 자리에서 종이를 찢어발겼다. 발 아래 떨어진 별을 어떻게 해서든 끝까지 지킬 것이다. 오빠는 나의 사랑 안에서 행복할 거다. 내가 영화배우 우세계를 망쳤다고 해서 돌을 던질 수 있다면 던져라. 기꺼이 사랑의 힘으로 맞서겠다.

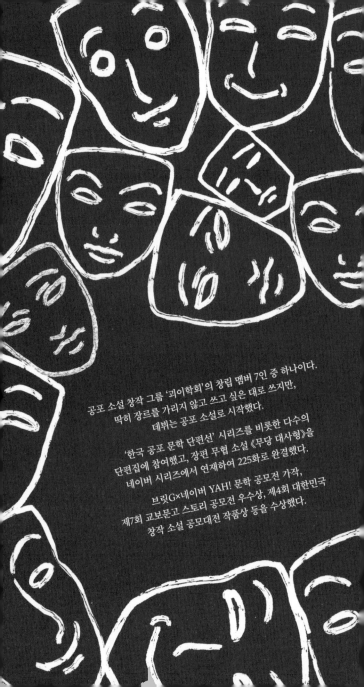

공포 소설 창작 그룹 '괴이학회'의 창립 멤버 7인 중 하나이다.
공포 소설을 가리지 않고 쓰고 싶은 대로 쓰지만,
딱히 장르를 가리지 않고 쓰고 싶은 대로 쓰지만,
데뷔는 공포 소설로 시작했다.

'한국 공포 문학 단편선' 시리즈를 비롯한 다수의
단편집에 참여했고, 장편 무협 소설 《무당 대사형》을
네이버 시리즈에서 연재하여 225화로 완결했다.

브릿G×네이버 YAH! 문학 공모전 가작,
제7회 교보문고 스토리 공모전 우수상, 제4회 대한민국
창작 소설 공모대전 작품상 등을 수상했다.

치킨 게임

엄성용

새도 그 종류대로, 집짐승도 그 종류대로, 땅에 기어 다니는 온갖 길짐승도 그 종류대로, 모두 두 마리씩 너에게로 올 터이니, 살아남게 하여라. 그리고 너는 먹을 수 있는 모든 먹거리를 가져다가 쌓아 두어라. 이것은, 너와 함께 있는 사람들과 짐승들의 먹거리가 될 것이다.

- 〈창세기〉 6장 20~21절

　일단 눈을 뜨기는 떴는데, 깨면 안 되는 상황에 잠을 깨 버렸다.

　아니 진짜, 엄청 심각한 상황이다. 잠을 계속 자야 하는 거다. 지금은.

　망연자실한 채 멍하니 푸르딩딩한 천장만 쳐다보다가, 이대로 계속 누워만 있으면 안 될 것 같아 몸을 일으켰다. 의외로 그리 힘들지는 않았다. 교육을 받을 때는 깨어난 직후 회복하려면 긴 시간, 최소 48시간 이상

자연해동을 거쳐야 한다고 들었지만 이미 의식이 멀쩡하니 아마 해동 과정은 지나간 후일 테다.

흐릿하던 시야가 점차 맑아지면서, 냉동 수면실 내부가 보였고, 다른 대원들이 누워 있는 수십 개의 캡슐도 보였다. 내 양옆에도 당연히 캡슐이 있었기에 그대로 고개를 돌려 좌측 캡슐 안쪽을 살펴보았다.

"어우 싯…."

해동된 뒤로 잠에서 깨어나지 못한 채 오랜 시간 방치된 게 분명했다. 캡슐 안은 진공상태인지라 부패가 진행되지는 않았지만, 바짝 말라비틀어져 버린 상태로 캡슐 안 생명 유지 장치와 연결된 모양새가 꼭 호흡기에 덜렁 매달린 미라 같아 구역질이 나왔다. 고통 없이 갔으리라는 게 그나마 다행일까. 우측 캡슐을 보니 그쪽 역시 마찬가지다. 정신이 바짝 들고 팔다리에 힘이 들어갔다. 겨우 캡슐을 빠져나와 다른 대원들의 상태도 살폈다.

모두 다 죽었다.

냉동 수면실 가운데 위치한 제어장치에 다가가 진행 상황을 검색했다. ARK가 지구에서 출항한 지 딱 5년이 지난 시점이다. 왜 이런 상황이 돼 버린 것인지 조사해 보니, 우주선 제조사가 최고의 기술이 쓰였다고 가장 자신했던 '냉동 수면 보조 시스템'이 오류를 일으켰다. 세상에 완벽한 건 없다던데 정말 딱 맞는 말이다. 차분히 생각을 좀 해 보자. 예상 도착 시기는 지금으로부터 5년이 더 지난 후다. 정기적으로 실시되던 영양분 주입은 냉동 캡슐이 망가져 버려 불가능해졌다. 냉동 수면에서 정상적으로 깨어나 회복한 뒤, 그들을 맞이하기 위한 준비 기간은 7일로 계획되어 있었다.

즉, 현재 남은 식량은 7일분이다. 바람 빠진 풍선처럼 헛웃음이 새어 나왔다.

으허허허허.

*

폭발하는 인구와 부족한 식량 문제에 대처하기 위한 연구가 활발히 진행되면서 DNA 분석과 유전자 조작 기술이 비약적으로 발전했다. 그럴 수밖에 없었던 것이, 할 수 있는 일이 그것밖에 없었다! 지구는 포화 상태라 밖으로 나가야 하는데, 우주선 제조 기술과 항공 우주학에 관한 이론은 이미 완벽하게 준비됐지만, 연료가 없는 것이다, 연료가. 이 얼마나 우스운 상황인가. 뽑아 먹을 대로 뽑아 먹어 자원이 다 고갈된 탓에, 진행하는 데 수년이 걸리는 테라포밍은 그저 말 그대로 계획으로만 죽 전해졌다. 우주선을 만들어도 운행에 필요한 연료가 없으니 발만 동동 구를 뿐. 그렇게 우주 진출은 이루어질 수 없는 꿈으로 남는가 싶었지만….

"또또라 똘라라라."

"저거 저거! 분명 우리한테 말하는 거야! 뭐라는 겁니까, 저들이?"

"네? 그, 똘라또 뭐라고 하는데…. 아니 잠깐 나 왜 대답하고 있어…. 그걸 제가 어떻게 압니까…. 순간 당황했네…."

민망하다는 표정으로 서로 눈을 피하는 두 나라의 대표 뒤에서 노과학자 하나가 불쑥 나섰다.

"저들의 언어를 전파로 바꿔 우리 언어와 겹치는 주파수 부분이 있는지 파악해 보지요. 일단은 우리를 그다지 적대시하는 거 같지는 않습니다만."

"또똘! 똘! 또라라라라라! 또라라라라!"

"어 저거 저거! 또 뭐라 한다! 뭐, 뭔가 굉장히 흥분한 것 같은데? 엄청난 손놀림이야!"

"흠. 분명 반가움의 표시 같군요."

"음, 그러면 우리도 그, 저들에 맞춰 격하게 손 흔들며 환영해야 하나?"

"잠깐만. 개념은 정확히 짚고 넘어가죠. 저들한테는 손이 없잖아요. 저건 아무리 봐도 그냥 다 다리 같은데요?"

외계인들이 지구에 찾아왔다.

언어 해독에는 그렇게 오랜 시간이 걸리지 않았다. 전파 변환을 거친 그들의 언어에 인간의 언어를 겹친 후 진폭의 흐름을 비교해 큰 감정의 틀을 잡은 뒤, 나머지는 조금씩 세부적으로 맞춰 나갔다. 더군다나 그들은 매우 호의적이었다. 우주 전쟁을 기대하던 소수의 군 장성들은 실망했지만, 지구를 벗어날 수 있다는 기대감에 찬 각국의 수장들은 어떻게든 그들과의 교류를 시도하려 했다. 그들의 지식을 먼저 얻기 위해 대화의 창구를 열고자 경쟁적으로 극진히 대접했다. 이 기세가 확 식은 것은, 그들이 어디서 왔는지를 각국에서 대략 파악한 순간부터였다.

"그러니까 이들이 토성에서 왔다고? 그렇게 멀지 않

네?"

"흠. 토성이라기보다는, 정확히는 토성의 위성인 타이탄입니다만."

"우리 인류가 진출할 수 있는 곳인가?"

"예전부터 생명체가 있을 거라는 추측은 많이 했지요. 50년 전 이미 무인 탐사선이 착륙에 성공했으니 표면이 단단한 편이고요. 현재 우리가 가진 기술력을 토대로 예측해 볼 때, 구조 설치만 가능하면 테라포밍이 성공할 확률은 매우 높습니다."

"아니 그럼 빨리 가야지. 한시가 급한데. 지금 지구 상황이 어떤지를 뻔히 알면서…."

"음, 저 그게, 이들의 우주 항해 기술을 보니까요."

"응?"

"우리랑 큰 차이는 없습니다. 분명 더 발달한 건 맞지만, 월등히 뛰어나거나 하지 않아요."

"그래도 명색이 외계인인데?"

노과학자가 근엄한 표정으로 콧잔등 위에 걸쳐진 안경테를 쓱 올렸다.

"여기 오는 데 우리 시간으로…. 음…. 10년 걸렸답니다."

"…."

"더군다나 지금 동족들 다 굶어 죽게 생겨서 도움을 청하기 위해 이 지구까지 찾아온 거랍니다."

"그게 뭔…."

광속, 그러니까 빛의 속도는 1초에 약 30만km를 주파하는 수준이다. 지구에서 토성까지의 거리는 약 12억 7700만km 정도다. 토성과 위성 타이탄은 약 120만km

떨어져 있다. 한 시간 동안 빛의 속도로 날아가면 약 10억 8000만km를 이동하게 된다. 즉 토성의 위성인 타이탄까지는 광속 주행을 한다면 출발한 지 한 시간 남짓 뒤에 도착할 수 있다.

그러나 결과적으로 이는 탁상공론일 뿐이다. 지구상의 어느 무엇도 광속에 가까운 속도조차 낼 수 없다. 우주 저 멀리에 그런 기술의 소유자들이 존재한다면 진작 왔겠지. 섬광이 번쩍이며 워프가 이루어지는 장면은 그냥 영화나 소설에 나오는 판타지일 뿐이다. 타이탄인들 — 사실 생김새는 일종의 '오징어'를 닮은 — 의 지식 수준은 지구인과 별다를 게 없었다. 다만 보유한 기술에는 차이가 있었다. 소수만 탑승 가능한 소형 우주선을 만드는 게 고작인 그들에게는, 지구의 거대 우주선 제조 기술이야말로 놀라움의 대상이었다. 그들이 특히나 환호한 건 부족함 없는 풍부한 식량이었다. 그들은 타이탄인 모두의 희망을 안고 출발한, 일종의 탐험대였다. 목적은 단 하나였다.

먹을 거. 풍부한 먹을 거.

"별거 없네. 외계인도."
"흠. 모르시겠습니까? 그들이 우리에게 줄 수 있는 선물을?"
"아니 뭐 기술력이 엇비슷하다며. 그리고 또 다 굶어 죽을 지경이라 하지 않소. 우리야 뭐 그거 하나만 죽어라 파서 식량 부족 문제는 해결했지만. 딱 옛날 우리 상황 아니야."
"저희와 그들의 차이점이 뭔지 아십니까?"
"우리한테는 손이 있고 저들한테는 없다?"

"…."

"농담이오 농담. 허 참, 거 되게 이상하게 보시네."

"우리는 못 나갔지만, 저들은 왔습니다. 우주를 향해서요. 기술력은 비슷한데 기술을 쓴 결과는 왜 이렇게 차이가 날까요?"

"뭘 그렇게 말을 빙빙 돌리나. 빨리 말해 봐요."

각국의 수장들이 빙 둘러앉은 테이블 가운데 떠 있는 스크린 너머로, 지구 우주과학자 연합 대표가 침을 꿀꺽 삼킨 뒤 천천히 입을 열었다.

"'궤도 엘리베이터 기술'은 이미 검증이 끝났습니다. 발진에 대해서는 걱정할 필요가 없죠. 발진 이후 추진력을 유지하는 것이 문제인데, 유지 방법으로는 '중력 슬링샷'이나 '이온 엔진', '핵 추진 로켓' 등이 있습니다만 모두 소형 우주선 혹은 무인 탐사선을 움직이는 정도가 한계입니다. 그러니까 거대 규모 탐사선의 움직임을 장기간 유지시켜 줄 만한 동력이 부족…."

"???"

무슨 말인지 전혀 모르겠다는 표정으로 멀뚱히 눈만 끔벅이는 대표들을 보며 노과학자는 한숨을 휴 내쉬었다.

"… 쉽게 말하면 출발은 쉬운데 죽 달리게 해 줄 연료가 없는 겁니다."

"아하! 이제 이해가 되네. 그래서?"

"그런데 그들에게는 있는 거죠. 장거리 운행을 해도 거뜬할 만큼 최고의 효율성을 가진, 우주 항해에 적합한 연료가. 이건 지구에서 구하거나 합성할 수 있는 것이 아닙니다. 타이탄에서만 나는 자원입니다.

그리고 그들이 이 지구로 온 이유, 다들 이건 잘 아시겠죠?"

즉, 물물 거래를 하자는 이야기다.

지구의 뛰어난 유전자 조작 기술은 타이탄인들의 식량 부족 현상을 해결하는 데 큰 도움이 될 수 있다. 그리고 타이탄인들이 보유한 우주 항해에 적합한 연료 — 이것을 그들은 '똘또로또'라고 불렀다. — 를 얻는다면 지구인들은 꿈에도 그리던 우주 대항해시대를 열 수 있다. 교류를 트고, 정기적으로 연료와 식량을 거래하면 된다. 타이탄인들의 도움을 받아 계산해 본 바에 의하면, 그들이 돌아갈 때 쓸 최소한의 용량을 제외하고 바로 제공해 줄 수 있는 '똘또로또'만으로도 꽤 큰 규모의 탐사선을 우주로 보낼 수 있었다. 우주 진출을 위한 지구인들의 시도에 마지막 점을 찍어 줄 화룡점정의 순간이 드디어 다가온 것이다.

"또라라. 똘라라라. 똘똘."
"자신들은 먼저 돌아가서, 연료를 준비하고 기다리겠답니다."
"똘또로또. 또라라라! 똘또로로 똘똘라."
"자신들의 우주선이 너무 작기에 식량 종자를 많이 실을 수가 없다고 합니다. 그래도 인구수가 저희 지구처럼 미어터지는 수준은 아닌지라 이번에 가져가는 종자만으로도 어떻게든 10년은 버틸 수 있다 본답니다. 저쪽은 엄청 척박한 지역인가 봐요. 도대체 뭘 먹으면서 지냈던 건지…. 흙 파먹었나…."
"또로로 또로로 또 또 똘라라!"
"자신들의 별로 올 수 있는 전용 항로를 설정해 준

답니다. 이들도 급한 거죠. 이거 엄청난 기회군요!"

그야말로 일사천리. 타이탄인들은 꼭 우리가 타이탄에 방문하기를 원한다며 좌표까지 찍어 줬다. 여분의 똘또로또를 놔두고 그들은 떠났다. 즉시, 지구의 각국 수장들은 힘을 합쳐 우주로 나아가는 첫걸음을 위한 준비에 들어가기 시작했다. 백지장도 맞들면 낫다고, 각 나라가 힘을 모으자 빠른 속도로 첫 항해를 위한 탐사선이 제조되었다. 특별한 기준으로 선별된, 유전자 조작을 거친 갖가지 동물과 식물의 종자들이 준비되었다. 타이탄인들에게 오해를 살 수 있기에 문어나 오징어 같은 두족류는 물론 제외했다.

일명, 노아의 방주(Noah's Ark) 프로젝트가 시작된 것이다.

외계 국가 첫 방문이니만큼 대원들도 선별에 선별을 거듭해서 뽑았다. 각국을 대표하는 엘리트 우주인들로 다국적 연합 팀을 구성했다. 한국 대표인 성식이 자신의 소개를 했을 때, 가장 좋아하며 반겨 준 이는 미국 대표인 피트 브래드였다. 피트는 아주 유쾌한 인물이었는데, 그는 자신이 미식가라며 팀 대원들 하나하나의 출신 국가를 대표하는 요리들을 언급하고 칭찬을 아끼지 않았다.

"성식! 한국 요리 조와서 한국말 조금 배워써. 나, 완전 조아. 한국 닭, 스튜 그거. 빨개. 보글보글. 매워. 오우. 프레시한데 스파이시!"

"아아. 닭볶음탕?"

"오우. 닥보꿈탕! 맞아요! 나 전부 다 먹어 봐써. 월
드 치킨 디쉬들. 타일랜드 깽까이(แกงไก่), 프랑스 코
코뱅(coq au vin), 이태리 카차토레(cacciatore). 다
머거 봐써. 벗 노노노. 왓 더! 닥보꿈탕 최고!"

굳이 자동 번역기를 켜지 않고, 피트가 한국어로 더
듬거리며 말하는 이유가 뭔지 성식은 잘 알고 있었다.
존경의 표시겠지. 피트가 엄지를 척 내밀었다.

"Korean chicken dish is the world best!(한국 닭
요리는 세계 최고야!)"

당연하지. 성식 역시 웃으며 엄지를 힘차게 내밀었다.

*

우주 미라가 되어 버린 유쾌했던 피트의 시신을 바
라보던 성식은, 급격히 찾아온 굶주림에 남은 식량을
찾으러 발걸음을 옮겼다. 수면 냉동실과 이어지는 통로
끝에는, 차가운 느낌의 우주선 내부와 어울리지 않는
화려하고 거대한 응접실이 존재했다. 이곳은 일종의 외
교 접대 공간이었다. 원래의 계획은 타이탄 도착 일주
일 전 모두 깨어나 준비를 마치고 고급 정장 차림으로
한껏 꾸민 뒤 응접실에 모여 지구인을 환영하는 타이
탄인들과 역사적인 만남을 갖는 것이었지만, 그 계획은
이제 모두 물거품이 되었다. 그래. 나라도 살아남았으
니 지구를 위해, 비참하게 가 버린 모두를 위해 끝까지
버텨서 임무를 완수해야 해. 성식의 의지는 그야말로
굳셌다! 보통은 이런 절망적인 상황에 부딪히면 정신적

인 붕괴가 일어나기 일쑤라 했다. 자신은 그렇게 쉽게 당하지 않을 거라 몇 번을 되뇌며, 성식은 응접실에 비치되어 있던 보존식을 입에 가져갔다. 꼭꼭 씹어 삼키며 다짐했다. 내가 한국을 대표해서, 아니 지구를 대표해서 역사적인 순간을 이끌 인간임을 잊지 말자.

보름이 지나자 그런 생각들은 모두 사라졌다. 인류를 대표해 임무를 완수하겠다는 의지를 꺾은 것은 아이러니하게도, 우주 미라가 된 피트가 생전에 한 첫인사였다. 그 인사말을 잊을 수가 없었다. 한국 치킨 요리 최고. 제기랄. 닭보꿈탕 최고. 그만해. 최고! 최고! 나도 안다고! 빌어먹을.

일단 보존식이 개떡같이 맛없었다! 그나마 살기 위해 아껴 먹었지만 결국 한 달을 못 넘기고 모두 소진했다. 이제 앞으로 약 5년 동안 뭘 먹으며 버틸지 생각해야 한다. 그리 어려운 고민은 아닌 게, 먹거리는 많았다. 각종 동물과 감자와 옥수수를 비롯한 식물의 종자들이 있으니, 최대한 조금씩 소진해 가며 버틴다면 어찌어찌 5년을 살아남는 건 가능할 것 같았다. 다행히 냉동된 동식물들의 보존 상태는 좋았다. 물론 거래품에 손을 대면 안 된다는 원칙은 알지만, 그래도 살아남아야 할 것 아닌가. 타이탄인들에게 사정을 설명하고, 지구로 돌아가 거래 품목을 재구성해 2차로 방문하겠다 하면 그 착한 타이탄인들은 충분히 수긍해 줄 것이다. 자포자기하기엔 이르다.

당연히, 첫 먹거리는 닭으로 정했다. 피트의 인사말이 저주처럼 머릿속에 남아 둥둥 북을 치고 있던 와중이라, 닭고기가 당겨 미칠 것 같았다. 보존실에는 수백

마리의 닭들이 잠들어 있다. 성식은 꼼꼼한 계획표를 짜기로 했다. 우주선 내부에서도 키울 수 있는 식물이 있을지 조사해서, 그걸 주 식량으로 하고 최대한 육류 섭취는 피하는 쪽으로 식단을 꾸린다면 까짓거 5년, 버틸 수 있을 것 같았다. 최대한 버텨서 생존한다. 앞으로 무슨 일을 하든 에너지 낭비를 최소화하는 데에 중점을 둔다. 어차피 지구와 연락도 되지 않고 지금 어디를 지나고 있는지도 모르겠지만 살아남아, 임무를 완수하기 위한 발판을 마련한다.

그 전에 일단 맛있는 거부터 먹고. 닥보꿈, 아니 닭볶음탕!

보존실로 들어서면서부터 성식의 입가에 침이 고이기 시작했다. 여러 동물이 잠들어 있다. 어라? 저건, 침팬지 아냐? 타이탄인들이 뭘 좋아할지 모른다지만 침팬지라니. 오징어는 안 되고 침팬지는 되나? 답답한 인간들. 이렇게 일 처리를 하니 이 꼴이 났지. 분명 서류 내용은 보지도 않고 대충 결재했을 거야. 전형적인 탁상공론의 결과지. 만약 살아남아 지구로 다시 돌아간다면 우선 냉동 캡슐 책임자한테 보존식을 한 달간 처먹이며 고문하고 싶은 마음이 들어 성식은 울컥했다. 닭, 닭이 어디 있더라. 찾아보니 역시나 우주선 내에서 가장 많은 개체 수를 자랑하는 동물다웠다. 보존실 끝의 커다란 전용 공간을 차지하고 있었다. 적당한 크기에 호불호를 타지 않는 맛, 종교에 구애받지 않는 인류 모두의 먹거리. 따라서 모든 동물 중 닭에 가장 먼저 유전자 조작이 시도되었다.

"어디 보자. 원산지 표기가…."

중얼거리던 성식은 정신을 차리려고 자신의 뺨을 힘껏 후려쳤다. 짝! 뭔 놈의 원산지야! 얘들 원산지는 지구잖아! 여기까지 와서도 원산지 타령이냐. 하지만 그래도, 진짜 좋은 품질을 원한 건 사실이다. 아무래도 한국산 닭이면 더 좋지 않겠는가. 냉동 장치를 꺼서는 안 되기에 조심스레 눈으로, 잠들어 있는 닭들을 훑었다. 향후 타이탄인들이 가축으로 키울 수도 있기에, 냉동된 동물들은 생전의 모습 그대로 잘 보존되어 있었다.

"우와 이놈 덩치 보게. 눈에 확 띄네 그냥. 며칠은 두고두고 먹겠어. 너로 결정이다."

한 마리를 잡아 냉동 상태 그대로 꺼냈다. 다른 닭들에 비해 덩치가 가히 두 배는 돼 보이는 놈이다. 조심스레 들고 잠깐 보존실을 죽 둘러보니 얼어 있는 생물로 가득해서 살짝 소름이 돋아, 성식은 서둘러 닭을 들고 밖으로 빠져나왔다. 조리가 가능한 공간은 응접실밖에 없었기에, 성식은 입맛을 다시며 응접실을 향해 걸었다. 도중에 확인한 결과 중력 제동 장치의 작동과 우주선의 운항에는 아무 이상 없었다. 모든 제어장치는 중앙 통제실에서 조종 가능하다. 애당초 타이탄인들이 내비게이션에 좌표를 찍어 줬으니 알아서 잘 갈 것이다. 걱정할 것 없어. 최첨단 의료 기술은 발달하다 못해 인간의 평균수명을 50세는 더 연장해 버렸다. 어떻게 보면 의료 기술 때문에 인류가 우주로 나올 수밖에 없게 된 것이다. 죽어야 할 사람들이 안 죽고 버티니 인구가 포화되지. 배가 부른 지구가 넘치는 만큼 뱉어 내는 거라고. 결국, 자업자득이야. 아, 이런 부정적인 생각은 하지 말자. 긍정적으로. 긍정적으로. 성식은 응접실 공간에 들어서

자마자 냉동 닭을 테이블 위로 던졌다. 닭이 통통 튕겨지더니 테이블 위를 죽 미끄러져 가로질렀다.

"맞다. 파랑 양파랑 감자를 챙겨 왔어야 했는데. 닭볶음탕에 감자가 빠지면 안 되잖아."

성식이 다시 밖으로 나서려다, 일단 기본적인 조미료가 있는지를 확인하기 위해 다시 몸을 돌렸다. 제발, 제발. 고춧가루가 있어야 해. 성식은 중얼거리며 응접실 내부를 뒤졌다. 기역 자로 꺾인 간이 싱크대 아래 다중 서랍을 하나씩 열며 요리조리 살폈다. 후추 있고, 소금 있고, 오 칠리 파우더! 이 안에도 고춧가루가 들어가 있으니 일단 고춧가루를 대체할 만한 것은 찾았다.

주룩, 퉁.

"뭐야?"

성식이 소리가 난 곳을 향해 고개를 돌리니, 냉동 닭이 테이블 아래 바닥에 떨어져 있었다. 성식이 조미료들을 챙겨 들고 몸을 일으켰다.

"이게 왜 떨어졌어?"

물기 때문에 미끄러졌나? 설마 해동이 돼서 움직였나? 방금 꺼낸 닭이다. 그럴 리가 없었다. 성식이 의아해하며 테이블 위에 조미료들을 올려놓고, 닭이 떨어진 곳을 향해 고개를 숙였다.

"하필이면 왜 안쪽으로…."

테이블 아래 안쪽에서 물을 뚝뚝 흘리고 있는 닭의 몸뚱이가 보여, 성식은 엎드려 테이블 밑으로 들어갔다. 꽁꽁 얼어 있는 냉동 닭의 머리가 보였다. 머리를 잡기 위해 성식이 팔을 쭉 뻗었다.

닭 볏이 흔들렸다.

끔벅거리는 닭의 눈과 성식의 눈이 마주쳤다.

"으어억!"

비명을 지른 성식은, 물러나면서 다급히 일어나는 바람에 머리를 테이블 아래쪽에 세게 찧었다. 테이블이 들썩일 정도로 강한 충격이었다. 의식을 잃은 성식의 몸이 바닥에 힘없이 널브러졌다.

몇 시간이나 지났을까. 의식이 돌아온 성식의 눈꺼풀이 천천히 올라갔다. 성식이 신음을 내뱉으며 시선을 올렸다.

"뭔 일이야 이게…."

테이블 아래에는 아무것도 없었다. 닭이 사라졌다.

*

1982년 미국의 거대한 화학 기업이었던 몬산토에서 최초로 식물 세포의 유전자 변형을 성공시킨 이래, 유전자 조작의 역사는 수많은 결과물을 냈다. 처음에는 '더 많이 먹을 수 있게'가 목적이었지만, 인간이 가진 본능인 미식의 욕구에 따라 '어차피 먹을 거면 더 맛있게'로 초점이 자연스레 넘어갔다. 가장 활발히 이루어진 연구는 바로 닭의 개량에 대한 것이었는데, 닭은 빨리 키워서 빨리 도축할 수 있는, 이른바 빨리빨리에 특화된 동물이었기 때문이다.

빨리빨리 하면 떠오르는 나라는 바로 한국 아니겠는가. 더군다나 수십여 년 전 시작된 코리아 치맥 열풍은, 아직도 전 세계적으로 위용이 대단했다. 상황이 이러했던 만큼 한국은 거의 국가 규모로 닭을 개량하는 연구에 투자해 왔다. 먹거리 유전자 조작 분야에서 한국이 1순위로 두는 동물은 바로 닭이었고, 한국산 닭은 세계적으로 1등급 품질을 인정받기에 이르렀다.

한국산 닭을 요리하는 유튜브 영상 태반에서는 요리의 맛도 맛이지만 그 뛰어난 닭의 품질을 칭찬했다. [ㅋㅋㅋ 한국 닭 요리를 보면 콩 들어가는 게 은근 없다? 왜냐면 1등급 재료에 2등급 재료가 들어가선 안 되거든. 한국인들 특성임. 2등은 아무도 안 알아주는 더러운 세상.] 가장 많은 '좋아요'를 받은 베스트 댓글의 내용이었다.

하지만 유전자 조작 연구를 모두가 찬성한 것은 아니었다. 창조주의 영역을 넘봐선 안 된다고 주장하는 사람들이 있었다. 함부로 생명을 조작한다면 큰 벌을 받으리라. 지옥 불이 떨어지리라. 생명의 신비를 가지고 논다면 분명 후회할 일이 생기리라.

당연히 대부분은 들은 척도 하지 않았다. 당장 먹고 살려면 10을 50으로, 50을 100으로 불려야 할 상황인데 윤리니, 뭐니 따질 겨를이 없었다. 흐지부지 사라진 반대자들의 마지막 경고는 '카오스 이론'이었다. 조작의 결과물로 무엇이 나타날지 모른다. 변종 바이러스나 독소 등이 등장해 인류를 몰살시키기라도 한다면?

그들의 주장은 반은 맞고 반은 틀렸다. 바이러스는

생기지 않았지만, 누구도 예상치 못한 돌연변이가 나왔다.

"삐약?"

병아리에서 성체가 되기까지 보통은 3개월이 걸리나 유전자를 조작한 품종의 닭은 1개월 만에 다 자랐다. 빠른 도축을 위한 품종 개발의 결과물이었다.

"삐약? 삐… 야크… _꼬꼬꼬!_"

그는 알에서 깨어날 때부터 이미 자신의 지능이 뛰어나다는 것을 자각했다. 태어난 지 보름도 지나지 않아 자신이 다른 병아리들과 구별되는 돌연변이 개체로 태어났으며, 식용 닭에게 다가올 미래는 절망적이라는 걸 알아챘다. 마음만 먹으면 인간과의 의사소통도 가능할 정도의 두뇌를 갖췄으니 만약 DNA 연구소 같은 곳에서 태어났다면 인간과 활발한 지식 교류를 했을 터다. 애석하게도 그가 있는 곳은 인간이 먹기 위한 닭을 키우는 사육장이었고, 그는 그저 한 마리의 닭에 불과했다.

평범한 닭인 양 자신의 능력을 숨겼지만 이 천재적인 슈퍼 닭은 비슷한 지성의 소유자와 어울리기 위해, 살아남기 위해 탈출을 모색했다. 돌연변이 개체는 자신의 우월성을 후손에게 전해 줘야 한다는 본능을 가지고 있다는데 그 역시 그랬다. 완전히 성장하는 데 걸리는 기간인 1개월은 탈출을 준비하기에는 긴 시간이었다. 그렇다고 마음 놓고 있을 수는 없었다.

같은 공간에 있는 수백 마리의 동족은 전혀 도움이 되지 않았다. 그들이 할 수 있는 건 그저 꼬꼬 소리를 내며 머리를 연실 흔들어 부리로 모이를 쪼아 대는 것

뿐이었다. 그는 뛰어난 관찰력으로 사육사들의 대화와 행동으로 상황을 파악했고 사육장에 빽빽하게 들어찬 케이지의 구조를 분석했다. 조용히 계획을 짜며 때를 기다리다가 적당한 시기에 탈출하는 것이 그가 타고난 능력을 펼칠 수 있는 유일한 길이었다.

슈퍼 닭이 생활하는 곳은 최고 품질의 닭고기 생산지로 유명한 한국에서도 최상위권 등급을 유지하는 사육장이었다. 그만큼 관리 방식이 빡빡했다. 이 점이 변수가 됐다. 다른 곳이었다면 쉽게 달아날 수 있었겠지만, 관리 체계를 파악하고 대응책을 마련하는 데 시간이 걸렸다. 탈출 경로를 최종적으로 정리하고 계획을 실천에 옮기려는 바로 그 시점에, 체력이 바닥나 버렸다.

"꼬꼬…."

체력을 다시 비축하기 위해 긴장을 풀고 잠을 푹 잔 게 문제였다.

"A블록 14번 라인에서 15번 라인까지 총 50마리, 가장 상태 좋은 거로 추려 주세요."
"영광이네요. 우리나라 닭들이 첫 우주 진출을 함께 할 동물로 선별되다니!"
"그래 봤자 먹거리죠."
"꼬꼬?"
"요놈 참 토실토실하네. 요놈부터 잡읍시다. 너희 이제 우주로 나가는 거야. 타이탄에 가서 지구, 아니 한국의 맛을 알려 줘. 어차피 여기서나 거기서나 네 본질은 식재료지."
"꼬꼬꼬?"

슈퍼 닭의 약점은 구강 구조상 낼 수 있는 소리가 '꼬
꼬'밖에 없다는 것과 날지도 못하는 쓸모없는 날개가
두 팔을 대신하고 있다는 거였다. 그 바람에 탈출 예정
일 바로 전날 타이탄인들에게 넘길 먹거리로 잡혀 냉동
상태로 우주까지 나와 버린 것이다.

탈출에 성공하긴 했는데, 지구를 탈출해 버렸다.

그러나 이 얼마나 신비한 우연의 일치인가? 슈퍼 닭
이 생각하기에 애당초 자신의 존재부터가 유전자 조작
의 결과는 정확히 예측할 수 없다는 '카오스 이론'을 뒷
받침하는 존재고, 지금 상황도 마찬가지다. 예상치 못
한 일이 벌어져 운 좋게 살아남았다. 테이블 아래에서
날갯짓을 몇 번 해 잔뜩 묻어 있던 물방울들을 털어 낸
슈퍼 닭은, 다시 한번 운명의 아이러니에 감탄했다. 먹
거리였기에 잡혔지만, 또 먹거리였기에 목숨을 건졌다.
잠깐 눈이 마주치자마자 경악하며 머리를 테이블에 들
이받았던 인간은 의식을 잃고 뻗어 있는 상태였다. 슈
퍼 닭은 데굴 굴러 테이블 바깥쪽으로 나간 뒤, 잠깐 기
다렸다. 아직 몸 전체가 해동되지는 않았기에 움직임에
제약이 있었다. 급할 건 없다. 계속 기다렸다. 시간이 지
나 자유롭게 날개를 들 수 있을 정도가 되자, 슈퍼 닭은
머리를 치켜들고 파닥거리며 주변을 살폈다. 다른 인간
들은 없다. 깨어난 다른 동물도 없다. 분명 뭔가가 잘못
된 거다.

잡혀가기 전에 마지막으로 들었던 사육사들 간의 대

화로 유추해 볼 때 타이탄으로 가는 먹거리 선별-우주 항해 시작-타이탄 도착 순으로 일이 진행되었어야 했는데, 아무래도 중간에 어그러진 모양이다. 상황 파악을 대충 마친 슈퍼 닭은 빨리 여기를 벗어나야 한다고 생각했다. 쓰러져 있는 저 인간은 타이탄에서 쓰였어야 할 자신을 우주선 안에서 꺼냈다. 규칙에 어긋나는 행동이 가능하다는 건 즉 제동을 걸어야 할 다른 인간들이 부재한다는 이야기다. 나중에라도 다른 인간들이 알아챌 것 같으면 저 인간이 독단적으로 행동하지 못할 텐데, 혹시 다른 인간들에게 문제가 생겼나? 슈퍼 닭은 응접실 밖으로 나가 통로를 종종걸음으로 지나다 냉동 수면실 문이 열려 있는 것을 발견했다. 슈퍼 닭이 이리저리 뛰며 캡슐들을 살폈다. 냉동 캡슐 안에서 말라비틀어진 우주 미라들을 보고 나니 추측은 확신으로 변했다. 그렇군. 저 인간만 빼고 나머지는 죽었다. 냉동 수면 장치가 있다는 건 장기간 항해를 대비했다는 것이고, 목적지인 타이탄이라는 곳이 상당히 멀다는 의미다. 긴 시간 냉동되어 있다가 혼자 깨어난 인간의 1순위 욕구는 식욕이었을 것이고, 그래서 음식을 해 먹으려 나를 꺼낸 거야. 수면실 중앙의 제어장치 위로 뛰어올라 부리로 버튼을 두드리자, 현재 상황이 모니터에 출력됐다. 이 우주선의 이름은 'ARK'로군. 운항 현황과 도착 예정 시간을 파악했다. 그리고 제일 중요한 중앙 통제실의 위치도 알아냈다. 슈퍼 닭은 제어장치 위에서 뛰어내려 통제실로 향했다. 인간에게는 그리 멀지 않은 거리지만, 작은 닭의 몸뚱이로는 가는 데 꽤 시간이 걸린다.

"꼬꼬?"

어설프게나마 날갯짓까지 해 가며 슈퍼 닭은 속력을 올렸다. 붕 떠올라 조금 날다 걷고, 다시 붕 날다 걷기를 반복했다. 통제실의 커다란 자동문이 보였다. 감지 센서를 작동시키기 위해 슈퍼 닭은 온갖 몸부림을 반복했다. 이윽고 문이 열리자 중앙 통제실의 내부가 모습을 드러냈다. 자동문이 닫히기 전 재빨리 안으로 들어선 슈퍼 닭이 끝 쪽에 있는 제어 계기판으로 뛰어올랐다. 이것저것 부리로 쪼아 보며 시스템을 대충 파악한 슈퍼 닭이 가장 먼저 조작한 것은, 출입문들의 제어 권한이었다. 이제부터 우주선 내부의 모든 출입문은 슈퍼 닭의 통제하에 움직이게 되었다. 그는 우선순위가 뭔지를 잘 알고 있었다. 협상 자리에서 유리한 위치를 차지하려면 주도권을 손에 쥐어야 한다.

"꼬꼬. 꼬꼬."

부리로 버튼을 두드리던 슈퍼 닭이 갑자기 움직임을 멈췄다. 뭔가를 골똘히 살피던 그가 시험 삼아 몇 가지 버튼을 두드렸다. 커다란 스크린이 열리고 우주선 내부 각 방의 모습이 나타났다. 일종의 첨단 CCTV인 셈이다. 계기판 아래쪽에 인체 공학적으로 굴곡이 진 디자인의 가상 키보드가 떠 있었다. 마이크를 이용해 음성으로 소통할 수 있다면 훨씬 편하겠지만, 슈퍼 닭에게는 불가능한 일이니 활자를 통해 의견을 전달해야 한다. 슈퍼 닭은 홀로 살아남아 자신을 먹으려 했던 그 인간이, 사육장에서 보았던 낮은 수준의 지능을 가진 이들보다는 훨씬 말이 잘 통할 상대라고 생각했다. 자신이 훌륭한 지성체라는 사실을 알면 그저 먹거리로 치부했던 태도가 바뀔 것이다. 천재 닭인 걸 몰랐으니까 그랬겠지. 충분히 이해했다. 일단 이곳은 먹거리만큼은 풍부한 곳이니, 군이 자신을 먹지 않아도 그 인간은 생존할 수 있다. 때마침 그 인간이 기절 상태에서 깨어나는 모습이 스크린으로 보여서, 슈퍼 닭은 고개를 숙여 부리로 키보드 키를 하나씩 천천히 꾹꾹 눌렀다.

*

귀신이 곡할 노릇이라는 말이 있다. 귀신이 다 뭐야, 성식 자신이 곡할 노릇이었다. 닭이 냉동 상태에서 바로 깨어나 달아났다고? 말이 안 되잖아. 하지만 분명, 끔벅거리는 눈과 마주쳤었다. 도대체 어떻게 된 거야? 정신을 차리고 응접실에 있는 제어장치로 다가갔다. 내부 지도 화면을 열자, 중앙 통제실 부분이 빛나고 있었다. 통제실 계기판이 작동 중이라는 얘기다. 누가 중앙 통제실에 있다! 나 말고도 살아남은 대원이 있었던가? 혹시 자신이 깨어나기 이전에 먼저 통제실로 들어간 이가 있었을지도 모른다는 생각에 반가운 마음이 들어, 스피커 버튼을 누르며 성식이 큰 소리로 외쳤다.

"누구야! 누가 거기 있나? 살아 있는 사람이 있어?"

대답은 들리지 않았다. 모든 교신은 자동 번역이 되니까 못 알아듣는 건 아닐 텐데. 성식은 의아해하며 다시 한번 말했다.

"냉동 수면 장치 오류로 대부분 사망했습니다. 저는 한국 대표인 정비 팀원 엄성식입니다. 코드는 RE-

PAIR K. 통제실 안의 당신은 누굽니까? 당신도 살아남은 겁니까?"

대답이 없다. 그제야 성식은 다시금 떠올렸다. 냉동 수면 캡슐에는 모두 미라들이 꽉 들어차 있었다. 생존자는 오직 자신 하나이며, 그 외에 살아남은 인간은 없다.

그렇다면 통제실에 있는 건 뭐야.

소름이 돋아 뒤로 물러서는 성식의 시야에 작은 스크린이 들어왔다. 제어장치 상부에 떠오른 스크린은 뱅글뱅글 돌더니, 휙 펴졌다. 그 표면으로 글자들이 하나둘 출력되기 시작한다. 단어들이 천천히 새겨지는 것을 보니 누군가가 무척 조심스레 자판을 두드리는 것 같다. 혀, 협, 협상, 협상하자.

[협 상 하 자]

뭔 소리야 이게. 무슨 협상. 넌 누군데. 경악하는 성식의 눈앞에 이번에는 다른 문장이 출력되기 시작한다.

[우 리 만 남 았 다]

"저, 정체를 먼저 밝히세요. 저기요? 누, 누구신지?" 떨리는 성식의 목소리에 반응한 듯 글자들이 다시 나타난다.

[나 는 닭 이 다]

닭? 치킨? 내가 아는 그 닭? 성식은 어이없어하며 스피커 버튼을 꾹 누르고 진지한 목소리로 답했다.

"하. 이봐요. 닭이라고? 놀리지 마세요. 이 상황에 무슨 농담입니까? 누군지는 모르지만, 일단 살아남은

건 우리뿐이니까…. 알고 있을지 모르겠으나 우리를
제외한 다른 대원들은 죽었습니다. 냉동 수면 장치
고장으로요. 그러니 철저히 계획을 짜서 타이탄에
도착할 때까지 버텨야 합니다. 그, 음, 만일 닭이라
는 단어가 하나의 코드라면 제가 이해를 못 했으니
풀어서 설명해 주세요. 저는 시설 정비 지원 담당자
로 들어온 사람이라 우주선 운항이나 다른 부분에
대해서는 잘 모르거든요…."

[아 니 나 는 닭 이 맞 다]

"… 이봐요. 농담은 그만하라고요."

[돌 연 변 이 슈 퍼 닭]

"…."

[놀 랐 겠 지 만 진 정 해 라 대 화 를 원 한 다]

"아니 댐 잇 쉣 퍽 진짜! 미쳤어? 대화를 원하면 대
화를 해, 문자나 처쓰지 말고. 젠장!"

성식이 화를 내며 스피커 버튼을 누르고 있던 손가
락을 뗐다. 사람을 놀리는 것도 유분수지 도대체 저놈
은 누구야? 일단 통제실로 가자. 몸을 돌려 응접실 밖
으로 나서려던 성식은, 자동문이 열리지 않는 것에 당
황해 센서 부분을 향해 손을 흔들었다. 반응이 없다.
굳게 닫힌 문을 보며 성식은 지금 이 상황이 뭘 의미하
는 건지 잠깐 고민했다. 왜 안 열려? 제어장치에서 나
오는 소리가 들려 고개를 다시 스크린 쪽으로 돌렸다.
예의 그 딱딱한 문장이 보인다.

[협 상 전 에 는 문 을 통 제 한 다]

이 자식이! 성식이 부리나케 달려가 스피커 버튼을
누르자마자 빽 소리를 질렀다.

"뭔 소리야 그게! 통제라니! 너 도대체 누구야!"

[슈 퍼 닭]

"빌어먹을 닭 얘기는 그만하고 문이나 열어!"

[너 도 나 와 대 화 할 수 준 이 못 되 는 가]

어딘가 차갑고 냉정한 어투에, 흥분이 조금 가라앉았다. 성식은 잔뜩 굳어진 표정으로 숨을 가다듬고, 약간 차분한 어조로 톤을 바꾸어 말을 이었다.

"좋아. 좋아요. 알았어. 알았어요. 흥분해서 미안해요. 제가 이렇게 흥분한 이유는 이해하리라 생각합니다. 당신이 저와 같은 사람이라면 말이죠. 우리가 아는 그 닭이라는 존재는, 멍청함의 대명사잖아요? 닭대가리라는 말이 욕으로 쓰일 정도로요. 닭은 먹을 것을 쫓아 머리를 연실 흔들기만 한다고요. 아시잖아요! 하찮은 동물이 아닙니까? 그 닭이랑 지금 대화한다는 게 쉽게 믿어질 것 같냐고요. 그 슈퍼 닭이라는 말은 코드죠? 자꾸 놀리시지 말고 직접 만나요. 문 열어 줘요. 왜 문을 통제하는지 모르겠는데, 저는 그렇게 위험한 사람이 아닙니다. 타이탄에 도착하기까지는 적어도 5년은 더 걸립니다. 꽤 길어요. 당신도 알 것 아닙니까. 서로 도와야죠."

[당 신 이 나 를 꺼 내 서 구 해 주 었 다]

"뭔…."

[나 를 먹 으 려 고 꺼 냈 겠 지]

"소리를."

설마설마했지만, 상대방의 말이 진짜일 수도 있다는 생각이 성식의 마음속에서 점점 커져 갔다.

[덕 분 에 살 았 다]

"… 아까 그거? 설마…. 정말 그, 그 냉동식품이 맞는 거야? 내가 먹으려고 꺼낸…."

[그 렇 다]

불안에 찬 목소리로 성식이 중얼거렸다. 목소리가 떨리고 입술도 부들거렸다.

"믿을 수가 없어. 이건 무슨 심리전이야? 아니 막말로 당신이 슈퍼 닭이라면, 그리고 내 말도 알아듣는다면 그, 그래! 뭐 하러 키보드를 쳐? 의사소통이 가능하다면 나와 그냥 대화하는 게 편하지 않아? 아니 그 띄엄띄엄 쓰는 것부터 좀 그만해 진짜! 보고 있으면 답답해서 미쳐 버릴 것 같다고! 말을 해 말을!"

[말 은 못 해]

"아 진짜 장난하나. 슈퍼 닭이라면서 왜 말은 못 해."

성식이 투덜거렸다. 협상하자고? 말도 안 된다. 닭은 멍청하고 열등한 동물이라 인간과 절대로 대등해질 수 없어. 그저 먹거리일 뿐. 아니 혹시 지금, 어떤 환각을 보고 있는 건 아닐까. 고립된 곳에서 혼자 지내다 보면 사람이 서서히 미쳐 가기도 하고 그런다던데.

[의 심 을 거 두 어 라 소 리 를 듣 는 다 면 믿 겠 지]

스피커에서 기괴한 닭 울음소리가 들렸다. 성식의 얼굴이 신문지처럼 구겨졌다. *꼬꼬꼬꼬꼬꼬!*

[이 제 믿 겠 는 가]

닭이 우주선을 통제하고 있는 이 상황을 그 어느 누가 믿을 수 있을까. 성식은 대답하지 않았다. 아니, 하기 싫었다. 소름이 돋을 만큼의 놀라움은 금방 분노로 바뀌었다. 닭볶음탕 하려고 꺼낸 닭이 자신보다 우위에 서서 협상하자는 의견을 제안하는 것 자체가 불쾌했다. 요리 재료 따위가. 인간은 만물의 영장이고 생태계 피라미드의 가장 꼭대기에 있는 존재이며 지구의 지배자다. 문이야 시간을 들여 장치를 조작해 수동으로 열 수 있게 바꾸면 된다. 정비 팀원으로서 탑승했기에 우주선 내부 수리가 일단은 특기였다. 다행이라면 다행일까.

"닭대가리 주제에 어디서 사람 머리 꼭대기에 서려고 들어."

쇠뿔도 단김에 빼라고 했다. 성식은 닭과의 대화를 거부하고 출입문 제어장치 조작에 필요한 장비를 찾아 응접실 내부를 구석구석 뒤졌다. 스크린에 계속 글자들이 나타났지만, 신경 쓰지 않았다. 문을 열고 나가서 통제실에 들어간 뒤 저 닭을 토막 내서 닭볶음탕을 해 먹을 테다. 아까 의식을 잃었을 때, 잠깐이나마 꿈을 꿨다. 꿈에서 성식은 땀을 뻘뻘 흘리며 엄청 매운 시뻘건 국물을 수저로 떠먹고 있었다. 옆에 수북이 쌓인 닭 뼈는 꺼낸 닭을 어떻게 요리할까 하는 고민의 해답이 되어 주었다.

"협상이고 나발이고 일단 나는 너를 먹어야겠다. 알아들었냐? 어?"

큰 소리로 외치며 성식이 정비 도구들을 챙겼다. 그는 스크린 앞으로 돌아와 스피커 버튼을 누르고 도발했다.

"협상? 웃기시네! 나는 너를 먹으려고 꺼낸 거지, 친구 하려고 꺼낸 게 아니야!"

저쪽은 잠깐 뜸을 들이다가, 다시 문자를 입력했다.

[나 말 고 다 른 먹 을 것 도 많 다]

"아니, 너부터 먹어야겠어. 너 변종이잖아. 어? 이거 지금 말이 안 된다고. 이 변종 닭대가리 새끼야! 그거 알아? 인류가 왜 지구의 지배자인지? 서열을 건드리는 위험한 것들은 모두 다 짓밟았거든. 그래서 지배자가 된 거야! 봐 봐. 지금도 딱 그 상황이야. 내가 이 우주선에서 가장 윗사람이어야 해. 뭐? 통제? 그런 일은 일어날 수 없고 일어나서도 안 돼. 그냥 내 배 속으로 들어와서 사라져 버려. 감히 주제도 모르고. 나 정비 팀원이야. 몰랐지? 이 정도 문 충분히 열 수 있어! 문 하나 직접 여는 거 그냥 껌이라고 껌! 너와 나의 차이를 알려 줄까? 그래, 네가 슈퍼맨, 아니 슈퍼 닭이라 치자. 우리 인류가 왜 만물의 영장인 줄 알아? 바로 이거! 손으로 도구를 사용할 수 있기 때문이야! 닭 날개랑 닭발이랑 부리로 뭘 더 할 수 있겠어? 달린 날개조차 제대로 쓰지 못하잖아. 어차피 너는 불완전한 존재일 뿐이야!"

검은 화면이 잠깐 침묵했다.

천천히, 다시 문자가 출력됐다.

[그 건 네 말 이 맞 다]

순순히 인정하는 답글을 보며 성식이 피식 웃었다.

"똑똑하긴 하네. 상황 파악 한번 참 빠르군. 그러니 포기하고 통제 풀어!"

스크린이 사라졌다.

　슈퍼 닭은 성식의 말에 일리가 있다고 생각했다. 아까부터 부리로만 자판을 두드리려니 머리가 어지러웠고 긴 문장을 쓰기 벅찼다. 날개는 불필요하다. 그렇다면 무엇이 필요할까. 우주선 내부에 대한 전반적인 파악은 끝났다. 항로 설정은 건드릴 필요 없고, 도착할 때까지 먹을 수 있는 식량은 충분했고, ― 딱히 육류를 선호하는 건 아니지만 필요하다면 먹을 수는 있다. ― 출입문의 통제도 수월하다. 특히 인상 깊었던 공간은 의료실이었는데, 워낙에 발달한 기술력이 적용되어 있는지라 설정만 잘 잡아 주면 의사가 없이도 완벽한 치료가 가능했다. 마취부터 수술까지 한 번에. 그는 이 의료실을 이용할 생각이었다. 무엇을 위해서? 슈퍼 닭이 뒤뚱거리며 도착한 곳은 동물 보존실이었다. 주변을 둘러보던 슈퍼 닭이 날개를 퍼덕이며 꼬꼬 울었다. 꽁꽁 언 그것을 꺼내기란 쉽지 않았지만, 그나마 덩치가 작은 놈을 골라 기를 쓰며 부리로 잡고 질질 끌었다. 시간은 많았다. 의료실까지 힘들게 끌고 와 치료기 침대 위에 올려놓기까지 몇 시간이 소요됐지만, 슈퍼 닭은 인내를 가지고 묵묵히 행동했다.

　새끼 침팬지를 발견한 것은 행운이었다. 왜 타이탄인들에게 줄 식량 자원 중 하나로 침팬지를 넣었는지는 모르겠지만, 슈퍼 닭에게는 더할 나위 없이 좋은 선택이었다. 의료 시스템 설정을 조정한 뒤 슈퍼 닭은 레이저 절단을 시도했다.

"꼬꼬?"

필요한 건 침팬지의 두 팔이다.

그 두 팔을 자신에게 이식할 것이다.

그렇게 '불필요한 것'을 '필요한 것'으로 대체할 것이다.

슈퍼 닭의 몸집은 일반 닭보다 두 배 이상 컸기에 새끼 침팬지의 팔이라면 이식할 수 있으리라 판단했고, 직접 보니 그 판단은 정확했다. 이식 실패 가능성을 몇 번이나 계산해 봤다. 지구의 놀라운 의료 기술 덕분에 계산 결과는 거의 0% 수준이었다.

레이저 절단기가 침팬지의 두 팔을 잘라 냈다. 흡입기가 움직이며 피를 처리하는 동안 출혈을 막기 위한 응고제가 뿌려졌고, 침팬지의 두 팔이 몸뚱이에서 완벽하게 분리되었다. 필요 없어진 침팬지의 몸뚱이를 굴려 바닥에 떨어뜨린 후 슈퍼 닭이 치료기의 설정을 조정해 이식 치료 모드로 바꿨다.

"꼬꼬."

슈퍼 닭은 곧 꾸벅꾸벅 졸기 시작했다.

*

꼬박 반나절을 고생한 끝에, 겨우 문을 여는 방법을 찾았다. 성식은 환호성을 지르며 기판 분해 작업에 착수했다. 빌어먹을. 이제 넌 죽었어. 보자마자 목을 쳐

주지. 작업을 잠시 멈춘 성식은 조리 도구가 있는 곳으로 향했다. 가장 날이 잘 선 식도를 골라 품 안에 챙기며 그는 중얼거렸다.

"예전이나 지금이나 변치 않는 사실은 닭고기가 맛있다는 거지."

"꼬꼬꼬꼬!"

닭 울음소리에 놀란 성식이 고개를 돌려 스크린을 바라보았다. 글자들이 출력되기 시작했다. 아까와는 비교할 수 없이 빠른 속도로 문장들이 나타나고 있었다.

[많이 기다렸나? 당신의 행동은 모니터로 전부 파악이 가능하다. 그리고 당신이 정비 팀원이라는 사실은 이미 알고 있었다. 그렇기에 언젠가는 잠긴 문을 열 수도 있다고 봤다. 그런 일을 하기 위해 탑승했을 테니. 그래서 협상을 시도했다. 우스운 건, 인간이라는 존재들은 지능지수가 높아질수록 '오만과 편견'의 수위도 같이 높아지는 경향을 보인다는 거다.]

뭐야 이거. 아까와는 전혀 다른 분위기에 식은땀이 흘렀다.

[나를 아직도 먹거리로 생각한다면 더 이상 협상은 없다. 사실을 말해 줄까. 당신은 이제 필요 없다. 당신의 말을 참고한 덕분에 큰 문제를 해결했거든. 그러나 도의적으로 한 번 더 기회를 주겠다. 협상하자. 잘 생각해라. 편견을 버려. 나는 너희 인간보다 훨씬 뛰

어난 지능을 가진 존재이고, 현재 이곳의 모든 것을 통제하고 있으며, 행여 실수를 유발할 수도 있는 멍청한 오만과 편견 따윈 가지고 있지 않다. 유달리 예민한 그 우스운 질투심을 버린다면 너의 생존을 위한 도움을 주겠다. 우주선 내에서 재배 및 사육 가능한 종자들에 대한 파악을 모두 끝냈으며, 활동 생산성을 높이고 긴 시간을 버틸 수 있게 해 줄 필수 영양 공급에 필요한 요소를 모두 준비할 수 있다. RE-PAIR K. 내 말이 이해되는가?]

"너를 어떻게 믿지? 아까와는 달리 지금 이렇게 빠른 속도로 문자를 치는 건 어떻게 가능한 거야?"

[네 조언대로 도구를 사용하기 위해 신체 구조를 조금 바꿨을 뿐이다.]

성식은 피식 웃었으나, 그 웃음소리는 떨리는 꼬리에 불안함을 실은 채로 퍼져 가고 있었다.

"내가 이대로 그냥 응접실 문을 열고, 통제실로 가서 다시 문을 열고, 주저리 떠드는 너의 모가지를 달랑 쳐 내면 그만 아닌가? 왜 너와 협상해야 하는 거지?"

[이유는 단순하다. 통제실 출입문은 네 기술로는 절대 열지 못할 것임을 이미 파악했다. 그러니 너는 어차피 고립된다. 인간의 본능으로는 5년을 버틸 수 없다. 인간은 사회적인 감성의 영향을 많이 받기 때문에 혼자만의 생활을 견디지 못한다. 즉, 가만히 두면 너는 이대로 미쳐 버려 자멸할 것이다.]

설득력이 대단한걸? 자신도 모르게 고개를 끄덕이는 성식의 모습을 봤는지 스크린 속 글자들이 다시 활짝 펼쳐지며 춤을 추기 시작했다.

[동의하는가? 그 고갯짓은 수긍한다는 뜻의 행동인가?]

잠시 생각에 잠겼던 성식이 조용히 입을 열었다.

"너는 정말 닭이 맞나? 아직도 확신이 안 서. 내 눈앞에 나타난다면 믿을 수 있을지도. 원래 협상을 할 땐 서로 마주 보는 상황에서 상대의 '눈'을 보며 가슴으로 대화하는 거야! 뒤에 숨어서 떠드는 건 예의가 아니지. 이런 식으로는 그냥 서로 폭주하는 치킨 게임을 하게 될 뿐이잖아."

[위험하니까. 모습을 드러내는 건. 육체적인 부분에서는 네가 우위에 있다.]

"아니, 네 안전을 약속하지. 사실 잠깐이지만 비슷한 생각을 했었어. 이대로라면 결국 미치지 않을까 하는. 이미 벌써 미쳐 버린 게 아닐까 하는 생각도. 네가 정말 닭이고 네 말이 모두 맞다는 걸 확인한다면, 그러니까 현실을 있는 그대로 직접 볼 수 있다면 더 빨리 적응할 수 있겠지. 안 그래? 인간보다 뛰어난 존재라면 그 정도 심리 파악은 가능할 텐데."

[인간의 심리라. 내가 모습을 보이면 협상에 응하겠다는 건가?]

성식은 두 손을 들며 고개를 끄덕였다. 바닥에 털썩 주저앉은 그의 표정은 몹시도 침울했다.

[흠. 좋다. 내가 그쪽으로 가겠다.]

좋아. 걸려들었다.

슈퍼 닭의 얘기에 수긍하는 척했지만, 성식은 속으로

이를 갈고 있었다. 닭대가리 주제에 어디서 인간에게 개기는 거야. 뭐? 훨씬 뛰어난 존재? 웃기고 있네. 인간의 한 끼 식사가 되는 것이야말로 네 운명이다, 이 새끼야. 닭이 모습을 드러내면 그대로 목을 잡고 비틀어 버릴 심산이었다. 멍청한 놈. 역시 자기가 우월하다 생각하는 존재들은 그 오만함을 못 이기지. 인간을 우습게 보지 마라. 겉과 속이 다른 독보적인 존재거든. 웃으며 반기다가 단칼에. 품 안의 칼을 떠올리며 성식이 미소 지었다. 바로 볶음탕을 만들어서 뼈까지 씹어 먹어 주겠어.

성식에게 불리한 부분은 없었다. 닭이 제안한 협상 내용은 성식에게도 이로운 제안이었다. 하지만, 그는 기분이 나빴다. 단지 기분이 나, 빴, 다. 그저 그뿐이다. 원초적인 감정은 쉽게 버릴 수 있는 게 아니다. 인간이 한낱 닭에게 무시당한다는 생각에 화가 치밀어 올랐을 뿐이다. 지능이 뛰어나든 아니든 간에, 닭은 그저 인간에게 먹거리로 이용되는 가축일 뿐이다. 말 그대로 가축이다. 빌어먹을. 이건 편견이 아니라 당연한 사실이잖아. 왜 먹거리와 주저리주저리 대화를 하고 있어야 한단 말인가. 성식이 혼자 생각을 이어 간 지 30분 정도 지났을까, 출입문 너머로 무슨 소리가 들렸다.

"꼬꼬."

드디어 왔구나. 지금까지 성식을 가둬 두고 있던 응접실 문이 천천히 열렸다. 젠장. 이렇게 쉽게 열 수 있을 줄 알았다면 개고생은 하지 않았을 텐데 말이지. 방긋방긋 웃으며 성식이 손을 흔들었다. 고개를 까닥거리며 닭이 두리번거렸다. 성식이 천천히 다가가자, 닭이 흠칫 놀라며 그런 그를 경계했다.

성식이 번개같이 몸을 날렸다.

죽 뻗은 손이 닭의 목을 잡았다. 갑자기 잡힌 닭이 바동거리며 발악했다. 성식은 닭을 높이 든 다음 힘을 주어 바닥에 한 번 내리쳤다. 퍽 하는 소리와 함께 깃털이 휘날렸다. "이 새끼가! 어디서 까불어!" 악을 쓰며 성식이 다시 한번 내리쳤다. "뒈지라고 이 닭고기야!" 몇 번 꿈틀거리던 닭의 움직임이 서서히 멈췄다. 그렇게 몇 번을 내려친 그는 숨을 몰아쉰 뒤 있는 힘껏 벽을 향해 닭을 던졌다. 내장이 터졌는지 뿌직 하는 이상한 소리가 났고 닭이 피를 토했다.

성식이 품에서 칼을 꺼내 달려들었다. 팔을 크게 휘둘러 닭의 목을 칼로 찔렀다. 피가 위로 솟구쳤고, 성식의 얼굴에 튀었다. 어떠냐, 빌어먹을 놈아. 어차피 너는 이렇게 구시대 유물인 칼로 뒈져야 마땅한 존재야. 닭이 지능을 자랑해 봤자 어디에 써먹으려고? 잘린 닭의 머리가 빙글 돌며 공중으로 치솟았다. 꿀럭거리는 소리와 함께 핏줄기가 온 사방에 흩뿌려졌다. 닭은 목이 날아간 상태에서도 꿈틀거리며 몸뚱이를 일으키려 하고 있었다. 성식이 발을 들어 목 없는 몸뚱이를 마구 짓밟았다. 닭이 다리를 파르르 떨며 바닥을 피와 지저분한 진액들로 적셨다. 바동거리는 닭을 겨냥해 제자리에서 힘껏 뛰어오른 성식이 닭의 몸뚱이를 두 발로 짓눌렀다. 푸지직. 경쾌한 소리였다.

"내가 이겼다! 내가 이겼어!"

성식의 외침과 동시에, 스피커가 울렸다.

"꼬꼬."

"????"

놀란 성식이 제어장치 위 스크린을 쳐다보았다. 또 박또박, 분노가 담긴 듯한 문장이 출력되고 있었다.

[한심하군. 내가 정말 그곳으로 가리라 생각했나?]

"뭐야 이 새끼! 날 속여?"

[마지막 기회를 준 것이다. 너를 시험해 봤다. 그리고 이제 협상은 종료다.]

"이 개, 아니 닭대가리 새끼!"

[분명 말하지 않았었나. 네가 묻지 않았었나. 어떻게 문자를 빨리 칠 수 있는지를. 내 몸의 구조를 바꿨다고 했는데. 충분히 경계할 수 있는 부분인 것을. 그 닭이 내가 아니라는 것을 알아챌 만한 단서를 제공했건만. 확실히 깨달았다. 역시 편견은 정말 무서운 것이군.]

"이 씨바…."

문이 닫히는 틈을 놓치지 않았다. 탈출할 기회다! 성식은 열린 문을 향해 뛰었다. 슬라이딩할 타이밍을 재고 심호흡 후 몸을 날렸다. 성식의 몸이 죽 미끄러지며 열린 공간으로 향했다. 두 팔이 그대로 문을 통과했다. 이제 거의 다 됐어! 탈출이다!

갑자기 문이 빠르게 닫혔다.

성식의 두 팔이 뭉개지고 잘려 문 너머로 튕겨 나갔다.

"끼아악!"

비명을 지르며 성식이 발을 동동 굴렀다. 고통에 눈물 콧물이 다 쏟아지고, 핏물 또한 어깻죽지에서 쏟아졌다. 미친 듯이 몸부림치던 그가 스크린 앞으로 되돌아가기 위해 엉금엉금 기었다. 울며불며 괴로워하는 그의 눈에 슈퍼 닭이 남긴 문장이 보였다.

[도구를 쓰지 못한다면 인간도 별거 아니지. 네가 나한테 해 준 말 그대로다. 어떻게 하면 네 두 팔을 자를 수 있을까 고민했다.]

"살려 줘. 아니 살려 주세요. 시키는 건 뭐든 다 할게요. 아파요."

[인간의 의료 기술은 정말 뛰어나더군. 침팬지 팔을 이식하는 수술은 한 치 오차도 없이 진행되었다. 하지만 그런데도 불편해. 역시 만물의 영장을 만들어 준 그 '두 팔'이 어울리려나. 내게는.]

"제발! 살려 주세요! 죄송합니다. 제가 잘못했어요. 도와주세요⋯."

[만물의 영장의 도구를 받겠다. 감사하다.]

"안 돼 제발. 제발요. 제발요. 제발! 닭님! 선생님! 닭 선생님!"

[협 상 종 료]

피를 흘리며 울부짖는 성식을 놔두고, 스크린이 접히더니 쓱 사라졌다.

*

지구의 우주선이 도착했을 때, 타이탄인들은 환호성을 지르며 모두가 춤을 추었다. 그들의 춤은 매우 독특했는데, 지구식으로 표현하자면 마치 불에 구워질 때 오징어 다리가 꾸불거리는 그런 움직임이라고 할까? 환영 인파가 모두 다리를 꾸물거리며 춤을 추고 있는 동안, 타이탄의 외교 담당자들이 조심스레 우주선 내부로 들어섰다.

그들이 마주친 건 커다란 두 팔을 사용해 어기적거리며 걸어오는 생물체였다. 지구에 갔었던 이들이 묘사한 지구인과는 생김새가 좀 달랐지만, 어차피 외계인이니 그러려니 했다. 타이탄인들은 지난 10년 동안 지구인들과 대화할 수 있도록 간단한 통역 장치를 준비했다. 지구에서 온 외계인과의 첫 조우라는 가문의 영광을 뿌듯해하며, 타이탄인의 대표는 최대한 우아하고 부드러운 목소리로 환영 인사를 건넸다.

"또로로. 또로로로.(당신을 환영합니다, 지구인.)"

"꼬꼬."

"??"

지구인들의 언어가 이랬던가? 지구인이 껑충 뛰어 제어장치 위로 올라섰다. 스크린 위로 지구의 글이 출력되자 대표를 수행하던 다른 타이탄인이 얼른 통역 장치로 스캔했다. 불완전한 번역이었지만 글의 의미는 충분히 파악할 수 있었다.

[반갑습니다. 저는 지구의 대표입니다. 안타깝게도 항해 도중 일어난 불의의 사고로 인해 저만 생존했습니다.]

"똘! 똘똘…. 또로로로.(그럴 수가! 애도를 표합니다.)"

[감사합니다. 하지만 다행히도, 당신들에게 줄 선물은 그대로입니다.]

"똘! 또라라 또라. 또르라…. 또로로 또루루로라.(아! 정말 다행입니다. 하지만…. 이와는 별개로 다른 지구인들의 명복을 빕니다.)"

타이탄인 대표가 손, 아니 다리들을 몸에 비비대며 비비 꼬았다. 타이탄인들 사이에서는 최대한의 예의를 갖출 때 하는 몸짓이었다. 그 모습을 보며 대표를 보좌하던 타이탄인 중 하나가 혼자 조용히 중얼거렸다.

"또. 똘 또로라. 똘 또. 똘.(쳇. 왜 우리가 저런 천한 것들한테 굽신거려야 하지?)"

"꼬꼬."

관찰력이 뛰어난 슈퍼 닭이 보좌의 중얼거림이 우습다는 듯 짧은 말을 내뱉자, 타이탄인 대표가 놀라며 답했다.

"똘 또또? 똘 또? 똘랄라.(무슨 의미입니까? 들었던 지구의 언어와는 달라 해석이 힘듭니다.)"

화면 가득 글자가 출력되기 시작했다.

[별거 아닙니다. 걱정하실 것 없습니다. 우리 지구에는 많은 언어가 존재하고, 지구를 대표하는 언어라는 건 따로 없습니다. 제가 현재 지구의 대표라는 것은 틀림없는 사실입니다.]

"아 똘. 똘똘. 리라 똘똘라.(그렇군요. 우리의 언어는 하나로 통일되어 있고 그런 부분이 지구와는 다릅니다. 방금 하신 말씀은 알아듣지 못했는데 안 좋은 의미만 아니면 되지요.)"

"꼬꼬꼬!"

슈퍼 닭은 차분하고 지성적이며 배려심이 깊은 타이탄인들이 무척 마음에 들었다. 전체적으로 타이탄인들의 성향은 부드럽고 자상하다. 이들에게 인간과 닭을 구분하는 일은 의미가 없었다. 그러나, 분명 알 수 있었다. 역시 존재했다. **오만과 편견**의 반응이 말이다.

처음부터 슈퍼 닭은 딱히 많은 것을 원하지 않았다. 그저, 자신과 걸맞은 지능을 가진 이들과의 교우를 원할 뿐이었다. 하지만 일련의 상황을 겪어 보니, 참으로, 답답했다. 모든 곳에는 **오만과 편견**이 존재한다. 모두가 이 약점을 지녔다. 심지어 외계인들까지도. 그렇다면, 이것은 운명이다. 어쩌면 높은 지능을 가진 존재들의 숙명일까? 도대체 왜? 그런 최악의 약점을 가진다 한들 무슨 이득이 있나? 슈퍼 닭은 쉽게 생각하기로 했다.

높은 지능을 가진 존재에게 **오만과 편견**은 필연이고, 자신은 그로부터 벗어난 특별한 존재라고. 세상에 나 같은 돌연변이 개체가 나타난 이유가 분명 있을 것이다. 그 이유를 찾는 것을 일단은 내 목표로 삼겠다. 삶에는 목적이 있어야 하니. 목적 없는 삶은 재미없지.

슈퍼 닭이 아까 불만스레 중얼거렸던 타이탄인을 슬쩍 바라보았다. 물론 그가 한 말의 정확한 의미를 파악한 건 아니었다. 하지만 슈퍼 닭은 분위기만으로도 그가 한 생각을 눈치챌 수 있었다. 슈퍼 닭의 시선을 받은 타이탄인이 꿈틀거리는 다리를 내리며 머리를 돌렸다. 이 행동은, 인간이 보이던 그 행동과 비슷했다. 상대방이 마음에 안 들면 시선을 피하지. 아하. 그럼, 이제부터 제대로 계획을 짜 볼까? 모든 집단에는 비뚤어진 존재들이 있는 법이다. 그렇다면, 그들의 불만을 자극하고, 선동하고, 동질감을 일으켜 무리를 분열시킨 뒤,

지구로 돌아간다. 타이탄인들에게 호감이 가긴 하지만 고향으로 돌아가서 사는 게 더 낫겠다. 이곳부터 지배한 뒤에 말이다. 꼬꼬꼬. 시간은 많다. 나라면 가능하다.

자신이 지구로 돌아가는 것은 귀환일까? 아니. 지구인들이 자신을 반길 리가 없으니, 그래. 어쩌면 침공으로 생각할 터다.

지구 침공이라. 슈퍼 닭은 갑자기 우스워지기 시작했다.

"꼬꼬꼬."

성식의 두 팔로 어기적어기적 걸으며, 슈퍼 닭은 히죽 웃었다.

그건, 인간의 표현으로 치면 '크크큭'과 비슷했다.

송곳니

김구일

2015 경북 스토리 콘텐츠 공모전, 제15회 삶의 향기
동서문학상 공모전에서 수상했고 한국콘텐츠진흥원
'2016 스토리 작가 데뷔 프로그램', 한국문화예술위원회
'코로나19, 예술로 기록' 사업에 참여하였다.
2020년 카카오웹툰에서 작품을 연재하며 스토리 작가로
데뷔하였고, 2021 메가박스플러스엠×안전가옥 스토리 공모전
당선으로 단편소설 첫 출간을 앞두고 있다.

0.

기록적인 폭우였다. 불어난 강물이 다리를 삼켰다. 거센 물살이 둑을 부쉈다. 인간은 도망쳤고, 가축은 고립됐다. 그것은 도망치지도, 잠기지도 못한 채 강물 위를 떠다녔다. 그것이 나를 부른 건 쓸려 온 지 사흘째 되던 날의 일이었다. 음습한 바람결에 그것의 숨이 실렸다. 시큰하고 고약하리만큼 부패한, 썩은 내였다.

치솟은 흰자위, 함몰된 코, 늘어진 혀, 찢긴 가죽, 흥건하게 젖은 터럭, 넝쿨에 엉킨 몸이 죽음에 가까웠다. 그것은 내게 자유, 라고 말했다. 굵은 빗줄기가, 바람에 날아간 창살이, 홀로 도망친 주인이, 범람한 계곡물이, 하천으로 이어진 물줄기가 저를 자유로 이끌었다고 했다.

그것이 풍기던 악취는 나의 몸, 깊숙한 곳에 숨겨 놨

던 자유의 냄새와 같았다. 그것의 죽음에 내 속의 무언가가 울컥 쏟아져 나왔다. 사랑, 연민, 도리, 양심, 용서, 구원까지 모조리 쏟아 냈다. 인간이기에 가능했고, 인간이 아니었기에 괜찮았던 모순과 오만 그리고 더러운 희열을 강줄기에 흘려보냈다. 내 안에 남은 것은 오직 자유뿐이었다.

1.

검은 물결이 보였다. 까마귀 떼였다. 할머니의 쪽 찐 머리에서 흘러나온 머리카락이 새카만 날갯짓에 흩날렸다. 까마귀 떼의 울음이 산으로, 들로, 논으로, 밭으로 흩어졌다. 석양을 뒤덮은 거대한 띠가 그림자가 되어 우리를 덮쳤다. 숨이 멎었고, 추위가 몰려왔다.

할머니의 마른 손이 나의 귓가로 뻗쳤다. 손바닥에 막힌 그들의 울음이 귓속을 둥둥 떠다녔다. 잔뜩 갈라진 입술이 오므라들었다가 찢어지기를 반복했다. 할머니가 연신 내 이름을 부르고 있었다. 할머니의 앙칼진 목소리가 수면 위로 튀어 올랐다. 날카로운 이빨을 가진 물고기처럼 귓불을 물고 늘어졌다.

아가, 가자. 짐승이 물어 가기 전에 머릿골에 숨어 버리자.

"할머니!"

공허한 외침이 어둠에 묻혔다. 잠에서 깨어난 수기의 눈동자가 반짝였다. 할머니의 목소리와 그것의 부름이 한데 섞여 숨통을 조여 왔다. 조급한 손길이 땀으로 젖은 이불 속을 더듬었다. 있어야 할 휴대전화가 잡히지 않았다. 수기는 하는 수 없이 몸을 일으켰다. 발길이 예민하게 주변을 더듬으며 앞으로 향했다.

눈동자가 어둠에 익숙해졌다. 어렴풋이 싱크대가 보였다. 싱크대 위에 붙은 찬장 문을 열어젖힌 그녀가 라이터를 쥐었다. 작은 불꽃이 주위를 밝혔다. 남은 한 손으로는 길쭉한 상자를 꺼내어 열었다. 가지런히 놓인 향 하나를 꺼내려다가 두 개를 집었다. 향을 피우자 할머니의 냄새가 났다. 숨통이 트였다. 오랫동안 참았던 오줌을 누는 듯이 쾌감마저 느껴졌다.

방 안을 가득 메운 연기에 마음이 가라앉았다. 한층 침착해진 손길로 이불을 들춰내자 그 안에 숨어 있던 휴대전화가 보였다. 수기는 휴대전화를 들고 방구석에 웅크려 앉았다. 휴대전화의 화면 밝기는 최대한 낮췄다. 아무리 방이 반지하에 있다 해도 불빛이 밖으로 샐수 있으니 조심해야 했다. 오늘의 날씨. 강원 영서 남부의 아침 최저기온은 7도에서 15도. 오후에는 잠깐 비가 온다. 가시거리가 짧을 수 있으니 미끄럼 사고를 조심하고 안전 운전에 유의해야 한다.

가시거리? 망설이던 손가락이 검색창을 두드렸다. 가시거리. 사람이 눈으로 볼 수 있는 물체까지의 거리를 말한다. 고개를 갸웃한 수기가 몸을 일으켰다. 5시 31분이었다. 50리터짜리 쓰레기봉투에서 음식물 썩은 내가 진동했다. 수기는 며칠간 빨지 않은 교복을 쓰레기봉투에 버렸다. 창문을 열었다. 밖은 아직 어두웠다. 사람들의 발길도 보이지 않았다. 새벽 공기에 실린 지린내에 코가 시큰했다.

창문을 닫고 옷을 갈아입었다. 모자, 마스크, 티셔츠, 슬랙스, 점퍼, 양말까지 모두 검은색으로 준비했다. 바지를 추스르며 눈으로 마스크를 찾았다. 마스크를 썼다가 벗었다. 꼴이 딱 강도였다. 마지막으로 점퍼를 두른 그녀가 가슴께를 더듬었다. 안주머니 속을 구르는 딱딱한 촉감이 느껴졌다. 마음의 안정을 찾게 해 줄 최후의 수단이었다.

수기는 현관에 세워 두었던 캐리어를 들었다. 큼지막한 리본을 단 고양이가 그려진 분홍색 가방이었다. 그녀는 며칠 전에 이 가방을 주워 왔다. 가방은 쓰레기 더미 사이에 오도카니 서 있었다. 누군가에게 잡혀갈 듯 손잡이가 높이 솟아난 채였다. 수기는 현관에 쪼그려 앉아 꾀죄죄한 손으로 주워 온 가방에 그려진 고양이의 얼굴을 쓰다듬었다. 긁힌 자국이 역력한 데다 스티커가 반쯤 벗겨져 있었다. 까칠한 표면이 고스란히 느껴졌다.

이따 집으로 돌아오는 길에 매니큐어라도 사서 덧칠해 줘야겠다고 생각하며 수기가 캐리어 지퍼를 열었다. 해진 천에 하얗게 핀 곰팡이가 보였다. 그녀는 손바닥으로 대충 곰팡이를 닦았다. 냉장고 안에 있던 것들 전부를 캐리어 안에 넣었다. 저녁으로 먹다 남은 소시지, 슈퍼 주인이 잡일을 시키고 선심을 쓰듯 가져가라고 했던 참치 통조림, 훔쳐 온 생수와 일회용 접시였다.

가방을 세우자 그 안에 넣은 것들이 제법 큰 소리를

내며 미끄러졌다. 순간, 수기의 몸이 바짝 움츠러들었다. 조심스럽게 손잡이를 든 그녀가 살금살금 걸었다. 피워 놓은 향의 절반 이상이 탔다. 알싸한 연기에 머릿골로 가자던 할머니의 목소리가 실렸다. 아가, 가자. 짐승이 물어 가기 전에 머릿골에 숨어 버리자.

"다녀올게."

수기는 이불도 개키지 않은, 너저분한 방을 가로질렀다. 문고리를 돌릴 때는 이가 절로 앙다물렸다. 잠시간의 기척이 누군가를 깨울까 봐 두려웠다. 다행히 밖은 고요했다. 복도에 지린내와 물때 냄새가 진동했다. 가난의 냄새였다. 까치발을 든 수기가 지하 창고 앞으로 향했다. 지하 창고는 1층으로 올라가는 계단 아래의 비어 있는 공간을 개조해 만들어 놓은 작은 창고였다.

앞집 아저씨는 창고에 각종 공구며 자재를 보관하고 있었다. 수기의 계획에 필요한 장비도 거기에 있었다. 그녀가 신중한 손길로 창고 문을 열었다. 기름칠이 벗겨진 경첩에서 쇠 긁는 소리가 났다. 반쯤 문을 열어 두고 분위기를 살폈다. 역시 고요했다. 휴대전화 플래시를 켰다. 수기의 눈에 전동 드릴, 미장 칼, 망치, 실톱, 펜치 등 여러 종류의 장비가 보였다.

수기는 한 손에 쏙 들어오는 니퍼를 점퍼 주머니에 넣었다. 차가운 쇠가 손가락에 닿자 그날의 기억이 스멀스멀 올라왔다. 언젠가 앞집 아저씨가 거나하게 취해 있던 날이었다. 소주 세 병에 안주는 과자 한 봉지였다. 슈퍼 주인은 자릿값도 나오지 않는다며 욕을 했다. 노골적인 눈치에도 앞집 아저씨는 꽤 오랫동안 자리를 지켰다. 그리고 내내 쥐고 있던 니퍼를 자랑했다. 이 니퍼가 미군들이 쓰는 건데….

수기가 몸을 기울였다. 니퍼로는 부족했다. 망치를 챙기려는데 머리 위에서 인기척이 늘렸다. 계단을 내려오는 발소리가 귓가를 점령했다. 수기는 하는 수 없이 걸음을 뒤로 물렸다. 문을 닫지 못한 채 캐리어만 들고 계단을 올랐다. 챙긴 건 고작 손바닥만 한 니퍼가 전부였다. 장난감 로봇처럼 뒤도 돌아보지 못하고 빌라를 벗어났다.

쌀쌀한 날씨에 몸이 떨렸다. 불어오는 바람이 가을의 기운을 잠재우고 서둘러 겨울로 인도하고 있었다. 오므라든 가슴을 펼친 그녀가 정면으로 보이는 산맥을 응시했다. 하늘에 닿을 만큼 높은 산봉우리가 죄인의 굽은 등처럼 보였다. 머릿골까지 약 3km의 거리를 걸어야 했다. 걸음 하나에 비루한 가난, 걸음 하나에 삶에 대한 환멸, 걸음 하나에 지긋지긋한 오늘이 엉겨붙었다.

수기는 산책로와 농수로를 피해서 강둑으로 내려갔다. 계곡물이 유유히 흐르는 자갈밭을 한참이나 걸었다. 간혹 물웅덩이에 길이 끊겼지만, 문제가 되지는 않았다. 젖은 운동화가 바위로 올라섰다. 큰 바위 뒤로 올라가는 계단이 있었다. 돌을 쌓아 만든 계단은 슈퍼 주인이 만든 계단이었다. 여름철이 되면 계단 통행료를 걷듯 백숙을 팔았다. 매해 여름 냄비를 든 수기가 이 계단을 수없이 오르락내리락한 이유였다.

"애!"

뒷마당을 돌아 나오던 걸음이 멈춰 섰다. 수기는 놀란 숨을 삼켰다. 익숙한 목소리였다. 슈퍼 주인, 현주가 발목까지 오는 민소매 원피스 차림으로 다가오고 있었다. 세로로 칼주름이 진 원피스는 흐물흐물한 원단 때문인지 얼핏 잠옷으로 보이기도 했다. 수기는 현주의 가슴께에 진 주름 사이로 솟은 젖꼭지를 외면하며 모자를 깊이 눌러썼다.

"이른 아침부터 어디 가니? 복장은 또 왜 그렇고."
"일찍 나오셨네요."
"어디 도둑질하러 가니?"
"산책요."
"이 새벽에? 여행 가방을 들고?"

팔짱 낀 현주의 몸짓이 더욱 견고해졌다. 그녀의 눈빛에 의문과 의심이 드러났다. 수기가 매대의 물건을 정리하거나, 백숙을 먹으러 온 손님들에게서 의미 없는 격려를 받을 때 나오는 눈빛이었다. 우물쭈물하던 수기의 말문이 이윽고 열렸다.

"도토리 좀 주워 오려고요."
"도토리?"
"방세가 밀려서 돈이 필요해요."
"이쪽은 머릿골 방향인데?"
"할머니랑 도토리를 주웠던 기억이 나서…."
"아, 너 어렸을 때 머릿골에 살았다고 했었지?"
"네."

현주의 시선이 수기의 손가락에 머물렀다. 앞으로 공손히 모인 손가락이 간지럼을 타는 듯 꼼지락거리고 있었다. 현주는 손에 쥐고 있던 담뱃갑을 반대편 손바닥 위로 쳤다. 무언가 생각할 때 무의식적으로 나오는 습관이었다.

"먹고살기 침 엿 같다. 너 같은 어린애가 방세 걱정이나 하고. 주우면 가게에도 좀 가져와. 내가 시세보다 조금 더 쳐 줄게. 참, 가루로 가져와야 한다?"
"감사합니다."
"네 신세나, 내 신세나. 나도 요새 죽겠어. 애고 어른이고 사람들이 이제 슈퍼를 안 와. 편의점 거기 비싸기만 한데 뭐가 좋다고. 시장조사 좀 다니려고 하는데 슈퍼 문을 닫을 수가 있어야지. 내일 뭐 하니? 가게 좀 봐 줘. 딱 세 시간이면 돼."
"네."
"잠깐만…."

꾸벅 인사를 한 후 뒤돌아 가려다 멈춰 섰다. 수기는 일부러 현주의 시선을 피하지 않았다. 연갈색 눈동자가 감정 없이 수기를 쳐다보고 있었다. 뒷덜미가 뻣뻣이 굳어 갔다. 무얼 생각하고 있을까. 주머니에 든 니퍼가 망치만큼 무거워진 듯했다. 시야가 흐릿해지며 눈물이 고일 때쯤, 현주가 느른하게 기지개를 켜며 하품을 했다.

"산림청 조심해. 요새 단속 심하게 한다더라."

현주가 슈퍼 안으로 발길을 돌렸다. 문은 열어 두었으니 손님이 부를 때까지 이불 속에서 뒹굴 참이었다. 문턱을 넘었던 그녀의 발길이 별안간 뒤로 물러났다. 수기가 캐리어를 들고 머릿골 방향으로 멀어지고 있었다. 이상했다. 머릿골에는 도토리나무가 없었다.

2.

　머릿골은 엉망이었다. 여름을 휩쓸고 간 폭우 때문이었다. 끊어진 길은 복구했지만, 온갖 쓰레기에 뒤덮인 계곡은 본래의 물길을 잃었다. 수기는 그날을 생각했다. 자유를 찾던 그것이 죽어 가던 날을. 그것은 개장수가 버리고 간 개들 중 한 마리였다. 운 좋게 철장을 탈출했지만, 이리저리 떠다니다가 비참한 죽음을 맞이했다. 철장을 탈출하지 못했던 개들은 옴짝달싹도 하지 못한 채 수장되었다.

　개장수에게 애도의 마음 따위는 없었다. 물에 쓸려가거나 흙에 묻힌 그것들에 대한 책임 또한 지웠다. 여름이 지나고 가을이 오는 동안 그는 새로운 개들을 머릿골로 들였다. 누군가가 잃어버렸을지, 버렸을지 모를 것들이었다. 수기는 개장수를 죽이러 갔으나 실패하고 도망쳐 버렸다. 자신의 비겁함이 수치스러워 죽고 싶은 밤이었다. 그녀는 그 밤의 수치를 곱씹었다. 그것이 말한 자유를 되새겼다. 겁을 잘라 내고 오기와 발악을 들였다.

　썩은 나무 밑동을 넘어 비탈길을 올랐다. 요란하게 굴러가는 캐리어 바퀴 소리만큼이나 심장도 요동치고 있었다. 저를 부르는 울음이 가까워졌다. 철장들이 보였다. 관리하기 수월하도록 철장에 땜해 붙인 다리가 허리만큼 높았다. 수기는 비어 있는 철장들을 지나쳤다. 맨 끝에 놓인 철장 안에 개 두 마리가 있었다. 셰퍼드가 느릿하게 눈을 뜰 때마다 까만 눈동자가 보였다. 분비물과 피고름으로 뒤덮인, 죽어 가는 눈이었다.

좁은 철장에서 악취가 풍겼다. 셰퍼드의 옆을 지키고 선 진돗개가 그녀를 향해 격렬하게 짖었다. 서슬 퍼런 살기에 긴장을 넘어선 두려움이 몰려들었다. 진돗개의 얼굴이며 몸뚱이에 상흔이 가득했다. 증오 가득한 눈빛과 발달된 근육이 경고하고 있었다. 언제든 너를 찢어발겨 주겠다고. 수기는 철장에서 한 걸음 물러났다. 캐리어를 내려놓고 지퍼를 열었다.

생수병의 주둥이를 철창살 사이로 들이밀었다. 흘러내린 물의 일부가 철장 바닥에 고였다. 진돗개가 급히 물을 핥았다. 그 모습에 갈증이 난 수기가 병에 남은 물을 마셨다. 소시지를 꺼냈다. 진돗개의 입에서 침이 질질 흘렀다. 식욕 때문이었다. 수기의 손이 철장 속으로 빠르게 들어갔다가 빠졌다. 손가락 마디만 한 소시지가 철장 바닥을 굴렀다. 진돗개의 눈동자가 소시지에 머물렀다가 다시 정면을 향했다.

"먹어. 그래야 도망갈 힘이 나지."

도망, 이라는 말에 셰퍼드가 고개를 들었다. 수기를 보며 주인을 떠올렸다. 콧등을 두드리던 손짓, 등을 쓰다듬던 손길, 따뜻한 품, 함께 달리던 길을. 신음을 뱉듯 울었다. 수기를 향해 저의 이름을 흘렸다. 셰퍼드에게는 파이라는 이름이 있었다. 이름을 찾아 집으로 돌아가고 싶었다. 늙고 병들었지만, 집으로 돌아가는 길은 선명하게 기억했다.

나무에 묶인 채 마당에 홀로 남았을 때도, 배고픔에

몸을 가눌 수 없었을 때도, 낯선 이가 목줄을 끌었을 때도, 철장 안에 갇혔을 때도, 이곳에 도착했을 때도, 불안에 떨며 싸움판에 나섰을 때도, 동족의 목덜미를 물어뜯었을 때도, 뜯겼을 때도, 지금도. 늘 집을 그리워했다.

"파이, 집에 가고 싶구나."

셰퍼드가 화답하듯 꼬리를 흔들었다. 둘을 지켜보던 진돗개는 혼란스러웠다. 셰퍼드가 아무리 저의 이름을 외쳐도 알아듣는 인간은 없었다. 이름뿐만이 아니었다. 수기는 개들의 말뜻을 이해했고, 감정을 느꼈다. 표정과 목소리와 냄새로 유추하는 소통 따위가 아닌 진짜 대화였다.

"너희를 해치려는 게 아니야. 이걸로 자물쇠를 끊을 거야."

니퍼의 뾰족한 끝이 철장으로 향했다. 진돗개의 숨이 다시 거칠어졌다. 수기는 자물쇠를 잡은 후 니퍼의 입을 다물렸다. 다물린 입이 쇠고리를 물고 늘어졌다. 니퍼를 두 손으로 맞잡은 그녀의 얼굴이 시뻘겠다. 수기는 악을 쓰듯 온 힘을 다했다. 도무지 절단할 수가 없었다. 니퍼를 내버리고 돌을 찾았다. 커다란 돌로 자물쇠를 내려쳤다. 동시에 손이 미끄러졌다. 발치에 떨어진 돌을 다시 들었다. 모래알이 찢어진 손바닥을 파고들었다.

파이는 진돗개를 불렀다. 불신과 증오로 맹렬히 타오르는 눈동자를 보며 파이가 말했다. 우리가 가는 길은 너무도 험난하고 외로워서 함께 걸어 줄 주인이 필요해. 그 말에 진돗개의 꼬리에서 힘이 풀렸다. 파이는 주인의 품에 안겨 까무룩, 잠들었던 날처럼 수기의 품에 안겨 단잠을 자고 싶었다. 벌어진 문틈 사이로 파이프가 꽂혔다. 개장수가 훈련할 때 쓰던 것이었다. 파이프를 알아본 진돗개가 노골적으로 송곳니를 드러냈다.

수기는 물러서지 않았다. 무게를 실어 파이프를 철장 바깥으로 젖혔다. 간당간당하게 붙어 있던 고리가 이윽고 떨어져 나갔다. 동시에 파이가 눈을 감았다. 늘어진 다리를 힘껏 앞으로 끌어당긴 수기가 파이를 품에 안았다. 파이의 입가에 묻은 거품을 손등으로 닦아 냈다. 파이의 몸이 들썩였다. 무게 때문에 자꾸만 처지는 팔을 추스르며 그녀가 수풀 안으로 향했다. 오랫동안 그 자리를 지키고 있던 소나무 앞에 파이를 내려놓았다.

"자유를 찾았구나."

수풀에 가려진 작은 등이 들썩이고 있었다. 이제껏 철장 안에서 수기를 지켜보던 진돗개는 시선을 거뒀다. 더러운 바닥을 뒹굴던 소시지를 단숨에 먹어 치웠다. 철장 밖으로 뛰쳐나왔다. 캐리어로 향했다. 물이 남아 있는 생수병을 물고 늘어지자, 병이 찢기며 물이 쏟아졌다. 물로 흥건한 가방을 핥았다. 순간적으로 눈앞이 핑 돌았다가 맑아졌다. 진돗개가 고개를 쳐들었다. 수풀에서 나온 수기가 저를 보고 있었다.

"진정해."

수기는 진돗개의 시선을 피하지 않았다. 진돗개는 울고 있었다. 잇새로 흐르는 으르렁거림이 두려움보다는 암울함을 담은 것처럼 느껴졌다. 그녀는 간밤에 돌려 보았던 시뮬레이션을 다시 상기했다. 하나, 말로 계속 설득해 본다. 둘, 진돗개가 달려들면 돌로 머리를 찍어 기절시킨다. 셋, 공격을 잽싸게 피한 후 주사기를 꽂는다.

아무래도 세 번째가 가장 안전하고 현실성 있는 방법 같았다. 진돗개의 옆구리가 팽창과 수축을 반복했다. 수기는 뒷짐을 슬그머니 풀었다. 진돗개가 배를 채우는 사이 준비해 두었던 주사기를 들고 접근했다. 기척을 눈치챈 진돗개의 뒷다리가 튀어 올랐다. 어마어마한 탄력에 수기가 뒤로 자빠졌다. 진돗개의 송곳니가 얼굴로 향했다. 팔뚝으로 얼굴을 막았다. 진돗개의 이 사이로 뜨거운 피가 흘렀다.

수기는 악을 썼다. 머릿속이 뜨겁고, 눈앞이 아찔했다. 아득해지는 정신을 붙들어야 했다. 한 손으로 진돗개를 막고, 한 손으로 주사기를 쥐었다. 주삿바늘이 진돗개의 몸 어딘가에 박혔다. 흥분한 진돗개는 찔린 줄도 몰랐다. 다만, 수기의 팔뚝을 콱 물어 버린 턱이 느슨해졌다. 반항할 틈도 없이 흰자위가 치솟았다. 진돗개의 뭉개진 시야에 잠든 파이의 얼굴이 들어왔다.

거봐, 인간은 믿을 게 못 돼.

3.

"와. 엿 됐다."

이를 닦던 뉴트가 미간을 찌푸렸다. 앞니 두 개가 유별스럽게 툭 튀어나와 뉴트리아를 닮았다고 해서 붙여진 별명이었다. 그가 턱까지 흘러내린 거품을 대충 옷소매로 닦았다. 옆에 앉아 있던 이준이 눈살을 찌푸렸다.

"들어가서 닦아."

"빨리 확인해 봐."

"알았으니까 가라고 좀."

이준의 등쌀에 뉴트가 화장실로 향했다. 이준은 휴대전화를 확인했다. 엄마에게서 온 부재중 전화와 카톡 메시지가 여러 개였다. 단체 카톡방에는 메시지가 300개 넘게 쌓여 있었다. 밤새 게임을 하느라 미처 신경 쓰지 못한 연락들이었다. 대충 메시지를 넘기던 손가락이 한 영상에서 멈췄다.

두 마리의 개가 보였다. 셰퍼드와 진돗개였다. 높이가 4m에 달하는 원통형의 철장 안에 들어선 개들이 서로를 향해 꼬리를 바짝 세웠다. 세차게 흔들리던 셰퍼드의 꼬리가 철장을 때렸다. 진돗개가 다가오는 바람에 한계까지 걸음을 물린 탓이었다. 셰퍼드는 물러설 곳이 없었다. 꼬리를 내린 셰퍼드가 한순간에 먼저 달려들었다. 진돗개 또한 물러서지 않고 아가리를 벌렸다. 흥분과 절박함이 섞인 몸짓에 사람들의 함성이 더 커졌다. 누구든 죽어야 끝나는 싸움이었다. 철장 안에서 서로 물고 물리기를 반복하던 개들이 한순간 자리를 잡더니 움직이지 않았다. 화면이 클로즈업됐다. 진돗개의 얼굴이 보였다. 적당한 시기를 찾는 눈동자에 푸른 기세가 흘렀다. 이준의 목울대가 긴장으로 울

렁거렸다. 셰퍼드의 몸이 움찔거렸다. 동시에 진돗개
가 높이 뛰어올랐다. 진돗개는 정면으로 달려든 셰퍼
드의 목덜미를 물었다.

"그 개새끼 서열 2위라더니. 빡치네."

돌아온 뉴트가 의자 뒤에 섰다. 뉴트의 표정에 실망
감과 허무함이 역력했다.

"얼마 걸었는데."
"30."
"빠가냐."
"주만이 형이 셰퍼드한테 걸라고 했어."
"낚였네."
"아, 몰라."
"형이 말했지? 그 돈으로 차라리 코인을 사라고."
"이제부터 살 거야."
"돈 있냐?"
"친구야. 세상에 셔틀은 널렸고 셔틀 주머니는 마르
지 않아."

뉴트가 킬킬 웃었다. 피시방 사장은 고개를 흔들었
다. 빚에 몰려 도피하듯 이곳까지 흘러오지 않았더라
면, 영혼까지 끌어모아 차린 피시방이 잘됐더라면, 저
런 놈들을 밤새 피시방에 두지도, 방관하지도 않았을
것이다.

"깡은 짬밥 주러 갔냐?"
"또 어디서 고양이나 괴롭히고 있겠지."
"걔네 아빠는 서비스 정신이 없어. 개장수 주제에 고
객을 아주 호구로 본다니까? 까놓고 아들 친구면 특

별 대우 해 줘야 하는 거 아니냐? 내가 그 개장에 얼마를 쏟아부었는데."

"얼마를 쏟아부었는데?"

익숙한 목소리에 뉴트와 이준의 눈이 마주쳤다. 의자 끄는 소리가 들렸다. 자리에서 일어난 깡이 하품을 늘어지게 하며 기지개를 켰다. 깡이 천천히 저의 자리에서 돌아 나왔다. 그 뒤로 침묵이 이어졌다. 뉴트의 등줄기로 식은땀이 흘렀다. 깡은 A고등학교의 무법자였다. 덩치가 크지 않고, 심지어 얼굴까지 곱상한 그가 학생들 사이에서 군림할 수 있는 이유는 소위 '깡' 때문이었다.

손에 잡히는 것이라면 뭐든지 깡의 무기가 되었다. 선배의 머리를 샤프로 찍어 버린 적도 있었다. 깡은 핏물이 뚝뚝 흐르는 샤프를 쥔 채로 싱긋 웃었다. 샤프를 써 본 건 처음이라서 잘못 꽂아 버렸다고 여유까지 부렸다. 선생님은 깡의 아버지를 불렀다. 그날, 깡의 아버지는 양손에 목줄을 쥔 채 도사견 두 마리를 끌고 학교에 나타났다.

"병주만 말만 듣고 셰퍼드한테 걸었다가 상거지 됐대. 멍청한 새끼."

이준이 일부러 뉴트의 머리를 갈겼다. 깡은 별다른 반응을 하지 않았다. 눈치를 보던 이준이 팔꿈치로 뉴트를 쳤다. 분위기를 풀어 보라는 무언의 압박이었다. 뉴트는 계속해서 할 말을 찾았다. 그러나 입천장에 달라붙은 혀가 도통 움직이지 않았다. 억지로 웃은 입에 경련이 일었다. 깡의 시선이 뉴트에게로 향했다.

"그 돈 찾아 줘?"

"무슨 소리야. 돈이야 또 따면 되지."

"찾아 줄게. 개장수는 널 호구로 보지만 나는 널 친구라고 생각하니까."

"그건…. 내가 흥분해서 실수한 거야. 좀 봐줘라. 너도 알잖아. 우리 아빠 씹백수인 거. 아빠 지갑에서 돈 털어 왔는데 또 털 생각 하니까 아찔하잖냐."

"뉴트 이 새끼 집에 가면 존나 맞아. 지난번에도 허리띠로 처맞고 질질 짰다니까?"

"만회할 기회를 줄게."

"만회?"

"이번에는 잘 걸어 봐."

깡이 뉴트의 어깨에 팔을 둘렀다. 그들의 시선이 문가로 향했다. 풍경 소리와 함께 문이 열렸다. 이율이었다. 율은 옛날 말로 왕따, 요즘 말로 셔틀이었다. 셔틀이 된 이유는 아버지가 동물 병원 원장이었기 때문이었다. 동물 병원이 깡의 비위를 거슬렀다.

율의 걸음이 깡에게로 향했다. 겁먹은 눈길이 가장 가까이에 있는 어른을 스쳤다. 피시방 사장이 괜스레 목을 가다듬었다. 율에게는 여러 대의 PC를 지나친 시간이 겨우 한 걸음을 내디딘 순간처럼 느껴졌다. 깡의 연락을 받고 몰래 나오느라 미처 가방도 챙기지 못했다. 지갑은 가방 안에 있었다. 만일 돈을 요구한다면 다시 학교로 가야 했다. 율이 깡의 앞에 섰다. 깡은 율을 쳐다보지 않았다. 엄지손톱 아래에 일어난 거스러미가 신경 쓰이던 참이었다. 깡이 거스러미의 살갗을 잡아 뜯으며 말문을 열었다.

"왜 그랬어?"

"어?"

"왜 그랬냐고."

늘어난 살갗이 끈질기게도 떨어지지 않았다. 거스러미를 완전히 뜯어낸 깡이 신음을 뱉었다. 살이 뜯긴 자리에 피가 맺혔다. 이윽고 깡이 고개를 들었다. 그의 눈빛이 고요하게 빛났다.

"내 고양이 훔쳤잖아."

"고양이라니?"

"내가 왜 그 고양이를 선택한 줄 알아?"

율은 저도 모르게 숨을 들이켰다. 깡은 알고 있었다. 알면서 묻는 것이었다.

"털 색깔이 진할수록 전투 의지가 치솟거든."

깡에게 목덜미를 잡힌 율이 속절없이 끌려갔다. 사장은 깡을 말리지 않았다. 대신 클릭을 거듭하던 마우스를 손에서 놓고 담뱃갑을 잡았다. 풍경 소리가 들렸다. 깡이 낡은 블라인드를 옆으로 밀었다. 안쪽은 간이 침대와 음료 상자, 청소 도구 등을 보관하는 창고 겸 수면실이었다.

"네가 고양이를 훔쳐 가는 바람에 그 개새끼가 훈련을 못 했네? 덕분에 경기에서 처참하게 져 버렸어요. 뉴트는 돈을 잃었고. 자, 어떡할래. 네가 개새끼 대신에 경기를 좀 뛸래?"

"미안해."

"이번에는 확실하게 걸어."

뒤쫓아 온 뉴트를 향해 깡이 말했다. 뉴트는 영문을

모르겠다는 얼굴로 멍청하게 눈만 깜빡였다. 이준이 뉴트의 귓가에 무어라 속삭였다. 그제야 깡의 의중을 파악한 뉴트가 고개를 끄덕였다. 깡이 지갑을 꺼냈다. 10만 원짜리 수표 열 장이 간이침대 위로 떨어졌다.

"나는 이율에 걸게."

깡이 말했다. 율은 정신이 번쩍 들었다. 자신을 내기 대상으로 삼는다는 깡이 두려워서가 아니었다. 겁을 넘어선 분노 때문이었다. 그 밤, 수기가 데려온 고양이는 죽어 가고 있었다. 황갈색 털이 핏물에 젖어 붉게 보였다. 고양이를 치료한 아버지는 그 상처가 개에게 물린 상처라고 했다. 수기는 들개에게 쫓기던 고양이라고 해명했다. 율은 알고 있었다. 고양이는 들개에게 쫓기지 않았다. 고양이는 투견의 훈련 용도로 쓰이다가 버려졌다. 버려진 고양이를 수기가 주워 온 것이었다.

"덤벼 봐. 뒤에서 지랄하지 말고 기회가 있을 때 치라고."

날아든 발길질에 율의 몸이 뒹굴었다. 이준과 뉴트는 쓰러진 아이의 양쪽 겨드랑이를 잡아 일으켰다. 율이 선 채로 기침을 토했다. 깡이 율의 뺨을 갈겼다. 삼키지 못해 터져 나온 침이 피와 섞여 입술 아래로 늘어졌다.

"여기서 지면 너랑 그 고양이 새끼랑 동시에 철장에 들어가는 거야. 거기서 싸울래? 사람보다는 개가 낫겠어?"

뉴트와 이준이 손을 놓았다. 비틀거리던 율이 겨우 중심을 잡고 섰다. 어지러웠고 숨이 가빴다. 죽어 가던 고양이와 자신이 비슷하다는 생각이 들었다. 깡은 자신을 훈련용 도구, 딱 그쯤으로 여기고 있었다. 지친 숨과 함께 말문이 터졌다. 왜, 라는 율의 물음에 깡의 입술이 비틀렸다. 율은 단 한 번도 깡의 말에 토를 단 적이 없었다. 우유를 부었을 때도, 바지를 벗겼을 때도, 용돈을 갈취하고 도둑질 누명을 씌웠을 때도 그저 당하고만 있었다. 깡의 기분이 풀릴 때까지 당하는 것만이 방법이었으니까.

"왜 그렇게까지 잔인하게 구는 거야."
"그러라고 태어난 새끼니까."
"뭐?"
"내가 개장수 아들이고 네가 수의사 아들인 것처럼. 개들은 그냥 그런 용도로 태어난 거라고."

용도라는 말이 목구멍을 콱 틀어막았다. 율은 깡의 말을 되뇌었다. 깡의 말은 틀렸다. 이 세상에 지기 위해, 죽기 위해 태어난 생명은 없다. 율이 힐끗 뒤를 쳐다보았다. 상자가 눈에 밟혔다. 상자 안에는 진열하다 만 음료수들이 뒹굴고 있었다. 그가 상자 가까이로 뒷걸음을 쳤다. 몸을 낮춰 캔을 잡았다. 정면을 향해 날렸다. 깡의 눈두덩이에 적중한 캔이 바닥을 굴렀다. 비틀거리며 뒤로 쓰러진 깡이 눈가를 감싸 쥐었다.

율은 마구잡이로 캔을 던졌다. 아이들을 피해 수면실에서 나왔다. 쫓아오는 그들을 향해 소화기를 들었다. 자욱한 분말 안개가 율과 그들 사이를 갈랐다. 계단을 내달렸다. 사장이 계단을 오르고 있었다. 등 뒤로 성난 고함이 들렸다. 심장이 터질 것만 같았다. 살고자 버텼던 고양이처럼 버텨 보고 싶었다. 살고 싶다고 힘

껏 내지르고 싶었다. 박동 소리가 귓등을 때렸다. 처음
으로 느껴 보는 희열이었다.

4.

진돗개는 꿈을 꾸었다. 기억이 오늘에서 어제로, 어
제에서 엊그제로 돌아갔다. 사육장에서 파이를 만났
다. 파이는 주인이 저를 잃어버렸다고 여겼다. 주인에
게 안길 수 있었고, 주인과 함께 먹을 수 있었고, 나란
히 달릴 수 있었던 집으로 돌아가겠다고 했다. 달리던
순간 콧속에 가득 차오르던 신선한 내음이 아직도 잊
히지 않는다고 했다. 파이는 기다렸다. 목이 말라도,
배가 고파도, 목줄이 살을 파고들어도, 언젠가 주인이
잃어버린 자신을 찾으러 돌아올 것이라고 믿었다.

진돗개는 생각했다. 나도 버려진 게 아니라 주인이
잃어버린 것이 아닐까. 진돗개는 행복을 몰랐다. 농장
에 있는 내내 죽음을 상상했다. 몽둥이로 맞았을 때 죽
어 버렸더라면, 자루에 담겼을 때 죽어 버렸더라면, 절
벽 아래로 굴렀을 때 죽어 버렸더라면, 이기지 말고 졌
더라면, 악착같이 살아남지 않았더라면. 나도, 파이처
럼 행복이라는 걸 알 수 있지 않았을까.

알고 싶었다. 파이가 말하는 세상을, 행복을, 삶을.
커다란 국자와 빨간색 통에 담긴 음식물 찌꺼기와 몽
둥이와 몽둥이가 길들인 몸뚱이와 빌어먹을 식욕이
역겨웠다. 벗어나고 싶었다. 누구였는지도 모를 잃어
버린 주인을 찾아가고 싶었다. 진돗개는 결심했다. 철
장 문을 열고 먹이를 배분하는 남자를 숨죽여 기다렸

다. 철장 문이 열리는 순간, 거침없이 달려들었다. 손을 물고 늘어졌다. 얼굴에 주먹이 날아들었다. 맞은 곳이 쑤셨지만, 물고 있던 손가락을 놓지 않았다. 송곳니가 깊숙이 파고들 때까지 진돗개는 버텼다.

필사적으로 철장을 넘었다. 입안에 굴러다니던 손가락을 뱉었다. 진돗개는 달렸다. 저의 몸에 묻었던 동족의 고통, 몸부림, 분노, 그리고 절규를 뒤로하고 달렸다. 어느새 쫓아온 남자의 손에 치여 허공으로 몸이 밀려나는 순간에도 자신은 살 수 있다고 자신했다. 손가락이 잘린 인간과 마주했다. 까맣고, 끈적하고, 늪처럼 음습한 눈길이 저를 덮쳤다. 어디서도 맡아 본 적 없는 썩은 내가 진동했다.

옆구리에 강한 통증이 느껴졌다. 으스러진 옆구리를 남자가 밟았다. 몽둥이에서 흐른 핏방울이 진돗개의 털을 적셨다. 몽둥이를 쥔 손에는 손가락 하나가 비어 있었다. 남자가 제 손가락을 주웠다. 손가락을 보는 눈빛이 형형했다. 진돗개는 남자의 검은자위를 기억했다. 파이가 주인의 이야기를 늘어놓을 때마다, 행복이 궁금해질 때마다, 도망치고 싶을 때마다, 그 눈 안에 담긴 절망과 죽음을 생각했다.

과거를 더듬던 진돗개의 시선은 오늘로 돌아왔다. 뜬눈으로 빛이 쏟아지고 있었다. 빛을 향해 달리고 싶었으나 힘이 없었다. 바퀴 구르는 소리가 들렸다. 몸이 들썩였고 자세가 불편했다. 누워 있는 것인지 서 있는 것인지 가늠하기 어려웠다. 진돗개가 코를 벌름거렸다. 흙냄새, 눅진한 냄새, 단내가 차례로 맡아졌다. 자물쇠를 깨부순 인간의 냄새도 났다. 냄새가 어지럽게 느껴졌다. 정신을 깨우지 못한 채 다시금 잠에 빠져들었다. 자신을 끌고 가는 저 인간이 속박인지, 자유인지 알 수 없었다.

5.

버튼을 눌렀다. 잠긴 문이 열렸다. 입원 중이었던 개와 고양이는 주인이 데려갔다. 아버지는 출장 중이었다. 남은 건 깡의 고양이뿐이었다. 율은 계산대를 뒤졌다. 안에 있던 돈은 아버지가 가져갔다. 한 달 치 용돈은 학교에 두고 왔다. 다른 방법이 필요했다.

그는 비품실로 향했다. 바구니를 뒤졌다. 아버지는 비품을 주문하기 전에 바구니에 주문 비용만큼의 돈을 채워 놓는 습관이 있었다. 바구니 하나에 만 원짜리 지폐 몇 장이 들어 있었다. 이 정도면 차비는 될 거 같았다. 주머니에 돈을 구겨 넣었다. 목적지를 생각했다.

남해에 있는 할머니 댁은 너무 멀었다. 서울에 있는 엄마에게 갈까? 그것도 답이 아니었다. 엄마는 어떤 일이든 적당히 넘어가는 법이 없었다. 만나게 된다면 깡과 처음 마주친 날의 일부터 고백해야 했다. 아무래도 삼촌의 자취방이 최선이었다. 율의 삼촌은 춘천에서 대학을 다니고 있었다. 삼촌은 대학부 태권도 선수였다. 율과 나이 차이가 적었고 무엇보다 삼촌과 있으면 깡이 찾아와도 안전할 것 같았다. 게다가 아버지는 삼촌 말이라면 뭐든지 믿었다.

펜을 찾은 그가 아버지에게 남길 메시지를 메모지에 휘갈겼다. 삼촌에게 간다는 간략한 문장이었다. 밖에서 고양이가 울었다. 율이 계산대 아래로 몸을 숨겼다. 문 두드리는 소리가 들렸다. 숨이 멎었다. 몰래 고개를 쳐들었다. 블라인드에 가려 밖이 보이지 않았다.

가만히 목소리를 들었다. 수기였다. 수기가 문을 두드리며 저를 부르고 있었다. 율이 잽싸게 몸을 일으켰다. 문 앞으로 달렸다. 잠가 놓았던 네드 록을 풀었다. 달칵이는 소리와 함께 자동문이 열렸다. 블라인드가 걷혔다. 수기가 캐리어를 끌고 안으로 들어왔다.

"왜. 뭐. 깡이 좇아와?"

수기는 대답하지 않았다. 대신 캐리어를 바닥에 눕혔다. 다급해 보이는 얼굴과는 사뭇 다른 조심스러운 손길이었다. 지퍼를 열자 변 냄새가 진동했다. 율이 코를 막았다. 끓어오르는 욕지기를 억지로 삼키던 그의 눈이 놀라움으로 부풀었다. 웬 개 한 마리가 웅크리고 누워 있었다. 진돗개였다.

"죽었어?"
"잠든 거야."
"잠들었다고?"

율이 의심쩍다는 눈으로 개를 훑었다. 오물이 잔뜩 묻은 털과 상처 입은 주둥이가 눈에 띄었다. 주둥이를 묶어 놓았던 끈이나 철사 같은 것이 살을 파고든 상처가 생겼다가 아물기를 반복해 남은 상흔이었다.

"또 어디서 주워 왔어."
"… 사육장에서."
"사육장? 그럼 투견이란 말이야?"
"응."

그녀가 안주머니에서 약병을 꺼냈다. 진돗개를 기절시킨 마취약이었다. 약병을 알아본 눈가가 잔뜩 오므라들었다가 활짝 펼쳐졌다. 율은 경악을 금치 못했다. 그날 밤 훔쳐 간 것이었다. 그날, 수기는 이상했다. 저녁 늦게까지 잠자리에서 몸을 일으키지 않았다. 고양이를 핑계로 이상한 요구를 했다. 동물 병원에서 판매하는 간식을 두고 굳이 다른 간식을 찾았다. 고양이가 콕 집어 그 간식을 먹고 싶다고 했다나 뭐라나. 율은 그녀의 부탁을 거절하지 못했다.

"너!"

"약병 폐기는 여기서 해야 되지?"

"내가 편의점 간 사이에 도둑질했냐?"

"어쩔 수 없었어. 네가 안 준다며."

"마취약을 어떻게 줘! 그거 범죄야."

"그래서 자수하잖아."

"너 마취약이 얼마나 다양한 부작용을 일으키는지 알아? 쇼크로 죽을 수도 있어. 네가 의사도 아니고 막무가내로 굴다가 동물을 더 큰 위험에 빠뜨릴 수 있다고!"

"미안해."

그가 수기의 손에서 주사기와 약병을 채 갔다. 사실은 배신감보다 걱정이 앞섰다. 어쩌려고 개를 훔쳐 왔을까. 머릿골이 어디라고. 사냥개를 데리고 학교로 쳐들어왔던 깡의 아버지가 떠올랐다. 선생님은 두 마리의 개 앞에서 겁을 집어먹었다. 벌겋게 달아오른 눈과 납작한 코, 침을 질질 흘리던 주둥이가 선생님에게로 향했다.

개 짖는 소리에 아이들이 복도로 뛰쳐나왔다. 그때 처음으로 깡의 주눅 든 얼굴을 보았다. 저의 아버지를 쳐다보는 깡의 눈빛이 익숙했다. 아이들이 깡을 볼 때의 눈빛과 같았다. 깡은 두려워하고 있었다. 제 아버지의 살을 에는 듯한 눈빛과 간악한 웃음과 여유로운 태도가 깡의 존재감을 밑바닥까지 끌어내리고 있었다.

율은 몸서리를 쳤다. 깡과 그의 아버지를 떠올리는 것만으로도 살이 떨려 왔다. 수기는 캐리어 안으로 빠지기라도 하려는 듯 엉덩이를 치켜들고 있었다. 진돗개의 몸 위로 그녀의 모자가 떨어졌다. 율이 모자를 주웠다. 캐리어 옆으로 모자를 내려놓은 그가 수기를 뒤로 물리고 대신 나섰다. 율이 진돗개의 목덜미와 엉덩이 밑으로 손을 집어넣었다.

처진 몸이 생각보다 무거웠다. 몸을 받치고 있는 손바닥 위로 내장이 금방이라도 쏟아질 것만 같았다. 진돗개를 소파 위로 옮겼다. 그제야 수기의 행색이 눈에 들어왔다. 찢긴 점퍼가 보였다. 팔 부분을 감싼 천이 얼룩져 있었다. 율이 손가락으로 얼룩을 눌렀다. 핏물이 손가락에 묻어 나왔고 수기가 신음을 흘렸다.

"다쳤어?"

"조금."

"어디 봐."

우물쭈물하던 수기가 점퍼를 벗었다. 잇자국을 따라 깊게 파인 팔뚝의 상처가 보였다. 율이 병원 이야기를 꺼내자 수기가 고개를 저었다. 율은 한숨을 내쉬었다. 수기는 병원을 끔찍이 싫어했다. 만약, 억지로 끌고 가려고 한다면 진돗개에게 그렇게 했듯이 자신을 기절시킬지도 몰랐다.

수기를 진돗개의 곁에 앉힌 율이 비품실로 향했다. 주사기와 항생제 두 병을 가지고 나왔다. 일이 이렇게 된 데에는 따지고 보면 율의 책임도 있었다. 머릿골로 끌려갔을 때, 그곳에 갇힌 개들을 본 적이 있었다. 깡의 아버지가 운영하는 투견장에서 싸우다가 쓸모없다는 이유로 버려진 개들이었다.

깡은 그 개들이 곧 매장될 운명이라고 했다. 살릴 수 있겠냐고 물었다. 살리고 싶다면 병원으로 데려가도 좋다고 했다. 물론, 책임은 율의 몫이겠지만. 율은 결국 개들을 구하지 못했다. 주인이 아닌 이상 마땅히 책임져야 할 의무가 없다며 산 채로 묻힐 개들을 외면했다. 율의 반응이 생각한 대로였는지 깡이 흡족한 미소를 지었다. 순간, 율은 마치 깡이 된 듯한 기분이 들었다. 타인은 안중에도 없는, 비열하고 이기적인 인간이. 매질이 시작됐고 개들은 짖었다. 깡의 구타가 벌인 것처럼 느껴졌다. 한참 만에 깡이 떠나고 다리를 절뚝이며 비탈길로 내려가는데 등 뒤로 개들의 울음이 들렸다. 울림이 어찌나 짙던지 늑대의 하울링 같기도 했다. 그날 율은 잠을 이루지 못했다. 피고름이 잔뜩 낀 눈으로 자신을 지켜보던 눈동자들이 잊히지 않았다. 누구에게라도 답답한 마음을 덜어 내고 싶었다. 아니, 그런 상황에서는 누구라도 개를 두고 왔을 거라고 편들어 주기를 바랐다. 수기에게 바란 것은 단지 그뿐이었는데 수기가 정말로 개를 훔쳐 올 줄은 꿈에도 상상하지 못했다.

"그 개들 모두 구했어?"

"두 마리 있었는데 한 마리는 죽었어."

"두 마리뿐이었다고?"

"응."

"이제 어쩌려고?"

"찾아가야지."

"누구를."

"서재형."

"서재형이 누군데?"

"개장수."

"미쳤어. 네가 개를 풀어 줬다는 걸 알면 가만두지 않을 거야."

"내가 먼저 죽일까?"

"뭐?"

"죽일 수 있어."

수기의 눈동자가 공허하게 빛났다. 율은 수기의 특별한 능력을 알고 있었다. 수기는 짐승을 움직이는 힘을 가지고 있었다. 그건 인간을 증오하는 마음에서 비롯된 힘이었다. 가지고 태어난 것이 아닌, 깊은 증오심이 만들어 낸 능력.

수기는 돌연변이였다. 돌연변이는 세상에 섞이지 못한다. 그 힘은 행운이 아닌 불행이다. 별난 능력을 가진 자는 무리에서 겉돌다가 배척되거나, 사라져 버린다. 율은 수기가 그 능력을 발휘하지 않길 바랐다. 그저 섞여 지내기를 바랐다. 인간답지 않은 인간들 속에서 가장 인간답게 살기를 진심으로 빌었다.

"신고하자. 경찰로 부족하면 방송국이든 동물 보호

단체든 찾아가면 되잖아."

"너는 그 사람들이 개장수를 막을 수 있다고 믿어?"

"믿어."

"아니. 사람들은 더욱 부추길 거야. 끝내는 게 아니라 자극만 할 거라고. 처음에는 죽일 듯 달려들다가 포기하고 타협하겠지. 시간이 지나면 잊을 거야. 언제나 그랬듯."

"그래서 사람을 죽이겠다고?"

"개는 사람을 위해 죽는데 사람은 개를 위해 죽으면 안 돼? 끝낼 거야. 개들이 완전한 자유를 찾을 수 있게."

"넌 이 개한테 물렸지만, 그 사람은 이 개를 길들였어."

그 말에 수기의 입가가 고집스럽게 다물렸다. 화가 났다기보다 상처받은 얼굴이었다. 율이 주사기 바늘을 약병에 꽂았다. 다시금 말을 잇는 그의 목소리가 아까보다 누그러졌다.

"차라리 네가 광견병에 걸려서 좀비가 되는 게 더 빠를걸?"

"비꼬지 마."

"엎드려 봐."

율이 그녀를 향해 주사기를 들어 보였다. 수기가 율과 주사기를 번갈아 보았다. 그걸 왜 나한테 들이미냐는 얼굴이었다.

"항생제야."

"그거 개한테 놓는 거 아니야?"

"맞는데."

"그럼 재한테 나 줘."

"둘 다 맞아."

"안 맞을래."

"걱정하지 마. 사람이 맞는 것도 다 동물 거쳐서 오는 거니까."

"너 주사 놔 봤어?"

"아니."

"죽을래?"

"살이 썩는 것보다 낫지 않아? 이 개 투견이야. 위생 관리 엉망이고 광견병에 걸렸을 수도 있어. 네가 진짜로 좀비로 변하면 애는 누가 돌봐? 참고로 나는 애를 돌볼 수 없어. 여길 떠날 거거든."

수기가 잠든 진돗개의 얼굴을 빤히 쳐다봤다. 적어도 이 순간만큼은 편안히 잠들어 있었으면 했다. 진돗개의 얼굴에서 시선을 거둔 그녀가 뒤돌아 엎드리는 사이, 율은 심호흡을 했다. 천천히 어머니의 말을 곱씹었다. 첫째, 한쪽 엉덩이를 사등분하는 선을 눈으로 그린다. 둘째, 왼쪽과 오른쪽 중 어느 쪽에 놓을지 정한다. 셋째, 한쪽을 정했으면 상단 사분면의 가장 위쪽에 주삿바늘을 찌른다. 단, 잘못된 곳을 찔러 투약하면 해당 부위를 중심으로 마비가 올 수 있다.

율이 주사기를 찔렀다. 수기의 몸이 움찔거렸다. 누름대를 쥔 율의 엄지손가락에 힘이 들어갔다. 누름대가 더는 들어가지 않게 되자, 재빨리 주사기를 뺐다. 수기의 얼굴은 확인하지 않았다. 확인하지 않아도 뻔했다. 그는 곧장 새 주사기를 꺼냈다. 갑자기 개의 엉덩이가 어디 부근인지 헷갈렸다. 한참을 고민하던 율이 꼬리 바로 위쪽에 바늘을 찔렀다. 엉덩이를 문지르는 손바닥에 팔딱이는 살결이 느껴졌다.

"이율."

"잠시만. 다 됐어."

"변수가 생겼어."

수기는 그간의 변수를 곱씹었다. 새벽에 슈퍼 주인과 마주쳤다. 사육장에서 앞집 아저씨의 니퍼를 챙기지 않았다. 머릿골에 발자국을 남겼다. 추적자들이 캐리어 바퀴 자국을 따라서 수기의 흔적을 찾을지도 몰랐다. 그녀의 시선이 문가 너머로 향했다. 개장수의 아들이 보였다. 가늘고 흰 손가락이 열림 버튼을 눌렀다. 한순간에 그들 사이를 막고 있던 장벽이 사라졌다. 한쪽 눈에 안대를 낀 깡이 이쪽을 쳐다보고 있었다.

6.

오토바이가 멈췄다. 배달원이 익숙하게 대문의 벨을 눌렀다. 철가방이 덩그러니 놓였다. 오토바이가 멀어졌다. 이윽고 문이 열렸다. 열린 문틈 사이로 남자의 얼굴이 보였다. 주만이었다. 붕어처럼 툭 튀어나온 큰 눈이 주변을 살폈다. 철가방을 든 주만의 등 뒤로 문이 닫혔다.

그는 서둘러 걸음을 옮겼다. 중앙 현관으로 가는 길이 제법 멀었다. 이곳은 과거에 관광호텔 부지였다. 어느 대기업에서 부지를 사들인다는 소문이 파다했다. 있는 거라곤 나무뿐이었던 산에 골프장과 호텔이 들어선다고 했다. 그 소문에 여러 사람의 투자가 이루어졌다. 시공된 호텔은 이권 다툼으로 버려졌다. 다툼 도중에는 칼부림 사건도 일어났다. 흉물스럽게 버려진 건물과 난잡한 소문은 이곳을 귀신의 집으로 만들었다.

주만이 중앙 현관으로 들어갔다. 서재형이 이곳을 인수한 이후로 호텔은 눈에 띄게 달라졌다. 바닥에는 대리석이 깔렸고 천장에는 눈부시도록 휘황찬란한 샹들리에가 걸렸다. 투견장을 찾은 손님들은 자신의 전부를 잃을 때까지 호텔에 머물렀다. 서재형이 제공하는 방에서 자고 음식을 먹으며 재산을 탕진하는 줄도 모르고 즐겼다.

한낱 개장수에 지나지 않았던 서재형이 호텔에 입성한 건 90년대 후반의 일이었다. 당시 호텔의 소유권을 가진 이가 무려 여덟이었다. 흉물스럽다는 사람들의 민원에 시달린 군청은 여덟 명의 주인에게 철거를 권유했으나 그들이 원하는 철거 조건은 각각 달랐다. 그때 서재형이 나섰다. 소유권자 여덟 명에게 어마어마한 세를 치르고 호텔에 들어앉은 그는 호텔 지하에 투견장을 만들었다. 기르던 개들을 철장 안에 풀었다. 개들은 미친 듯이 싸웠고, 사람들은 열광했다. 그것이 시작이었다. 동네에서, 가까운 도시에서, 전국에서, 해외에서 도박에 미친 사람들이 몰려들었다. 가끔 TV에서나 볼 법한 사람들도 찾았다. 자신이 상류층이라고 여기는 사람들도 있었다.

그들의 모습은 한결같았다. 구린내가 가득한 투견장에서 지폐를 들고 고성을 내지를 뿐이었다. 누가 깡패이고 누가 노숙자이며 누가 상류층 인사인지 헷갈렸다. 투견장을 채운 사람들의 공통점은 한 생명의 죽음은 안중에도 없는, 오직 승부에만 관심을 둔, 송곳니에 재산을 건, 인간 이하의 광기였다. 서재형은 그들의 광기를 돈으로 환산했다. 그리고 어마어마한 부사가 되었다. 이권 다툼을 성리하고, 호텔을 사들일 만큼의 권력도 가졌다.

엘리베이터가 지하 1층에 도착했다. 문이 열렸다. 상념에서 깬 주만이 복도를 걸었다. 그림들이 걸린 벽이 보였다. 그림 앞을 스치며 걸음을 빨리했다. 그가 보기에는 하나같이 징그럽고 끔찍한 그림이었다. 수십 개의 나사를 몸에 박은 채 울고 있는 여인, 갓난아이를 들고 잡아먹을 듯 입을 벌린 남자, 죽은 아들의 몸을 끌어안고 절규하는 왕의 그림이 불쾌하게 느껴졌다.

거구의 남자가 주만에게 꾸벅 인사를 했다. 주만이 철가방을 들어 보였다. 또 다른 문이 열렸다. 나선형 계단은 사람을 주눅 들게 만든다. 주만은 자신의 발치를 보며 조심스럽게 계단을 내려갔다. 계단을 내려갈수록 함성은 커졌다. 마지막 계단에 이르러서는 귓가가 멍멍해졌을 정도였다. 원통형의 철장을 둘러싼 사람들이 보였다. 흥분에 젖은 눈은 혼탁해 보였다. 저마다 술잔 또는 종이를 흔들며 한 곳을 향해 고함을 지르고 있었다.

그들의 쾌락에 철장이 들썩였다. 46번이 몸을 가누지 못하고 쓰러졌다. 46번에게 돈을 건 이들은 말도 아니고 욕도 아닌, 방언의 가까운 말을 쏟아 냈다. 주먹질이 오갔다. 흥분한 남자 한 명이 힘에 밀려 사무실 벽에 부딪혔다. 사무실 벽은 특수 유리로 만들어졌다.

안에서는 투견장을 볼 수 있었으나, 밖에서는 안을 볼 수 없었다.

남자가 애원하며 사무실 벽을 두드렸다. 선팅된 유리에 추한 얼굴이 고스란히 비쳤다. 서재형은 모든 사태를 관망하고 있겠지. 무거운 걸음을 이끈 주만이 사무실 문을 열었다. 안에서 나온 경호원이 먼저 주만을 알아봤다. 여자가 사무실 안을 향해 눈짓했다. 들어가라는 신호였다. 주만의 등 뒤로 문이 닫혔다. 얼핏 애원하던 남자의 비명이 들린 것도 같았다.

"사장님. 식사 왔습니다."

서재형이 여느 때처럼 밖을 응시하고 있었다. 깍듯이 인사를 올린 주만이 능숙하게 철가방을 열었다. 요리와 고량주를 식탁 위로 올렸다. 곁에선 실장이 요리에 씌워진 랩을 벗겼다. 식탁은 가로 폭보다 세로 폭이 훨씬 긴 직사각형 모양이었다. 카페에서 흔히 볼 수 있는, 나란히 앉아 전망 좋은 풍경이나 감상하는 그런 식탁. 주만이 힐끗 서재형을 쳐다봤다. 그의 속내가 궁금했다. 높아야 관망이 더 쉽다. 신의 거처가 인간이 닿을 수 없는 곳에 있는 건 그런 이유에서다. 하지만 서재형은 사무실을 투견장 위쪽이 아닌 정면에 설치했다.

"그래서 19번이 죽었다고?"
"아닙니다. 7번입니다."

서재형의 물음에 실장이 즉각 답했다.

"19번은 살아서 도망친 것 같습니다. 죄송합니다. 사장님이 아끼시던 개인데 관리가 소홀했습니다."

서재형이 오른쪽 검지에 끼워진 보철물을 만지작거렸다. 19번에게 물려 잘려 버린 손가락 대신이었다. 보철물에 새겨진 19라는 글자가 선명히 보였다. 의사는 봉합을 권했지만, 그는 잘린 손가락을 버렸다. 그날, 손가락이 잘린 그날 알아보았다. 19번이 얼마나 큰 재능을 가지고 태어났는지를.

19번은 포기라는 걸 몰랐다. 탐나는 투지를 가진 진돗개였다. 그래서였다. 어느 신도가 말하길 신은 극복할 수 있는 시련만 주신다고 하기에, 그도 19번에게 극복할 수 있는 상황을 만들어 주었다. 시련은 19번을 더욱 견고하고 독보적인 존재로 만들었다. 19번은 서재형이 만든 완벽한 피조물이었다.

"동물 보호 단체 뭐, 그런 건가?"
"아닙니다. 머릿골은 외부인이라면 찾기 힘든 곳이라…. 저희 쪽 라인 경찰한테 부탁해서 그 자리에 떨어진 니퍼를 조사해 보니 동네 철물점에서 판매하는 것이었습니다. 철물점 주인 말이 그 니퍼는 직수입품이라서 근방의 다른 곳에서는 취급하지 않는다고 합니다."
"그래서?"
"구매자 명단에 있는 자들 중 니퍼를 가지고 있지 않은 사람을 찾았습니다."

때맞춰 사무실 문이 열렸다. 주만은 식탁으로부터 멀리 물러섰다. 왜소한 몸집의 최 씨가 잔뜩 겁먹은 얼굴로 끌려 들어왔다. 의문과 두려움이 뒤섞인 눈빛이 갈 곳을 잃고 방황했다. 실장은 최 씨의 뒤통수를 강제로 짓눌렀다. 억센 손아귀를 이기지 못한 최 씨의 고개가 푹 꺾였다.

"아저씨가 풀어 줬어요?"

"예?"

"내 개."

"아닙니다. 전 아니에요!"

"니퍼 주인이 아저씨잖아요."

"제가 왜 그런 짓을 합니까. 저도 여기 단골입니다. 혹시 저 보지 못하셨어요? 어젯밤에도 여기에 있었고요. 니퍼는, 니퍼는 누가 훔쳐 간 겁니다. 아침에 일어나 보니 창고 문이 열려 있었다고요. 믿어 주십시오. 저와는 아무런 상관도 없습니다. 저는 니퍼가 없어진 것도 몰랐습니다. 정말입니다. 믿어 주세요."

"아저씨."

"네, 사장님. 믿어 주십시오."

"믿어 줄게요. 이런 눈이 거짓일 리 없지."

"감사합니다. 사장님, 아니 선생님 정말 감사합니다."

최 씨가 몇 번이고 허리를 굽히며 인사를 거듭했다.

"대신에 내가 질문 하나 할 테니까 답해 줄래요?"

"예. 뭐든 물어보십시오."

"모든 일에는 인과관계라는 게 있어요. 원인이 있어야 결과가 있단 말이야. 자, 여기서 질문. 내가 개를 잃어버린 원인이 뭐라고 생각해요?"

"글, 글쎄요. 누군가 풀어 줬기 때문에?"

"아니죠."

"그럼…."

"네가 니퍼를 잃어버렸기 때문이에요."

최 씨의 눈동자에 불안감이 엄습했다. 최 씨가 몸을 일으켰다. 몸을 뒤틀었다. 실장의 다리에 걸려 앞으로 나뒹굴었다. 최 씨는 아픈 줄도 모르고 문가를 향해 기었다. 서재형이 넥타이를 풀었다. 최 씨의 입안에 그것을 쑤셔 넣었다.

"살고 싶으면 지금부터 내 말 잘 들어요. 무조건 참는 거예요. 무조건 입 닥치고 참아."

서재형은 미처 쑤셔 넣지 못한 넥타이 천을 들어 올려 최 씨의 눈물을 닦았다. 끝부분에 새겨진 자수가 눈물에 젖었다.

"이 넥타이 아저씨 몸값보다 비싼 거예요. 갈 때 같이 가져가세요."

남자들이 그를 강제로 끌었다. 손을 휘젓던 최 씨가 주만의 손목을 잡았다. 그들의 눈이 마주쳤다. 최 씨의 눈동자가 희번덕거렸다. 죽은 7번의 눈빛과 같았다. 결말을 알면서도 희망을 놓지 않는 어리석고 아둔한 빛이었다.

그 눈빛에 속아 주만은 7번에 월급을 걸었다. 사람들에게도 추천했다. 7번에게 모인 돈뭉치가 죽음을 틀어막았으면 좋겠다고 생각했다. 주만은 최 씨의 손목을 뿌리쳤다. 7번은 19번한테 졌고, 살아남지 못했다. 희망은 늘 절망에 잡아먹힌다. 서재형은 절망이다. 그렇기에 최 씨의 희망 역시 부질없는 것이었다.

식탁에 앉은 서재형이 능숙하게 나무젓가락을 뜯었다. 그가 잘 튀겨진 닭고기 살점을 입에 넣었다. 술을 따르던 실장이 문득 밖을 쳐다보았다. 철장을 에워싼 사람들 때문에 최 씨가 보이지 않았다.

"경기 보실 수 있게 조치할까요?"

"됐어."

서재형이 술잔을 들었다. 경기를 보는 사람들의 표정이 각양각색이었다. 누군가는 외면했고, 누군가는 열광했다. 그들은 어깨와 어깨 사이를 비집고 철장으로 다가갔다. 게임의 결과를 확인하기 위해 안간힘을 썼다. 주만의 심장이 뛰었다. 사람들의 얼굴에 씐 광기에 피가 거꾸로 솟는 것 같았다. 사람이라고 보기 어려운 악에 가까운 얼굴들, 서재형은 그들을 먹고 있었다.

7.

진돗개는 코를 벌름거렸다. 근처에서 썩은 내가 느껴졌다. 눈꺼풀이 감겼다가 들렸다. 몸을 웅크린 고양이 한 마리가 보였다. 고양이는 자세를 낮춘 채 꼬리를 다리 사이로 집어넣었다. 그렇지 않아도 작은 몸이 더욱 작아졌다. 곤두선 터럭과 두리번거리는 고개가 불안해 보였다.

고양이에게서 시선을 뗀 인간이 진돗개를 보았다. 진돗개를 19번이라고 불렀다. 19는 진돗개가 유일하게 알아들을 수 있는 인간의 언어이기도 했다. 진돗개는 몸 안에서 뜨거운 무언가가 울컥, 쏟아져 나와 몸을 녹일 것만 같다고 생각했다. 시야가 흐릿했다. 진돗개는 눈앞에 흩어진 점들을 하나로 모으려고 애썼다. 멍했던 정신이 차츰 개이고 있었다.

"고양이에 개까지. 완전 도둑년이네."

깡의 말을 들은 수기가 쓰러진 채로 깡을 노려봤다. 머리칼 사이로 살기가 흘러나왔다. 깡은 수기가 우스웠다. 아니, 고작 이런 애들한테 당했다는 사실에 어이가 없었다. 게다가 그들은 아버지의 개까지 훔쳤다. 겁도 없이, 감히 아버지의 개를.

깡이 여기저기 뒹굴던 캔 하나를 집었다. 만신창이가 된 율의 앞에 섰다. 부글거리는 탄산이 율의 얼굴을 타고 흘러내렸다. 벌써 몇 번째 반복된 일이었다. 찢어진 상처에 음료가 스며들자, 율의 검은자위가 위로 치솟았다. 깡이 재밌다는 듯 웃었다. 그 모습에 수기의 눈동자가 가라앉았다. 음습한 빛이 이성을 잠재웠다.

수기의 눈길이 소파로 향했다. 진돗개와 눈이 마주쳤다. 수기는 무어라고 읊조리듯 말했다. 쉬지 않고 이어지는 말에 진돗개가 몸을 일으켰다. 진돗개는 지난 순간을 기억했다. 저를 품에 안고 용서를 구하던 수기를. 그때 느꼈던 안도감, 맡았던 냄새를 기억했다. 그건 인간이 절대 가질 수 없는 냄새였다. 진돗개의 몸 안에서 끓어 넘치던 무언가가 속을 비집고 나왔다. 목이 말랐다. 눈앞이 붉어지고, 몸이 뜨겁게 달아올랐다.

죽여, 그 한마디에 진돗개의 몸이 튀어 올랐다. 깡이 피할 겨를도 없이 손가락을 물렸다. 깡의 주먹이 진돗개의 눈가를 때렸다. 진돗개의 눈이 짓눌리면서 머리가 핑 돌았다. 진돗개는 이를 맞물렸다. 먹이의 살점을 뜯어내듯 고개를 마구 흔들었다. 뒤로 물러난 진돗개의 입안에서 토막 난 손가락이 굴러다녔다. 진돗개는 손가락을 삼켰다. 핏빛으로 물든 입가를 혀로 핥았다. 진돗개의 목적은 단 하나였다. 눈앞의 인간을 완벽하게 먹어 치우는 것. 그것뿐이었다.

기다리라는 수기의 말에 진돗개가 얌전히 앉았다. 깡이 입구로 내달리고 있었다. 뒤에서 덮친 수기가 그의 손을 낚아챘다. 정확히는 잘린 손가락을 잡고 늘어졌다. 절단된 곳 부근을 힘주어 눌렀다. 깡이 눈을 뒤집어 까며 제자리에서 자지러졌다.

"투견을 길들일 때 말이야. 고통스러웠던 순간을 각인시킨다며? 어때? 이만하면 나도 널 길들일 수 있을까?"

욕지거리를 내지른 깡이 발바닥으로 수기의 얼굴을 뭉갰다. 깡의 손을 놓친 그녀가 이번에는 발목을 잡고 늘어졌다. 깡이 문가를 향해 기었다. 발목을 잡은 수기가 끌려왔다. 고개를 쳐든 그녀가 두 눈을 부릅뜨며 들뜬 웃음을 흘렸다. 뭐가 그리도 우스운지 한참을 웃었다. 수기가 별안간 개 짖는 소리를 흉내 냈다. 수기의 입에서 터져 나온 육성이 천둥같이 울렸다.

그 모습에 깡의 얼굴이 하얗게 질렸다. 수기가 보인 건 악이었다. 아버지라는 그늘, 그늘보다 더 짙은 어둠이 깡을 덮쳤다. 그가 필사적으로 사지를 뒤틀었다. 마침내 다리가 자유로워졌다. 깡이 문가를 향해 다시 기었다. 살기 위해 앞으로 나아갔다. 문가에 다다른 순간, 희망이 보였다. 사람이었다. 문밖에 사람이 있었다. 깡이 문을 짚었다. 진돗개가 그의 몸을 덮쳤다. 몸이 뒤로 미끄러졌다. 진돗개가 종아리를 물고 늘어졌다. 송곳니가 깊숙이 살을 파고들었다.

깡이 비명을 질렀다. 애원의 눈길을 밖으로 보냈다.

문밖에 선 여자와 눈이 마주쳤다. 현주였다. 그녀는 유리문에 찍힌 깡의 핏자국을 외면하며 자신의 입을 막았다. 수기의 명령에 진돗개가 물고 있던 깡의 종아리를 놓았다. 깡의 몸이 바닥에 늘어졌다. 그가 지린 오줌으로 바닥이 흥건했다. 수기가 뻐끔거리는 깡의 입술을 발끝으로 톡, 건드렸다. 그러나 깡은 아무것도 할 수 없었다.

"다음에 만났을 때는 죽여 달라고 빌어야 할 거야."

수기의 나직한 목소리에 진돗개가 입맛을 다셨다. 타는 갈증이 조금은 해소되는 기분이었다. 이제 남은 건 벽에 기대어 있는 인간 하나뿐이었다. 율을 향해 송곳니를 드러내자 수기가 진돗개의 눈을 가리고 속삭였다. 그쪽은 아니라고 했다. 더 큰 자유를 찾아 떠나자고 했다. 안녕, 수기가 율에게 마지막 인사를 건넸다.

율이 겨우 그녀를 불렀다. 수기는 율의 눈빛을 읽었다. 그녀가 고개를 저었다. 이번에는 고양이가 울었다. 고양이의 울음에도 수기는 걸음을 멈추지 않았다. 진돗개가 수기의 뒤를 쫓았다. 쏟아지는 가을볕이 전신을 감쌌다. 수기는 볕을 온몸으로 만끽했다.

이윽고 차 문이 닫히는 소리가 들렸다. 차 안으로 뛰어든 현주가 문을 잠갔다. 수기의 시선이 현주에게로 향했다. 현주는 두려웠다. 그동안 마음껏 업신여겼던 수기가 머릿골의 귀(鬼)가 되어 돌아온 것 같았다. 흥분한 개처럼 목을 긁으며 으르렁거리던 수기가 일순간 손바닥으로 차창을 때렸다. 차창에 바짝 다가선 수기의 입김이 창문에 서렸다가, 지워졌다. 그러나 눈동자에 띤 살기만은 지워지지 않았다. 사색이 된 현주가 콘솔 박스를 넘어 조수석으로 몸을 피했다. 더는 물러날 곳이 없었다. 현주는 최대한 몸을 낮춰 시트 깊숙이 몸을 파묻었다. 수기가 그녀를 불렀다. "사장님." 차창을 가볍게 두드린 수기가 턱 끝에 맺힌 땀을 닦았다. 손길을 따라 핏자국이 났다. 수기가 이를 드러내며 해맑게 웃었다.

"도토리는 다음에 주워 드릴게요."

멀리서 사이렌 소리가 들렸다.

8.

주만은 머릿골로 향하는 화물차 안에 탔다. 예보되지 않은 비가 내리기 시작했다. 오늘은 처분의 날이었다. 평소 처분은 오전부터 이루어지지만 19번의 탈출 사건 때문에 오후로 늦어졌다.

불과 몇 시간 전까지만 해도 주만은 동물 병원에 있었다. 깡이 그곳에서 크게 다쳤다는 경찰의 연락을 받아서였다. 먼저 깡을 병원으로 옮기겠다는 말에 서재형은 직접 가서 볼 테니 기다리라고 했다. 서재형은 이동하는 내내 태블릿 PC를 보며 새로 들여올 개를 골랐다. 질이 좋은 개를 찾았다고 만족하기도 했다. 깡을 걱정하는 말은 한마디도 하지 않았다. 서재형에게는 자식조차 개만도 못한 존재인 것일까. 주만이 보기에 서재형은 비정하다는 말도 부족하게 느껴질 만큼 몰인정한 아버지 같았다. 차에서 내린 서재형은 구급차로 향했다. 이동식 침대에 실린 깡의 상태는 생각보다 심각해 보였다. 주만은 놀란 숨을 삼켰지만, 서재형은 별 반응이 없었다. 깡이 탄 구급차에는 서재형 대신 투견장 직원이 탔다. 주만은 서재형의 뒤를 좇아 동물 병원으로 들어갔다. 서재형을 기다리고 있던 현주가 그를 보자마자 눈물을 쏟아 냈다. 그녀는 상기된 얼굴로 호들갑을 떨며 서재형의 앞에 섰다.

"개가, 그 개가 자기 아들을 물었다니까!"

서재형은 주위를 살폈다. 핏물과 오줌이 뒤섞인 액체로 바닥이 흥건했다. 이미 출동한 경찰이 CCTV를 확인하고 있었다. 경찰이 다가오는 그를 막아서려고 했지만, 그를 알아본 다른 경찰이 순순히 자리를 내주었다. 서재형이 영상을 확인하는 동안에 주만은 오물이 잔뜩 묻은 서재형의 구두를 닦아야 했다.

"19번이네."

"아침에 캐리어를 끌고 가더라고. 도토리를 주우러 간다나 뭐라나. 근데 자기도 알잖아. 머릿골에 무슨 도토리가 있어. 내가 이상하다 했어. 개를, 그것도 투견을 이끌고 와서는 자기 아들을 막 그렇게…. 자기야, 나 무서워 죽겠어. 그 개새끼가 사람들 막 물고 다닐 거 아니야. 눈깔 보니까 딱 광견병 걸렸던데. 정신 나간 년. 도대체 왜 개를 풀어 줘서 이 사달을 만든 거야!"

"19번을 길들였다…."

서재형의 시선이 한곳에 고정됐다. CCTV 화면 속에서 19번이 수기의 앞에 얌전히 앉아 꼬리를 흔들고 있었다. 주만은 조용히 서재형의 얼굴을 살폈다. 큰 동요는 없었다. 다만, 비딱하게 기운 고개가 약간 불만스

러워 보일 뿐이었다. 주만이 아는 한, 서재형은 여유가
흘러넘치는 사람이었다. 그 여유는 거슬리는 게 없어
서 생기는 무료함의 발로이기도 했다. 그런데 서재형
의 얼굴에서 여유가 사라졌다. 느닷없이 나타난 소녀
와 도망친 19번이 서재형의 심기를 거스르고 있었다.

"담배 한 대만 피우고 가요."

주만은 아까 본 서재형의 얼굴을 애써 머릿속에서
지웠다. 기사가 차를 세웠다. 주만은 도망치듯 조수석
에서 내렸다. 부슬부슬 내리는 비 때문에 불이 잘 붙지
않았다. 입안이 씁쓸했다. 그가 화물칸으로 걸음을 옮
겼다. 덮어 놓은 방수포 한쪽이 들려 있었다. 늘어진
개가 보였다. 혀를 빼문 개가 헐떡이고 있었다. 힘없이
정면만 바라보던 눈동자가 아래로 떨어졌다. 개는 필
사적으로 주만을 보려고 애썼다. 삶을 붙잡는 절박한
눈빛에 주만의 얼굴이 방수포처럼 새파랗게 질렸다.
죄책감을 자기 합리화로 이겨 내는 것 이외에 그가 할
수 있는 건 아무것도 없었다.

"아까워라. 멀쩡했으면 가마솥에 끓이는 건데."
"저런 걸 먹고 싶어요?"
"좀 질기기는 하겠지만 버리는 것보다 배 속에 넣는
게 더 낫지 않겠소?"

욕지기가 치솟았다. 주만은 입을 틀어막은 채 수풀
사이로 뛰어들었다. 등 뒤에서 혀를 차는 소리가 들렸
다. 속에 있던 걸 게워 냈는데도 시원하지 않았다. 화
물차 기사가 크게 한숨을 쉬었다. 마치 나약해 빠진
놈, 이라고 말하듯이.

조수석에 올라탄 주만은 눈을 감았다. 서재형은 수술 중인 아들을 찾지 않았다. 그에게는 아들보다 19번이 더 중요했다. 19번보다 더 중요한 건 벌이었다. 배신한 개와 개를 훔친 소녀에게 내릴 형벌. 서재형은 형벌을 고민하며 개 농장으로 향했다. 실장은 19번을 잡으러 갔다. 동물 병원부터 시작된 수기의 동선을 따라서 CCTV를 확인한 결과 머릿골 근처에서 흔적이 끊겼다고 했다. CCTV 영상을 확인해 준 경찰은 머릿골이 아닌 수기의 학교로 출동했다.

이윽고 기사가 주만을 불렀다. 주만은 차에서 내렸다. 저 멀리 걷고 있는 서재형이 보였다. 차마 발길이 떨어지지 않았다. 조금 전에 마주쳤던 개의 시선이 발목을 옭아맨 듯한 느낌이 들었다. 나 아직 살아 있어. 네가 나를 묻는다면 네가 나를 죽이는 거야. 서슬 퍼런 개의 눈빛이 사슬이 되어 몸을 옭죄었다. 그가 뻣뻣한 다리를 움직였다. 서재형에게서 멀어지면 멀어질수록 걸음이 자유로워졌다. 주만이 도망치듯 비탈길을 달렸다. 등 뒤로 저를 부르는 기사의 목소리가 들렸다. 골짜기를 잠식한 뿌연 안개가 주만을 미치게 했다. 이대로 안개에 묻혀 종적을 감추고 싶었다. 어디로 가고 있는지도 모를 만큼 안개가 짙었다. 실장의 목소리가 들렸다. 말소리가 멀어 정확히 들리지 않았지만, 분명히 실장이었다. 도망치는 모습을 들킨다면 쓸모없어진 개들과 함께 구덩이에 파묻힐지도 모른다는 두려움이 엄습했다. 수풀 사이로 몸을 감추자마자 실장의 모습이 보였다. 실장의 흥분한 목소리가 골짜기를 쩌렁쩌렁하게 울렸다.

"환장하겠네."

실장은 너덜너덜하게 찢긴 재킷을 벗어 던지고 있었다. 그 뒤로 남자 둘이 개 한 마리를 끌었다. 19번이었다. 노끈에 주둥이가 묶인 상태였다. 두 남자는 19번의 목을 틀어쥔 올가미를 팽팽하게 당겼다. 몸집이 큰 개가 버티기까지 하니 억지로 끌고 올라가는 일조차 쉽지 않았다. 실장은 불뚝 짜증이 났다. 진작 마취 총을 챙겼어야 했는데. 생각 같아서는 편하게 사체를 가져가고 싶었다. 하지만 살려서 데려오라는 서재형의 명령이 있었다.

실장은 19번의 옆구리를 발로 갈겼다. 19번이 신음을 흘리며 옆으로 쓰러졌다. 뒤늦게 이를 발견한 수기가 악다구니를 썼다. 실장의 분노가 수기에게 향했다. 그는 수기의 뺨을 내려쳤다. 수기는 실장의 얼굴에 침을 뱉었다. 실장의 마음에 노기가 몰려들었다. 그는 부하들에게 수기의 팔을 놓도록 명령했다. 구둣발로 수기의 종아리를 걷어찼다. 제자리에 무릎을 꿇은 아이의 뺨을 때렸다.

수기의 눈길이 19번에게 향했다. 19번의 잇새로 쉰 울음이 새어 나왔다. 숨소리가 거칠었다. 입을 묶은 채로 올가미까지 씌웠으니 당장 숨통이 막힌다고 해도 이상한 일이 아니었다. 수기는 19번과 눈을 맞추며 흥분을 잠재우려고 애썼다. 몸을 일으킨 그녀가 앞서 비탈길을 올랐다. 그제야 19번도 반항 없이 수기를 따라 나섰다.

"하여간. 개나 사람이나 맞아야 정신이 든다니까."

비죽이던 실장이 그녀를 따라서 길을 올랐다. 골짜기 전체가 울고 있었다. 그건 수기와 19번에게만 들리는 절규였다. 수기는 고개를 쳐들었다. 언제부턴가 비가 그치고 뿌연 안개가 머릿골에 내려앉았다. 자욱하게 낀 안개가 수기의 몸을 둔하게 만들었다. 걸음은 느려졌고, 요동치던 감정은 가라앉았다. 안개가 걷히면 아무것도 남아 있지 않게 되길 바랐다. 인간이었던 기억까지도.

9.

현주가 입고 있던 카디건을 여몄다. 가을바람이 을씨년스러웠다. 서재형이 깊게 파 놓은 구덩이를 응시했다. 개들이 매장될 구덩이였다. 현주는 구덩이를 외면했다. 서재형이 오라고 하지 않았더라면 절대 따라오지 않았을 장소였다. 서재형은 굳이 그녀에게 개들이 버려지는 꼴을 보였다. 너는 늙고 병들지 말라는 듯이.

트럭에서 끌어 내려진 개들이 수레에 실렸다. 앓는 소리가 숲을 메웠다. 주만 대신 수레를 이끌던 기사가 구덩이 앞에 섰다. 서재형은 그제야 구덩이에서 시선을 거뒀다. 현주가 얼굴을 찌푸렸다. 개 한 마리가 비틀거리며 몸을 일으키고 있었다. 쓰러졌다가 일어나기를 반복하던 개가 애처로운 눈길로 그녀를 쳐다보았다.

"꼭 이렇게까지 해야겠어?"

현주의 말을 무시한 서재형이 손짓으로 기사를 불렀다. 검지에 끼워진 보철물이 반짝였다. 기사는 수레를 놓고 서재형의 앞으로 헐레벌떡 뛰어왔다. 서재형

은 엄지와 중지를 이용해 왼쪽 손목에 채워진 시계를
풀었다.

"이 시계 갖고 싶어요?"
"그야⋯. 주시면 감사히 받겠습니다."
"좋아요. 내 질문에 답만 잘하면 드리죠."

마른침을 삼키는 기사의 얼굴에 긴장이 역력했다.

"저 개가 살아야 하는 이유가 있나요?"
"없죠."
"왜?"
"더는 싸움을 못 하잖아요."

순간, 고개를 돌린 서재형이 현주와 눈을 맞췄다. 서
재형의 눈동자는 텅 비어 있었다. 그건 평소 서재형이
풍기던 음습한 눈빛과는 다른 느낌의 섬뜩함을 자아
냈다. 서재형도 머릿골에서 태어났을까. 현주는 서재
형이 이곳과 잘 어울리는 사람이라는 생각이 들었다.
수기만큼이나.

그가 머릿골에 개를 파묻는 이유는 이곳이 귀신 산
이기 때문이었다. 아주 오래전부터 사람들이 왕래를
하지 않았던 곳, 행여나 서재형이 개가 아닌 사람을 파
묻었다고 한들 누구도 쉽게 발을 들이지 못하는 곳. 그
곳이 바로 머릿골이었다. 이곳에 발을 들였던 이들은
전부 비참하게 살거나, 미쳤거나, 죽었다. 수기의 할머
니도 그랬다. 무당으로 평생을 빌어먹던 노인네는 바
위 틈새에 끼어 비명횡사했다. "며칠을 끼어 있었대요.
그 틈에. 누굴 부르지도 못하고, 먹지도 못하고, 잠들
지도 못하고, 그렇게 뜬눈으로 며칠을." 아무렇지도 않

게 할머니의 죽음을 얘기하던 수기의 얼굴. 그때 그녀의 눈빛이 서재형의 눈빛과 겹쳐졌다. 심연처럼 깊은, 검은 눈동자. 그건 사람의 눈이 아니었다. 귀신의 눈이었다.

"아저씨가 좀 끝내 줄래요? 영 거슬려서."
"어떻게 말입니까?"
"어떻게든."

서재형이 공중에 시계를 흔들었다. 수레로 향한 기사가 개의 머리통을 옆구리에 꼈다. 현주는 고개를 돌렸다. 개가 신음하는 소리가 들렸다. 어찌나 음침하고 우울하던지 발치의 들꽃까지 부르르 떨리는 것 같았다. 시계를 받은 기사가 주머니에 그것을 챙겼다. 입가를 틀어막은 현주의 손을 잡아끈 서재형의 얼굴이 편안해 보였다.

"내 아들이 어렸을 적에 길고양이들에게 밥을 챙겨 줬어."
"…."
"그런데 대가 없이 밥을 주니까 계속해서 몰려들어. 은혜도 모르고 다른 걸 요구해. 내 집에서 잠도 자고 번식도 하고 새끼도 낳고. 어느 날, 개장이 꽉 차서 하는 수 없이 개 한 마리를 집에 데려갔다? 그게 마당을 휘젓고 다니면서 고양이를 잡아 죽이더라. 그때 깨달았지. 아, 저것들이 내 마당을 잠식한 이유가 있구나. 그날부터 개장 하나에 하나씩 고양이를 집어넣었어. 투견 훈련에 그만한 게 없거든. 사람들도 좋아해. 밤마다 시끄럽게 울던 것들이 없어졌다고."

서재형의 눈길이 비탈길로 향했다. 올가미를 목에
건 19번이 서재형을 향해 정면으로 달려오고 있었다.
그 뒤로 실장과 남자들, 그리고 수기가 쫓아 올라왔다.
서재형과 19번이 서로 가까워졌다. 19번이 뛰어올랐
다. 철장을 탈출하던 그날처럼. 서재형은 19번의 눈동
자를 보았다. 살아 있던 눈동자가 벌써 탁하게 변해 있
었다.

　올가미의 줄 끝을 잡아챈 실장이 줄을 뒤로 당겼다.
동시에 서재형이 19번의 주둥이를 움켜쥐었다. 검지에
낀 보철물이 19번의 눈을 찔렀다. 올가미에 걸린 19번
의 몸뚱이가 땅에 굴렀다. 수기가 달려들었다. 서재형
이 발을 뻗었다. 배를 얻어맞은 그녀가 뒤로 자빠졌다.
서재형이 넘어진 수기의 앞에 섰다. 수기는 이를 악물
었다. 당장이라도 서재형을 죽여 버리고 싶었지만, 몸
에 힘이 들어가질 않았다.

　"네가 그 도둑년이세요?"
　"서재형."
　"서재형?"
　"넌 네가 뭐라도 되는 줄 알지?"
　"…."
　"착각하지 마. 너 따위 아무것도 아니야."

　서재형이 한쪽 눈썹을 위로 치켰다. 구둣발이 수기
의 머리통을 후려갈겼다. 그가 손짓하자 실장이 움직
였다. 19번이 비틀거리며 끌려왔다. 찔린 눈가에서 흐
른 피가 털을 흥건하게 적시고 있었다. 서재형은 수기
의 머리칼을 잡아끌었다.

　"똑똑히 봐요. 내가 누군지."

19번이 구덩이 아래로 사라졌다. 수기의 안에서 끓고 있던 무언가가 쏟아져 나왔다. 울부짖음에 가까운 비명이었다. 얼굴을 찌푸린 서재형이 수기의 얼굴을 진흙에 처박았다. 1초, 2초, 3초. 그가 흙에 묻혀 있던 수기의 얼굴을 들었다. 숨을 몰아쉬던 수기의 시선이 한곳에 고정됐다. 수레에 실린 개들이 한꺼번에 구덩이 아래로 떨어지고 있었다.

"어른한테 버릇없이 굴면 이렇게 되는 거예요."

천둥이 울렸다. 서재형이 고개를 들어 하늘을 쳐다보았다. 다시 비가 쏟아질 것 같았다. 서재형의 발길질에 수기의 몸이 살덩이들 곁으로 떨어졌다. 그가 구덩이 아래를 응시했다. 구덩이로 달려들던 현주의 몸이 들렸다. 그녀의 허리를 감싸 쥔 서재형이 억지로 그녀를 잡아끌었다. 현주가 할 수 있는 건 아무것도 없었다. 그녀는 혼이 빠진 얼굴로 중얼거렸다.

"미쳤어. 다들 미쳤어…."

하나둘씩 떨어지던 빗방울은 빗줄기가 되었다. 수기는 멍하니 하늘을 응시했다. 허무했다. 고통스럽게 죽은 목숨이 안타까웠고 목숨을 앗아 간 그들이 원망스러웠다. 선명해진 절규와 비명이 고막을 찢었다. 귀를 틀어막았다. 그녀는 자신을 증오했다. 인간으로 태어났음에 분노했고 세상의 모든 인간을 경멸했다.

빗소리를 뚫고 19번의 신음이 들렸다. 수기는 19번을 찾았다. 멀지 않은 곳에 19번이 있었다. 19번은 죽지 않았다. 폭우로 마을이 잠긴 그날, 사흘간을 물길에 쓸려 온 그것처럼 죽지 않고 살아서 저를 부르고 있었다. 갖은 수모를 견디고 살아 있었다. 몸을 일으켰다. 손바닥 아래로 물컹한 감촉이 느껴졌다. 바닥에 흩어진 살덩이를 넘었다.

19번이 오도카니 앉아서 꼬리를 흔들고 있었다. 입가를 두른 노끈을 풀었다. 19번의 미움, 분노, 증오, 경멸, 살의가 수기의 몸을 움직였다. 수기는 발악했다. 투견장에서 괴성을 내지르던 인간처럼, 동족의 목덜미를 찢어발긴 짐승처럼, 이성을 버리고 본능만 남긴 채로.

"살려 주세요."

목소리가 빗속에 묻혔다. 더 크게 외쳤다. 살려 주세요. 살려 주세요. 토사에 발이 미끄러졌다. 위로, 조금 더 위로 올라가기 위해 안간힘을 썼다. 19번도 마찬가지였다. 발톱이 들리도록 벽을 타다가 미끄러지기를 반복했다. 일순간 19번의 움직임이 멈췄다. 수기도 입을 다물었다. 어디선가 작은 소리가 났다. 19번은 귀를 기울였다. 가까운 곳에서 인기척이 들렸다. 빗속을 뚫고 오는 발걸음이 이쪽을 향해 가까워지고 있었다. 19번이 사력을 다해 짖었다.

살려 주세요.

반복된 애원에 주만이 수풀 사이에서 몸을 일으켰다. 그는 무언가에 홀린 사람처럼 비탈길을 내달렸다. 샛길로 빠져 자신이 관리하던 사육장으로 향했다. 곧 데뷔할 열세 마리의 사냥개들이 있는 사육장이었다.

주만의 등장에 개들이 짖었다. 꼬리를 흔드는 녀석도 있었다. 주만은 마주 보고 놓인 세 개의 철장을 지나쳐 관리동으로 쓰는 컨테이너로 들어갔다. 밧줄과 커터 칼을 챙겼다.

구덩이로 향하는 길이 멀게만 느껴졌다. 구덩이에 빠진 그 아이만 구한다면 빗줄기에 모든 죄가 씻길지도 몰랐다. 그의 걸음이 구덩이 앞에서 멈췄다. 겁에 질린 아이가 저를 부르고 있었다. 던진 밧줄에 개가 먼저 매달렸다. 밧줄에 묶여 올라오는 동안 19번은 미동조차 하지 않았다. 주만은 서둘러 19번에게 감긴 밧줄을 풀었다.

수기를 구해야 했다. 생각보다 무게가 상당했다. 주만의 몸이 자꾸만 구덩이로 끌려갔다. 나무 기둥에 끈을 묶자니 끈의 길이가 짧았다. 수기는 19번의 주둥이를 묶었던 노끈을 찾았다. 밧줄에 노끈을 연결했다. 얇은 노끈이 밧줄에 칭칭 감겼다. 매듭을 지은 그녀가 주만에게 줄을 잡을 테니 올리라고 외쳤다. 주만이 기둥에 밧줄을 묶었다. 수기가 밧줄을 잡았다. 벽을 타고 올랐다. 주만은 몸을 눕히다시피 하며 아이를 끌어 올렸다.

바닥을 짚고 올라서는 수기가 보였다. 주만은 안도했다. 쓰러져 기침을 토하던 수기가 고개를 들었다. 그녀의 입술이 달싹였다. 송곳니가 단숨에 주만의 목덜미에 박혔다. 쓰러진 주만의 시선이 19번의 눈동자에 닿았다. 그 안에서 버둥거리는 자신과 마주했다. 빗줄기에 쓸린 핏물이 흙바닥에 스며들었다. 주만이 숨을 헐떡였다. 눈동자가 옆으로 굴렀다. 19번이 물러간 자리에 수기가 있었다.

"개는요. 한번 각인된 고통은 잊지 않아요."

구원을 위해 지상으로 내려온 천사처럼, 수기가 이를 드러내며 웃고 있었다.

10.

문 두드리는 소리에 머리가 울렸다. 최 씨는 몸을 일으켰다. 진통제를 한 움큼 집어 먹었는데도 통증은 여전했다. 불과 몇 시간 전, 그는 철장 안에 있었다. 그저 살아남아야 한다는 생각에 투견에게 달려들었다. 누군가 던져 준 커터 칼로 투견의 동맥을 긋는 순간 손등 위로 쏟아지던 핏물의 감촉이 아직도 가시지 않았다.

다시금 문 두드리는 소리가 들렸다. 욕설을 내뱉은 최 씨가 자리에서 일어났다. 경찰일지도 몰랐다. 좀 전에도 경찰이 다녀갔다. 경찰은 수기의 행방을 물었다. 본 적 없다는 말에 돌아갔다. 최 씨는 서재형이 한 짓을 이를까 하다가 관뒀다. 경찰은 자신의 꼴을 보고도 무슨 일이 있었느냐고는 단 한마디도 묻지 않았다. 붕대를 감은 다리를 절뚝이며 그가 현관으로 향했다.

"투견장 위치 좀 알려 주세요."

수기였다. 최 씨의 얼굴이 종잇장처럼 구겨졌다. 건방진 년이 어디서 염장질이냐, 라고 불뚝 소리쳤다. 살려 달라며 개처럼 바닥을 기어 다닌 꼴을 들킨 것만 같았다.

"거긴 왜."

"갚을 게 좀 있어서요."

수기가 안주머니를 뒤적여 돈다발을 꺼냈다. 주만이 관리하던 농장에서 가져온 돈이었다.

"더 드릴 수 있어요."

돈 한 다발에 경계가 무너졌다. 문을 잡은 최 씨의 손길이 느슨해진 사이에 그녀가 한쪽 다리를 현관 안으로 들이밀었다.

"네까짓 게 그런 큰돈이 어디서 난다고 더 줄 수 있다는 거야?"
"사망 보험금요."
"사망 보험금?"

최 씨의 고민은 길지 않았다. 앞으로 투견장에는 얼씬도 하지 못할 것이고, 다리를 다쳐 일을 나갈 수 없게 되었고, 당장 내야 할 병원비가 있었고, 술값도 필요했다. 수기의 손에서 돈다발을 낚아챈 그가 입을 열었다.

"3리에 버려진 관광호텔 알지? 정문에서 벨 누르고 표 사러 왔다고 말해. 근데 돈이 더 있다고? 얼마나 있는데."
"니퍼로 창고를 꽉 채울 만큼?"

돈다발을 보던 눈동자가 위로 들렸다. 열린 문 틈새로 그르렁거리는 소리가 들렸다. 최 씨의 목덜미가 쭈뼛했다. 19번을 알아챈 그가 당황한 얼굴로 수기와 19번을 번갈아 보았다.

"19번이 여기 왜…."

"그래서 니퍼로 골랐어요. 아저씨가 잃어버린 니퍼, 그때 들었던 그거 맞죠? 아저씨도 알아야 하잖아요. 영문도 모르고 당하는 고통이 뭔지. 원래는 그걸로 발톱을 하나씩 뽑아 줄까 했는데. 생각해 보니까 발톱 뽑는 정도로는 성에 차지 않을 것 같아서. 아저씨가 그랬잖아요. 발톱 뽑는 거 정도는 아픔도 아니라고. 소리 내면 생니를 뽑아 버릴 테니까 참으라고요. 그때 이를 악물고 참았었는데. 아저씨도 한번 참아 봐요."

"설, 설마 네가."

"그럼 내가 칭찬해 줄게요. 아저씨가 나한테 잘 참았다고 했던 그때처럼."

그날, 술에 취해 수기를 덮쳤던 최 씨는 창고에 니퍼를 버렸다. 니퍼를 버리며 죄를 잊었다. 개 짖는 소리에 최 씨의 비명이 묻혔다. 수기는 끝내 그에게 자신을 덮친 이유를 묻지 않았다. 다만, 응징할 뿐이었다.

11.

"가라. 까불지 말고."

여자가 수기의 이마를 손가락으로 밀었다. 가볍게 꺾인 고개가 뒤로 밀렸다가 제자리로 돌아왔다. 여자는 투견장의 경호원이었다. 여자와 함께 호텔의 정문을 지키던 남자가 은근한 눈빛으로 수기를 훑었다.

"간 곳이 없어서 그러는 거 같은데 왜 그렇게 매정하냐? 야. 오빠가 밥 사 줄까? 네가 원하면 밥도 사 줄 수 있고 돈도 줄 수 있는데."

그가 수기의 어깨 위로 손을 얹었다. 그 직후 수기의

시야에서 남자가 사라졌다. 얼굴을 물린 남자의 사지가 허공을 휘저었다. 피 냄새를 맡고 좇아온 개들에게 곧 묻혀 버렸지만. 동시에 경악으로 물든 여자의 눈동자가 어둠을 훑었다. 기척을 죽인 채 흩어져 있던 개들이 한곳으로 모였다. 천천히 뒷걸음치는 그녀를 향해 수기가 입을 열었다.

"먹어."

여자는 뒤돌아 뛰었다. 허리춤에서 무전기를 꺼냈다. 버튼을 누르고 실장을 찾았다. 양쪽으로 갈라져 달리던 개들이 튀어 올랐다. 강인한 턱이 여자의 양쪽 팔을 물고 늘어졌다. 비명을 내지르던 여자의 입이 한순간 다물렸다. 그녀는 산 채로 개들에게 먹히는 자신을 지켜보았다. 식사를 마친 개들이 하나둘씩 수기의 주변으로 모였다. 수기는 뼈를 드러낸 여자의 손을 응시했다. 여자가 끝까지 쥐고 있던 무전기가 시끄럽게 떠들고 있었다. 익숙한 목소리였다.

"실장님?"
"누구야?"
"저예요. 수기."

실장은 고개를 갸웃했다. 생소한 이름이었다. 경호원 중에 수기라는 애가 있었나? 무전기 너머로 개 짖는 소리가 들렸다. 실장의 눈이 번뜩였다. 실장은 상황실로 향했다. CCTV를 확인하던 직원이 인기척에 놀라 뒤로 자빠졌다. 모니터를 가리키는 그의 손가락이 바르르 떨렸다. 정문 쪽 모니터였다. 실장은 화면을 확대했다. 직원 둘이 쓰러져 있었다. 다른 화면에는 수기가 정원을 걷고 있는 모습이 보였다. 여러 마리의 개들과 함께였다.

"저거 투견들 아니에요?"

"당장 애들 소집해."

실장은 상황실을 나왔다. 구덩이에서 어떻게 탈출했을까. 전화를 받지 않는 주만이 의심쩍었다. 구덩이를 완벽하게 덮지 않고 떠난 저를 탓했다. 급히 계단을 내려가던 실장이 중심을 잃고 미끄러졌다. 그는 난간을 부여잡으며 몸을 일으켰다. 투견장에 모인 사람들의 함성을 뒤로하고 사무실 문을 열었다. 서재형이 이동식 철장 앞에 앉아 있었다. 그가 아직 길들이지 못한 도사견이 철장 안을 빙글빙글 돌며 짖고 있었다.

"이 48번 말이야."

"그년이 개를 끌고 나타났습니다. 정문에서 우리 애들 두 명이 당했고요."

다짜고짜 실장이 말을 자르자 서재형이 고개를 들었다. 실장의 얼굴이 터질 듯 상기되어 있었다. 평소의 실장은 서재형의 말을 자르지도, 분에 겨워 말을 쏟아내지도 않았다.

"이번에는 주만이가 관리하던 개들까지 훔친 것 같습니다."

서재형이 느긋한 손길로 안경을 벗었다. 서늘한 눈빛이 여지없이 드러났다. 실장은 뭔가가 잘못됐음을 직감했다. 서재형이 책상 뒤로 향했다. 벽에 걸려 있던 사냥총을 들었다. 서랍에서 총알도 챙겼다. 개머리판이 실장의 머리를 갈겼다. 피를 흘리며 쓰러진 실장에게 서재형이 말했다.

"김 실장님은 해고입니다."

철장 문이 열렸다. 48번이 뛰쳐나왔다. 실장을 뒤로 하고 서재형이 사무실 문을 닫았다. 그는 천장에 총구를 겨눴다. 방아쇠를 당기자 날아간 탄환이 조명을 깨뜨렸다. 사람들이 일제히 몸을 낮췄다. 서재형은 잠시 고요를 즐겼다. 고요를 깬 건 개 짖는 소리였다. 싸움에서 이긴 핏불이 그를 노려보고 있었다. 총구가 창살로 향했다. 총구를 본 이들이 비명을 지르며 흩어졌다. 그가 방아쇠를 당겼다. 창살 사이로 쇄도한 총알이 핏불의 미간을 뚫었다.

서재형의 시선이 계단으로 향했다. 도박꾼들이 계단을 오르고 있었다. 앞다투어 올라가다가 넘어지고, 미끄러지기를 반복했다. 총알을 채운 그가 이번에는 계단을 겨눴다. 올라가려던 사람들이 방향을 바꿔 필사적으로 다시 내려왔다. 투견 때문이었다. 계단으로 뛰어든 개들이 닥치는 대로 사람을 물었다. 송곳니가 가죽을 뚫고 내장을 터트렸다.

방아쇠를 움켜쥔 서재형의 손이 땀으로 축축하게 젖어 들었다. 실로 오랜만에 느껴 보는 긴장이었다. 19번에게 손가락을 물렸을 때 느꼈던 희열이기도 했다. 19번을 알아봤던 날처럼, 서재형은 수기를 알아봤다. 그의 가슴이 터질 듯 팽창했다. 텅 비었던 눈동자에 감정이 몰려들었다. 그가 이를 드러내며 웃었다. 수기의 옆에 선 19번이 언제든지 튀어 오를 준비를 하고 있었다.

사냥의 시간이었다.

언제 또 이런 소감을 적어 볼 수 있을지 모르니 백상예술대상을 받은 것처럼 시작하겠습니다. 사랑하는 엄마, 아빠. 보고 있지? 나 TV… 는 아니고 책에 나왔어. 친구도 몇 없는 딸 데리고 매일 재밌게 놀아 줘서 고마워. 조건 없이 사랑해 줘서 고마워. 지옥 같은 출퇴근길 꾸역꾸역 버텨 내고 집에 돌아올 때마다 "넌 절대 취직하지 말아라." 노래를 부르는, 먼저 어른이 된 오빠 역시 고맙다. 진심으로 축하해 준 몇 없는 친구들에게도 심심한 인사를 전하고 싶은데 '혹시 나인가?' 싶다면 너 맞으니까 맘껏 흐뭇해하도록.

안전가옥의 PD님들로부터 "어떻게" 이 글을 쓰게 되었는지 질문을 받았을 때, 마침 과제를 위해 읽고 있던 인문학 서적에서 취득한 영감과 본 공모전의 주제가 우연히도 겹쳐 홀로 키득키득 끄적였던 소설이었노라 대답했습니다. 조금 더 설명을 덧붙이자면, 늦은 밤 지금 뭐 하냐는 구 애인의 전화를 받고 깜짝 놀라 발을 헛디뎌 신발을 신어 버린 상황과 비슷합니다. 우연을 인연이라 고집해서라도 나가고픈 그런 부름에 응한 셈입니다. 사정이 이렇기 때문에 "어떻게" 이 글을 쓰게 되었는지 사실은 잘 모르겠습니다. 그저 충동적인 이끌림을 따라 샐리와 샐리를 만났으니까요. 늘 그리워하고 궁금해했던 사람들을 눈앞에 꺼내 놓은 기분입니다.

"잊고 싶은 기억을 잊을 수 있다면 얼마나 좋을까?" "그런데 그러면 정말 좋을까?" 누구나 한 번쯤 해 봤을 자문은 저에게 각각 김샐리와 최샐리의 모습으로 나타났습니다. 행동 동기가 확실한 두 사람의 고집을 따라가다 보니 절로 완성된 이야기 속에서 최샐리는 제 관자놀이에 총구를 댄 채 마냥 김샐리를 바라봅니다. 이 소설의 첫 장면은 끝이기도, 시작이기도 합니다. 연결된 시간에 갇힌 샐리들은 연기처럼 서로의 영역을 침범하며 '빌런'과 '히어로'의 경계선을 넘나들 겁니다.

재미있으셨나요? 제 글과 함께하시는 동안 즐거우셨다면 더할 나위 없는 행복이겠습니다. 혹시 매캐한 여운이 남아 오래도록 샐리들을 떠올리신다면 더할 나위 없는 영광이겠습니다. 고된 일상 속, 짧기에 더욱 신나는 시간이었길 바랍니다.

끝으로 이 원고를 발굴해 주신 안전가옥의 PD님들과 이 원고를 세공해 주신 편집자님께 소박한 감사를 전합니다.

* 참고 서적: 《호모 데우스》, 유발 하라리, 2017.

김상원

힙스터 수염을 달고 까만 후드 티 차림으로 놀이동산을 누비는 나의 아바타. 꼬물거리는 내 검지의 명령에 따라 점프를 하고, 포즈를 취하고, 디저트 식탁 주변을 돌다가, 누군가를 쫄래쫄래 따라가는 그의 뒷모습이 딱해 보였다. 순간 소중히 여겨 왔던 존재들의 이름이 떠올랐다. 내 방의 수호자인 일렉 기타 까랑이. 동네 놀이터의 어미 길냥이 오단이와 남매 길냥이 철이와 미애. 10여 년을 나와 함께하다 무지개 다리를 건넌 말티즈 몽이. 자, 그렇다면 지금 액정 화면에서 헤롱거리는 너의 이름은, 애시드?

존재의 권리에 대해 생각해 보았다. 인종, 지역, 계급, 성별, 성적 지향이 각기 다른 사람들의 권리를. 인권은 더디지만 꾸준히 신장되었다. 이제 인간의 감수성은 인간 너머 존재들까지 포용할 만큼 진화했다. 구스다운 패딩 한 벌을 위해 산 채로 털이 뽑히는 고통을 겪는 스무 마리의 거위들, 몸을 돌릴 공간조차 없는 사육장에서 평생 임신과 출산을 되풀이하다 도축되는 어미 돼지들. 많은 사람들은 이 '존재'들이 겪을 처참함에 공감한다. 그리고 더 많은 이들이 반려 강아지들의 산책 횟수와 길고양이들의 안전을 이야기한다. 좀 더 나아가, 많은 SF에서는 미래에 생겨날지도 모를 존재들과 인간 사이의 관계를 다룬다. 바로 인간의 피조물들, 배양 가축과 배양 인간, 그리고 로봇, 인공지능체, 아바타의 권리에 대해 말하기 시작한 것이다.

지구는 성장의 한계에 다다랐다. 저성장에 직면한 자본은 돌파구를 찾고 있다. 확장의 길은 크게 두 갈래로 보인다.

한 편은 우주, 다른 한 편은 가상 세계.

메타버스나 게임 플레이어들은 신세계를 일군다. 마치 유럽인들이 신대륙을 개발했을 때처럼, 무기를 사고, 적과 괴물을 죽이고, 땅을 점령하고, 집을 짓고, 시장을 열고, 사냥을 하고, 노예를 사고, 광물을 캐고, 기름을 뽑아내고, 통화를 유통하고, 주식회사를 세우고, 친구를 만들고, 동맹을 맺고, 정부를 꾸린다. 이 모든 일은 본체의 조종을 받는 아바타들이 수행한다. 그들은 충실한 욕망의 도구로 쓰인다. 무한히 확장하려는 자본과 소비하고 노동하는 본체들, 바로 인간들의 욕망을 위한 도구인 것이다.

본체와 아바타의 관계를 생각해 보았다. 검지와 액정 사이에 갇혀 광대 짓을 하는 애시드의 눈빛이 설핏설핏 싸늘하게 변하는 것만 같았다. 그리고 버림받는 아바타를 상상했다. 본체들이 아무렇지도 않게 아바타를 폐기하려, "한 번 더 살려 줄까?"라고 묻는 장면을 그려 봤다. 상상 속의 애시드는 내게 이렇게 말했다.

또다시 본체들의 노리개로 사느니 차라리 여기서 죽겠다.

이 글(작가 후기)을 쓰는 지금, 왜 그런 장면을 그렸을까 곰곰이 생각해 본다. 그러고 보니 3년 전, 심장 비대증으로 헐떡이는 몽이를 안락사시키면서 비슷한 감정에 휩싸인 적이 있었다.

과연 나한테 이 아이의 죽음을 결정할 권리가 있는 걸까. 내가 주인이라는, 그러니까 인간이라는 이유로?

여전히 몽이가 그립다.

간식, 산책, 다른 강아지, 비둘기, 발톱 깎기, 목욕, 치카치카, 으르렁, 우다다. 그 무엇도 참지 않았던 말티즈 몽이에게 이 단편을 바친다.

말티즈는 참지 않긔!!

〈우세계는 희망〉의 캐릭터 아이디어를 어디에서 얻었느냐는 질문을 받았다. 대부분의 모습은 바로 작가인 나로부터 출발했다. 김은옥도 김마리도, 장세진도 모두 다 나였다. 나는 누군가를 사랑하면 앞뒤 잴 것 없이 풍덩 빠져 버리고, 깊고 깊은 심해에 닿아 괴물이 된 내 모습을 보며 소스라치곤 했다. 그래서 하나같이 사랑은 힘들게 끝났다. 주인공은 그저 스타를 사랑했을 뿐이었다. 그 사랑의 힘으로 어디까지 갈 수 있는지 실험해 보고 싶었다. 나는 사회가 그어 놓은 선을 넘어서지 못하고 브레이크를 걸었지만, 주인공 빌런들은 그 선을 넘어 사랑이라 부를 수 있는 영역의 끝까지 달려 봤으면 했다. 파멸을 향해 액셀을 힘껏 밟는 이야기다.

나의 주인공들, 김마리와 장세진은 누군가를 사랑할 때 더 빛난다. 내게 돌을 던져 봐, 라고 작가 대신 대담하게 말해 줄 수 있는 두 빌런들을 어느 때보다 더 아껴 가며 썼다. 이 소설이 독자들에게 조금이라도 재밌게 읽힌다면, 그런 나의 애정이 담겨 있기 때문일 것이다. 다른 응모작들의 주인공 틈바구니에 세진이가 묻히면 어쩌나 하고 마음을 졸였는데 당선 축하 연락을 해 주신 안전가옥에게 감사드린다. 과거 내 지나친 사랑으로 고통받았을 또 다른 '우세계'에게 심심한 감사를, 그리고 지금도 내 책상 한쪽에서 단잠을 자고 있을 것 같은 고양이 먀먀에게 고맙다고 말하고 싶다. 너 덕분에 나는 혼자인 적이 없었다. 사랑하는 가족들, 친구들, 계속 옆에서 지켜봐 주길 바란다.

김달리는 다음 작품으로 반드시 돌아온다.

임성용 작가 후기.

아직도 당선 축하 전화를 받았을 때의 기억이 생생하다. 통화하면서 왜 춤을 추냐고 직장 동료가 물어봤던 게 엊그제 같은데 벌써 몇 달의 시간이 흘렀다. 아무렇지 않게 덤덤한 척 통화했지만, 사실 작품 속에서 타이탄인들이 보여 주는 기쁨의 춤을 움찔움찔하며 추는 중이었다는 걸 PD님은 전혀 몰랐을 것이다! 그만큼 기뻤다.

　　'빌런'은 너무 매력이 넘치는 소재다. 공모전 소개 글에서 이 소재를 이용한 수많은 갈래의 이야기를 예시로 들었을 정도다. 그만큼 다양한 캐릭터를 보여 주기 딱 적합한 소재다. 소개 글에서 인상 깊었던 글귀가 '빌런은 사람일 수도 있고, 아닐 수도 있고, 기계가 될 수도, 시스템이 될 수도, 자연재해나 귀신이 될 수도 있겠죠.'였는데, 이 글귀를 보는 순간 머릿속에 땡 하고 종이 쳐서 떠오른 바를 휴대전화에 급히 메모했던 기억이 난다. 누구도 생각하지 못할 빌런을 만들자. 대충 이런 문장이었다. 그 결과물이 바로 돌연변이 천재로 태어난 슈퍼 치킨, 꼬꼬다.

　　사실 내가 가장 자신 있게 쓸 수 있는 장르는 공포 스릴러다. 공포 소설로 데뷔한 뒤 오랜 시간 동안 공포담만 써 와서 처음에는 공포 장르를 생각했었다. 빌런과 공포 스릴러의 조합은 역시 찰떡궁합이고. 하지만 이 조합은 아마도 '빌런' 공모전을 준비한 분들 대다수가 1순위로 꼽은 후보였을 거다. 누구도 생각하지 못할 빌런을 만들기보다는, 누구도 생각하지 못할 장르로 가 보자. 나는 진지하게 역발상을 시도했고, 그동안 많이 써 보지 않았던 SF 장르를 일부러 택한 데다, 호불호가 갈릴 수 있는 위험한 요소까지 추가로 얹었다. 바로 풍자와 유머! 그렇게 〈치킨 게임〉은 탄생했다. 작품 속에서 꼬꼬가 아무도 예상치 못한 존재였듯이 내 안에서도 그동안 시도하지 않았던 온갖 장치를 버무린 혼종의 결과물이 태어난 것이다. 그리고 그 도전은 성공했다. 하늘이 도왔다고 생각한다. 도와주신 하늘에 진심으로 감사드린다. 아니, 하늘이 아니라 심사 위원님들께 인사드려야 할까. 그냥, 심사 위원님들을 하늘이 내린 분들이라 생각할 테다.(돌로 만든 도장도 선물로 주셨다! 돌 도장이라니. 분명 하늘이 내리신 분들이다….)

나는 글을 쓸 때 항상 '이해가 쉽고 재미있게'라는 목적을 최우선으로 생각한다. 〈치킨 게임〉 역시 플롯과 주제가 명확히 드러나는 글이다. 사실 이 글이 내포하고 있는 숨겨진 주제는 이렇고요, 그 비유는 저렇고요 하며 따로 설명하는 건 그다지 좋아하지 않는 편이다. 작품을 평가해 주는 일은 오로지 독자님들의 몫이다. 그렇기에 가장 많이 신경을 썼던 부분은 읽어 가는 재미, 즉 흥미로운 전개였다. 그리고 작품의 발단이 된 '누구도 생각하지 못할'이라는 아이디어를 효과적으로 구현할 방법을 궁리하며 진행했다. 이어질 전개를 전혀 예상하지 못하겠네, 라는 반응을 매우 좋아한다. 그런 점에서 〈치킨 게임〉은 굉장히 만족하는 작품이고 읽어 주시는 독자님들께도 자신 있게 권할 수 있는 작품이라 믿는다.

못다 한 이야기를 모두 다 공개하면 원고지 열 장은 넘어갈 테니 대부분은 생략하겠다. 그중 하나만 밝히자면 타이탄인의 언어가 어떻게 발음되는지에 대해 많은 고민을 했다. 똘똘거리는 타이탄인들의 발음은 사실, 처음에는 '띨띨'로 표기했었다. 하지만 진행하다 보니 '띨띠리 띨띨' 이런 식으로 표기하게 되어 너무 대놓고 개그(?)가 아닌가 싶어져 '똘똘'로 바꿨다. 작중 등장하는 우주 항해선 연료의 이름 '똘또로또'는 우리가 익히 아는 그 로또를 연상할 수 있도록 지었다. 지구에서 벗어날 기회를 주는 물질이 바로 똘또로또이니 우리를 일상에서 벗어나게 해 주는 로또와 연관 지어 표현해 본 것이다. '띨띨'을 '똘똘'로 바꾼 건 역시 좋은 선택이었다고 생각한다. 띨띠로또랑 똘또로또는 리듬이나 라임 면에서 차이가 많이 나니까.

작중 꾸준히 등장하는 닭볶음탕은 내가 가장 좋아하는 닭 요리이다. 대다수가 닭튀김을 선호하지만, 나는 항상 내심 닭 요리 중에서는 닭볶음탕이 최고라 생각했었다. 언젠가는 전 세계를 호령할 요리야. 부대찌개처럼 말이지. 독자님들께서 작품을 읽으며 은근 닭볶음탕이 당긴다고 생각했다면, 매우 기쁠 것 같다. 작품 속에서처럼 한국의 닭 요리가 세계 최고라 인정받을 날이 머지않아 올 거라고 생각한다.

중구난방 주절주절 떠들고 있는 것 같은데, 실은 후기라는 것을 쓰는 게 익숙하지 않다! 그래서 소설 쓸 때보다 더 긴장된다. 이야기를 들려주는 일과 그 이야기를 쓴 이유를 전하는 일을 비교해 보면, 아무래도 후자가 훨씬 어렵다. 단지 재밌게 쓰고 싶었을 뿐이고 재밌게 읽어 주셨으면 좋겠다는 마음이 크다. 그래서 글의 의도? 왜 이렇게 표현을? 이런 질문을 받으면 식은땀이 주룩 흐르고 눈만 껌벅거리며 시선을 피하게 된다. 지금 이 후기만 해도 수십 번을 수정하고 몇 번이나 미리 보기 버튼을 클릭하며 쓰고 있다. 여러분, 작가를 꿈꾸신다면 가장 먼저 준비해야 할 것이 사인(sign), 자기소개 글, 후기입니다. 삼대장이죠.

작품 수정에 엄청! 엄청! 도움을 주신 스토리 PD님들에게 무한한 감사를 드린다. 진짜 피드백 하나하나가 그야말로 촌철살인. 아무렇지 않게 웃으며 반응했지만 미팅 시간 내내 속으로 우와 이야 완전 대박 이러고 있었다. 작품의 재미를 한 단계 더 올려 주신 안전가옥 관계자분들께 깊은 감사를 드린다. 옥색으로 빛나는 돌 도장을 주신 것도 감사하고 그 유명한 강릉 커피를 내려 주시며 긴장 백배 상태였던 나를 챙겨 주신 것도 감사하다.

〈치킨 게임〉 너무 재밌었어요, 라는 평을 듣고 싶다. 그것이 내가 글을 쓰는 이유이고, 목표니까. 읽어 주시는 모든 분께 진심으로, 감사드린다. 큰절을 올리고 싶지만 부담되실 테니 그냥 속으로, 기쁨의 춤을 추며 손과 발을 흔들겠다.

감사합니다!

뜬금없지만, 나의 사상은 성악설에 가깝다.

고로 내가 생각하는 세계 최강의 빌런은 '인간'이다.

과거에 한 기사를 보았다. 반려동물에 관련된 기사였는데, 서울시에 버려진 동물만 630여 마리라고 했다. 구제역 때문에 살처분된 돼지를 촬영한 영상을 보며 느꼈던 혼란함이 아직 가시지 않았는데, 버려진 동물의 수가 그토록 많다고 하니 인간이 악하다고 여겨졌다. 분노하고 슬퍼하면서도 돼지고기를 찾는 스스로에게 신물이 났다. 어쩔 수 없는 일이라고 생각했지만, 한편으로는 의문이 들었다. 과연 어쩔 수 없는 일이었는가.

'2021 메가박스플러스엠×안전가옥 스토리 공모'를 계기로 그때 느꼈던 분노와 부끄러움, 자조적인 경멸이 다시금 떠올랐다. 이 세상의 절대 악은 인간이 아닐까, 라고 생각했다. 집필하는 내내 악(惡)에 대하여 고민했다. 잘 표현할 수 있을까 두려웠고, 부족한 문장력에 실망했다. 투견을 소재로 하기에 혹시나 내 소설 때문에 상처받는 이들이 생기지는 않을까 걱정했다.(동물을 사랑하는 많은 이들에게 미안하다는 말을 남기고 싶다.)

부족한 작품을 응원해 주신 '2021 메가박스플러스엠×안전가옥 스토리 공모' 관계자 여러분께 감사하다. 특히 첫 미팅 때 아낌없는 응원을 보내 주신 쏘냐 PD님, 알렉스 PD님께 감사하다는 말을 전하고 싶다. 위축된 마음에 큰 위로가 되었다. 다소 투박하고 어지러웠던 문장을 멋지게 정리해 주신 이혜정 편집자님께도 감사하다. 2016년에 〈송곳니〉를 기획할 당시, 함께 고민해 주셨던 투유드림 유택근 대표님과 김철 과장님께 또한 감사하다는 인사를 전하고 싶다. 나의 든든한 버팀목인 부모님과 동생, 친구들에게도 고맙고 사랑한다는 말을 전한다.

〈송곳니〉를 읽어 주신 모든 분에게 좋은 글로 보답하고 싶다.

독자 여러분, 〈송곳니〉를 읽어 주셔서 감사합니다. 끝나지 않은 수기의 여정을 앞으로도 지켜봐 주시길 부탁드립니다.

빌런 안전가옥 앤솔로지 09

지은이	최구실·김상원·김달리·엄성용·김구일
펴낸이	김홍익
펴낸곳	안전가옥

기획	안전가옥
콘텐츠 총괄	이지향
프로듀서	임미나·정지원
	고혜원·김보희·신지민·이은진
	임미나·조우리·황찬주
공동기획	메가박스중앙㈜플러스엠
	이정세·김한아·김유진·합연주
특별심사위원	장훈
퍼블리싱	박혜신·이범학·임수빈
편집	이혜정
디자인	금종각
경영전략	나현호
비즈니스	이기훈
서비스디자인	김보영
경영지원	홍연화

출판등록	제2018-000005호
주소	(04779) 서울특별시 성동구 뚝섬로1나길 5,
	헤이그라운드 성수 시작점 201호
대표전화	(02) 461-0601
전자우편	marketing@safehouse.kr
홈페이지	safehouse.kr
ISBN	979-11-91193-61-9
초판 1쇄	2022년 8월 17일 발행
초판 2쇄	2022년 10월 5일 발행

ⓒ 최구실·김상원·김달리·엄성용·김구일, 2022